新课标课外阅读能力提升丛书

NEW CLASS SIGN

老城故事

LAO CHENG GU SHI

甘桂芬 著

北京时代华文书局

图书在版编目（CIP）数据

老城故事 / 甘桂芬著 . -- 北京 ：北京时代华文书
局，2018.2（2019.4重印）

ISBN 978-7-5699-2226-4

Ⅰ．①老… Ⅱ．①甘… Ⅲ．①小小说－小说集－中国
－当代 Ⅳ．① I247.82

中国版本图书馆 CIP 数据核字（2018）第 001890 号

老 城 故 事

LAOCHENG GUSHI

著　　者｜甘桂芬

出 版 人｜王训海
选题策划｜梁明德　吴　霜
责任编辑｜周连杰
装帧设计｜格林文化
责任印制｜刘　银　訾　敬

出版发行｜北京时代华文书局　http://www.bjsdsj.com.cn
　　　　　北京市东城区安定门外大街 136 号皇城国际大厦 A 座 8 楼
　　　　　邮编：100011　电话：010-64267955　64267677
印　　刷｜三河市三佳印刷装订有限公司　0316-3650105
　　　　　（如发现印装质量问题，请与印刷厂联系调换）

开　　本｜155mm×220mm　1/16　印　张｜17　字　数｜280 千字
版　　次｜2018 年 3 月第 1 版　　印　次｜2019 年 4 月第 2 次印刷
书　　号｜ISBN 978-7-5699-2226-4
定　　价｜40.00 元

目 录 Contents

老城故事

老城故事

老城故事

老城故事

妈妈的权利

都说后娘难当。当初和林大山结婚，雪莲妈坚决反对，不同意她去给人家做后娘，可是雪莲死心塌地要嫁林大山，说就是火坑她也要跳。

从进门第一天起，雪莲就决心做个好后娘，她千方百计讨好林大山的女儿林小薇。女孩不小了，有自己的小心眼，担心爸爸娶了后娘就离自己远了。虽然林大山千叮咛万嘱咐，她还是对雪莲的殷勤不冷不热。

雪莲知道没有谁能取代妈妈在孩子心里的位置。雪莲不求取代，只是不想林大山夹在中间左右为难。

林小薇一天天大了，对雪莲不再那么冷淡，但到底不是亲生的，两人中间始终隔了一层。林小薇要上大学走了。送她上火车时，林小薇第一次拥抱雪莲，在她耳边说："替我照顾爸爸，他最听你的。"

雪莲忍不住落泪，受宠若惊似的。

本以为林小薇走了，她可以因此轻松，不用再天天看孩子脸色，可每次吃饭时瞅着餐桌旁空着的座位，心里竟空落落的。

四年过去了，林小薇大学毕业回小城就业，但是她不肯回家住。林大山叹气，雪莲也叹气。每个星期天，雪莲和林大山一样盼着林小薇回来，雪莲使出浑身本事，变着花样给孩子做好吃的。

林小薇恋爱了，雪莲很想知道那个男孩子的情况，可是张了几次嘴，都没好意思问。不是亲妈，人家会不会怪自己多事？

　　过了一段时间，林小薇主动提出要带男朋友回家吃饭，雪莲心里竟比自己当年找对象还紧张。

　　小伙子终于上门了。第一眼，雪莲心就凉了，这样的男孩咋能配上咱家林小薇。可这都是心里话，脸上还是热情地招呼。雪莲偷眼看林大山，他也脸色铁青。谈话间，越看这小伙子越不咋地。雪莲做饭时神情恍惚，林小薇妈妈泉下有知，会不会怪自己？

　　这顿饭吃得艰难。雪莲捧着半碗米，扒拉来扒拉去，粒粒都那么生涩。男孩子要走了，雪莲想留林小薇说说心里话，可人家已经挎上了男朋友的胳膊。雪莲张张嘴，没有说话。

　　孩子走了，雪莲止不住叹气。晚上躺在床上，辗转难眠，身边的人也是长吁短叹。

　　终于，雪莲下了决心，无论如何，她得行使一回当妈的权利——虽然孩子从来没有叫过她妈。

　　她拨了电话："小薇，我要和你说几句话。"

　　对方沉默。

　　"那小伙子不适合你，我希望你能慎重考虑。"

　　对方依然沉默。

　　雪莲提高了声音，"小薇，我是以妈妈的身份和你谈话。我和你爸年龄大了，我们希望将来有一天我们不能再照顾你时，有一个爱你的肯负责的小伙子能替我们陪着你，可他不是这样的人选。不管你怎么想，我都坚决反对！我决不允许自己的孩子拿一辈子幸福去冒险！"

　　话筒里传来林小薇的抽泣。

　　"谢谢您，妈妈！许多年来，我一直盼着您能像妈妈一样约束我，而不是对我过分客气。我希望自己做错的时候，您也能像妈妈一样骂我。我一直在等。我终于等到了。您放心，今天带回家的男孩是我临时请来客串的，我要通过他来证明妈妈究竟有多爱我。"

一路顺风

　　眼看就要收麦子了，火车站挤满了用大编织袋包裹行李返乡的民工，火车上也越发拥挤了。

　　所幸我只是短途。我尽可能吸着气，将自己缩小在超负荷的座位上，避免被那些污脏的行李包撞上。

　　两个刚刚上车的民工，憨厚地赔着笑脸，小心地将他们庞大的包裹向前移动。已经是五月底了，他们身上居然还穿着棉袄。蓝色的化纤面料，做工很粗糙，看样子是价格低廉的地摊货，棉衣后背印满了白色的汗渍。经过我的座位时前边已经走不动了，他们只能站在过道里，靠着行李包喘气。我看到旁边的女孩子捂着鼻子皱起了眉头，的确，民工身上浓重的气味让人恨不能屏住呼吸。

　　他们大概已经见惯了别人的鄙夷，从周围乘客的表情中意识到了自己的不受欢迎。他们讪讪地笑着，两个人用只有他们自己才懂的方言，一边张望着窗外一边小声说着什么，大约是关乎今年的收成。

　　看面相，他们应当在五十来岁，当然也可能由于过度的体力劳动使他们相貌显得比实际年龄老些。以这样的年龄出门打工，不外是要为年迈的父母换点医药费，给膝下的儿女扣磨点书本钱吧。他们的衣服一样又破又脏，面色黧黑瘦削，脸上皱纹密布。从他们的装束判断，在外边做建筑工人的可能性大些。

好在现在国家政策保护，他们应当是能够如期拿到工资的，所以他们脸上带着一丝喜色，满是对即将看到的家人的期盼。

这时候，一个在火车上推销保健袜子的年轻人提着篮子走了过来，手里的钢刷嘣嘣嘣地敲打着行李架，聒噪着介绍他手中的益麻保健袜。我长期乘坐这列火车，对他日复一日的表演和那套说辞已经司空见惯，眼不见心不烦，干脆闭目养神。

年轻人大声嚷嚷着："不贵不贵啊，五块钱一包十块钱两包，一包三双，便宜得很哪。正宗的保健袜，男女老少都能穿，赶紧买啊。"

我听到有人小声嘀咕："净骗人，这种袜子，一穿就烂。"

年轻人卖不掉袜子很失望，把气撒在民工的行李包上，狠狠踢了一脚，说："净碍事！"顺手把袜子塞到他们手里，说："看看！都看看！给家人带个礼物回去嘛。出门在外，挣钱不是要花的吗？总得捎点东西回去，老的小的都能穿。"

这最后一句话打动了两位民工，他们居然笑眯眯地接着了，也不说话，两个人相视一笑，各自从棉衣的内袋里掏出一把杂乱的最大面额十元的钞票，我猜更大的票子可能是被他们藏在更保险的地方了。

他们慢慢抽出十元的钞票分别付账买了两包，笑眯眯地塞进棉衣的口袋。

他们也许是刚刚结算了辛劳几个月的工资，已经盘算了一路要给家人带点什么。离家渐近，恰好碰到这个霸道的袜子推销员，总算带回了给妻子老小的礼物，哪怕是一人一双袜子呢。

他们买下袜子的时候，也和我外出给母亲捎点补品，为小女挑选衣裙一样的心情吧。他们也有要孝敬的父母，有等待疼爱的儿女，有翘首以盼的妻子。这么想，我就感觉不到他们的异样了。我们都是社会的微尘，为生计奔，为稻粱谋，为父母妻子尽心，都是一样的啊。

车站到了，我该下车了。回望一眼他们，他们的脸被即将到家的憧憬鼓舞着，笼罩着一层幸福的温暖。

祝他们一路顺风。

棋　子

　　周先成可是个高人，年少位高，仕途通达——很多熟人在场面上介绍他时都这么说。他够朋友，讲义气，朋友的事，只要向他张了口，但凡他能帮上忙，没有不尽心竭力的。

　　他有很多朋友，其中不少是做生意的。这年头，在饭桌上交朋友是比较通俗的方式，周先成的朋友也大多是吃饭时结识的。他喝酒爽快，没有架子，朋友们都很喜欢他，总是不断给他介绍更多的朋友。

　　今天晚上这个饭局的目的也是交朋友，是一个铁哥们引荐的，推不掉。周先成下班前已经给老婆打过电话请了假，并一再叮嘱自己的哥们要安排在比较偏僻不容易碰到熟人的地方。这也是周先成的优点之一，做事低调不张扬。他一向认为，韬光养晦是从政的要旨，犯不着为吃顿饭搞得满世界都知道，自己和什么人交朋友应当是个秘密。

　　做生意的人大都懂得关系也是生产力的道理，舍得花小钱赚大钱，在结交政府官员时通常都表现得非常爽快，今天也不例外。周先成一进包间就被让到首位，他一再推让，坚持要按照年纪大小入席。

　　"长幼有序嘛，得按着老祖宗留下来的规矩办。坐在一起就是缘分，就是自家弟兄，哪能再论什么职务高低！"

　　周先成的谦让越发显出他的温和友善、平易近人。今天请客的老板更有面子，很豪气地一掷千金，叫来服务员，菜都捡最贵的点。

满桌子酒菜次第而上，周先成却很少吃什么，偶尔夹两根青菜而已。朋友们的敬酒却是不能推却的，尤其是新结识的朋友，更要推杯换盏地互相加深印象。至少一斤酒下肚之后，周先成居然能面不改色，谈笑如常，直令一帮子陪酒客肃然起敬。

酒宴散去，大家的关系拉近了许多，最起码，经过这一面之缘就有了下一次交往的由头。几天后，请客的老板果然登门拜访，要请周先成帮忙。

原来，周先成所在的部门颇有权力，他在局里主管业务，手里有几个项目，规模不小，利润丰厚，好多公司都在紧盯着，想抢到自己手里。

周先成的夫人极有眼色，把客人让到客厅，端上茶水，就躲进了卧室。

老板悄悄把一张银行卡放在茶几上，说："老兄知道现今的行情，不能让局座吃了亏，这里是五十万，麻烦您帮帮忙。"

周先成沉默半晌，推回银行卡，诚恳地说："兄弟倒想帮忙，只是决定权不在我这儿。我们的局长明年就要退了，局里眼下真正当家的是常务副局长刘显贵。不如这样，你把这张卡上的钱翻一番，找找刘显贵，他儿子出国正需要钱。他收了你的礼，自然会在局务会上向我施加压力，到时候我只要顺水推舟就行了，保证你能拿到项目。只是别提认识我，否则，人家刘局长就不好办了。"

老板依计而行，果然成功，对周先成更加敬佩感激。

一年以后，老局长要退休了，刘显贵是呼声最高的接任人选。恰在此时，市纪委收到了一张光盘，里面记录着他一年前收受贿赂的详细资料，刘显贵立即被立案调查，向他行贿的老板也被收容了。

座次排在刘显贵后面的周先成，无论年龄、学历、资历、能力，还是群众基础都不错，尤其是经济上很干净，被宣布担任局长职务。

　　周先成如愿以偿坐在局长办公室后回忆这件事。那天老板带着银行卡走出他的家门后，他立即打电话给一个做私人侦探的朋友，让他跟踪拍摄了老板和刘显贵接触的全过程，不动声色地等到最佳时机把底牌抛出来。他成功了。

　　只是有点对不住那位老板。不过，这世界上，总是有很多人在不经意间做了别人的棋子，他就是一颗找上门的棋子。

秘　密

他年纪不大，但事业做得挺大，是大家公认的成功者。很多人向他请教成功的秘密，他总是含笑不语。以他的性格，若没有最好的答案，他宁可不回答。

这段时间，他喜欢在中午休息时间到茶馆坐一会儿。这家茶馆躲在偏僻的小巷里，很安静。这里不设包间，没有牌局，甚至不欢迎谈生意，是真正喝茶休息的地方。

他是无意中走进来的。茶香淡淡，话语低低，脚步轻轻，伴以慢节奏的古典音乐做背景。一经发现，他就爱上了这个地方。每当焦虑烦躁的时候，他喜欢到这里寻找心灵的宁静。

他喜欢看滚烫的开水浸泡茶叶。一根根茶针像鱼一样在水里浮游翻滚，像沉睡的公主被王子的热吻唤醒——他为自己的比喻得意。他早过了读童话的年龄，但坐在茶馆里，他会恢复精神上的童真。

每次来，都只他一个人。抛开了生意，远离了下属，在这儿，他是放松的，可以像杯子中浮游的茶叶一般自由。

他吃了很多苦，终于赢得世俗意义的成功。若干年前他掘得第一桶金时，手段不够光明，虽然他后来一直想予以弥补，他依法经营，广做善事，希望能抵销他曾经犯的错，但那件事的阴影始终压在心头，成为他的隐秘。

两天前，他收到一封匿名信，信里说："尊敬的先生：我知道您的一个秘密，我很想把这个秘密扔进火山口的岩浆里，永远密封起来，但我需要一笔前往火山的车马费，也许您肯资助我。"

信中的魔咒像悬在头顶的达摩克利斯之剑，终于来了！

他明白，所有的敲诈都不会因为一次得逞而结束。一旦他开始付款，敲诈就会没完没了，直到把他榨干。但是如果置之不理，有可能激怒那个敲诈者，他没准真的会把自己的秘密公布于众。那么，他多年来苦心经营的一切都失去了意义。

他被矛盾纠缠着，不知该如何解脱。只有坐在茶馆里的时候，他的注意力被手中的茶杯占据了，才会暂时忘掉烦恼。

这时候，一丝轻轻的耳语传到他耳朵里。他曾经在部队做过几年侦察兵，耳朵有超常的分辨力。这些耳语来自旁边的另一张桌子，桌子对面坐着一男一女。

男的说："我想咱们的事暴露了。我今天上班收到一封敲诈信，他们说掌握了我的秘密，要求我给他们封口费。"

"怎么写的？"

"尊敬的先生：我知道您的一个秘密，我很想把这个秘密扔进火山口的岩浆里，永远密封起来，但我需要一笔前往火山的车马费，也许您肯资助我。"

他"霍"的瞪大了眼睛，这位收到的信和自己的一模一样。看来，那个敲诈者并不知道自己的什么秘密，但他掌握了一般人的心理，每个人都有不欲人知的隐私，如此而已。

他有些懊恼，以自己的智商，本不该上这样的当。可是因为心里的愧，才会着了诈骗者的道。

他终于找到了那个被请教许多次的问题答案，也许没有秘密才是成功者应有的秘密。

你曾等过的那个人

年龄一大，人就变得爱回忆了。

他老是想起年轻时候，那会儿他还很英俊帅气，常常一个人坐在村口的石阶上，等待一个在他记忆行走了多年的姑娘。她家在西边邻村，每天步行穿过小村去东边邻村的外婆家。

他不记得是从啥时候开始留意到这个女孩子的，可能是在每天捧着饭碗蹲在门口闲聊的人们那里，听到大家夸这女孩长得真好！才刚念小学的他好像一下子有心了，他开始擦净脸上的饭粒，每天算计着女孩子即将出现的时间，在横贯小村的街道上疯跑、怪叫，甚至翻跟头，做些高难度动作，期望能受到她的注意。他的小阴谋得逞了，她一看见他的怪模样就会捂起小嘴偷偷地笑。

一天天大了，她变得害羞了，从小村经过时目不斜视，对他的花样迭出不再做出回应的窃笑，努力显得庄重的样子。妈妈说对不熟悉的男孩子得严肃才能赢得尊重。她是个听话的好姑娘，不能让人家轻视了。

他入伍了，又复员了。他开始满怀心事坐在村口的石阶上张望。虽然一看到她，他就会满脸通红，可哪天要见不着她，他又会烦躁不安。邻家嫂子看出了他的心思，自告奋勇替他保媒。

嫂子没费周折就成功了。女孩子也怀着同样的心事，她妈妈正为女儿没缘由拒绝所有的媒人而发愁呢。这下好了，皆大欢喜。

好日子过得飞快。他的工作一天天忙了，位置一天天重要了，孩子们也一个个长大离开了。

当年的小媳妇变成了老太太，窈窕轻盈的腰身臃肿了，柔曼如荑的手指粗糙了，细致光洁的脸庞布满皱纹，温顺柔和的性格变得琐碎唠叨。看着鬓角苍白、步履拖沓的她，他忍不住怀疑，这还是自己当年等的那个人吗？

于是，他下了班不再急着回家，宁愿享受外面世界的自由。久之，等在家里的她不再对他的迟归耿耿于怀，唠叨不休，但她越来越沉默。他纳闷，莫非感情也随着时间老了？

当日子过得更久，他的工作不再忙了，身体也一天天衰老。他越来越喜欢绻守在家里，越来越依恋她温和的照料，虽然仍是相对无言，但无言里包含着无可替代的默契。他的视线忍不住追着她的身影移动，像很多年以前，他坐在村口的石阶上，迷茫地等待着那个女孩和与她一起的不可知的未来。

和年轻人一起闲聊时，他喜欢讲起这个故事，最后总会说："善待你曾等过的那个人吧。"

习 惯

习惯决定命运。刘文道对这句话刻骨铭心。

刘文道从小就是热心肠，特爱帮助别人，不管谁有麻烦，他看见了没有不搭把手的；可是他也有个毛病，那就是他每次帮忙都不会空手而归，总要顺手牵羊捎上点什么。后来大家都知道了他这种习惯，像防贼一样防着他。慢慢地，他也就真的成了贼。

做贼有什么不好？刘文道感到有些不可思议。中学毕业后，刘文道没有找到合适的工作，就以盗窃为业。爹娘丢不起这个人，跪在他面前求他不能在家门口辱没祖宗的脸面。刘文道一声长叹，放弃了与父母分享盗窃果实的孝心，跺跺脚，坐上火车，从此背井离乡。

在火车上，他轻松地从一个只顾和邻座女人调笑的小老板口袋里摸出一个大钱包，筹足了这趟远行的旅费。

几年过去了，刘文道的日子过得还算逍遥。他从不在一个城市长期滞留，也不愿加入任何帮派组织，在一个新地方尝足了甜头就及时离开。他自认为没有太大的贪念，钱够花就行，这也是他至今没有落到警察手里的原因。在他眼里，盗窃和其他行当一样，都是高尚的谋生之道。

偶然的际遇有时会改写一个人的命运，刘文道就遇到了这样的偶然。

　　刘文道来到这个城市已经两个多月了，他除了每天的"工作"之外，也常常西装革履地光顾一些酒吧茶肆。他仪表堂堂，谈吐幽默风趣，出手阔绰潇洒，看上去完全是一个惹人羡慕的高尚职业者。

　　在这里他遇到了一个纯洁美丽的姑娘。她是个小学教师，纯洁无瑕得像王文华笔下的"蛋白质女孩"。他走过去和女孩子搭腔，两个人居然谈得很投机。一切按照他期望的程序发展，不久后，女孩子爱上了他。他告诉她自己是一家小公司的老板，女孩子对他的话深信不疑。

　　刘文道回到租赁的住处，考虑了整整一晚上，他决定为这个女孩子放弃盗窃。他拿出自己的信用卡，那上面的钱差不多够他盘下一间店铺，当个小老板，从此过上普通人的稳定生活。

　　刘文道的行为打动了这个女孩子，她决定嫁给他。刘文道欣喜若狂，他们一起到珠宝店选结婚戒指。这家珠宝店的生意很好，刘文道以前也曾光顾过，不过以前他是来"工作"，每次都收获颇丰，因为到这里来的人都带着丰厚的腰包。

　　女孩子满脸爱意地选着戒指，刘文道陪在她身边。多年来养成的职业习惯促使他忍不住四处浏览。他看见距他们不远的另一对情侣也在专心致志地挑选珠宝。刘文道突然发现一个挺年轻的小伙子——看样子完全是个新手，正准备对那对情侣下手，可他的技术实在不过关。刘文道轻蔑地看到他把手伸进了那个专心挑珠宝的男朋友的裤袋，试探了好几次都没能夹出钱包，亏得那位男朋友全神贯注，丝毫没有发现。

　　刘文道无法容忍这么笨的同行，这简直是在丢小偷的脸。凭这种手艺也敢出来混？真是不可思议！刘文道一边恨铁不成钢，一边忍不住又犯了爱帮助别人的毛病，他猫一般无声地靠过去，把手指伸进那个男人的裤袋，轻轻巧巧地夹出了钱包。

　　就在这时候，刘文道的女朋友选好了戒指，戴在纤纤素手上打算向身边的男朋友展示，一转身，恰好看到了这一幕，不由惊呆，"啊"地尖叫了一声。

就这样，刘文道没能结婚，也没能到下一个城市继续开展业务，他被自己的习惯送进了监狱。

过 河

河堤村，这个村名取得省事，就因为在河边上呗。

每年冬天，村口的桥墩子上都坐着些晒暖的人。

有人说，到这儿晒暖的人，离过河不远了。他说过河的时候，扬手指了指村子南边那片地。那里种着庄稼，也葬着他们的长辈。高高低低的坟头一大片，都是一个门里的，有些出了五服，也有五服内的，总归都是一个姓，往上数几代，都是一个祖上。

他说的没有错。到河对岸阎王爷府上报到的人，只要能行动得了，无一例外都要先到这里预约。冬天冰凉的桥墩子仿佛是阎王爷的候客厅。

三大爷这阵子身体不好。其实他的日子过得不错，有退休金，只要活着就一直有，不用看孩子们脸色，完全可以过得滋滋润润，可是，他居然也要走了，可能比桥墩子上的老哥们更优先。因为他已经坐不住桥墩子了，半躺在一张帆布椅上，每天早上，或者是三大娘，或者是儿媳妇，或者是那天没有外出的儿子，总归得有个人，一手拉着那张他年轻时置下的帆布躺椅，一手搀着他，来到桥头，和老哥们坐在一块。他的身体越来越瓢了，桥墩子太硬，他瘦巴巴的一身骨头和桥墩子较劲，硌得慌，靠在椅子上，多少舒服些。

三大娘不想让他来。说是晒暖，哪有什么太阳？冬天的太阳，看上去明光光，其实没有一点热量，日头出来都是哄人呢，一晃就没了，哪胜在屋子里围着火炉子暖和？可他倔了一辈子，没人能打得了他的别，他要干啥就得干啥，不识劝，那就由着他吧。

有时候，老家伙们也会慢腾腾地在桥头的河边拢一堆火。柴火是现成的，不拘在谁家门口的柴火堆上抱米一捆。现在家家都不烧地锅了，柴火没有地儿处理，嫌在院子里碍事，就堆在门口；也有时候，会有镇上的人开着拖拉机来收购，三分不值二分的，年轻人也都不在乎。人家在工地上打小工，一天能挣一百多，当上匠人的一天二百多，连妇女们提灰包，一天也有七八十的进项，谁还在乎卖柴火这几个钱。话说，地里出的东西是越来越不值钱了，也没有人愿意在地里下功夫，各人家分的地，当然还都种着，只是不如老一辈那么精心了，反正种收都靠机器，只要出了工钱，不费啥劲。

种地能收入几个钱？吃饭能花几个钱？晚辈们一个个有主意得很，没人在乎老家伙们的意见喽。三大爷听见老哥们的抱怨，忍不住和他们一道长长地叹息。

他们越来越不认识这个世界了。电脑，电视，手机。连桥头这帮老家伙口袋里也人人装着手机，像是身上拴了根能把人拽回去的绳子，便利是便利，可是听着声音挺近，人却是越来越远了。

三大爷想孙子，在无锡呢。孩子高中毕业上的职业技术学院，入学前学校就打包票能找到工作的，人家说这是订单教育，教材和学习内容都和南方的工厂协商好了，学制三年，书念两年，第三年在工厂里实习。

这不，孩子到无锡上班都三年半了，平时不回来，过年回。哪怕路上再艰难，孩子还是要回来。

"不回家咋办？一天又一天，流水线上的生活，跟个机器人一样，工资倒是不低，可人见天在那样的环境里要崩溃的。一到过年回家那几天，感觉整个人又活过来了。"

看到电视上说，这种流水线上的工人自杀率特别高。三大爷打电话问孙子，"这是咋啦？"

孙子在电话里说，"烦呗，工作单调乏味，重复再重复，没有尽头，能不绝望吗。是，有吃有喝，收入也还行，可人成什么了，成了流水线上的一个机器零件。"

"那就回来呗，跟你爹在咱家门口做点小生意，不愁吃不愁穿就行，我看也怪好。"他想趁机把孙子拐回来，可人家不同意，就算在外面再吃苦也不回来。小鸟翅膀硬了就想飞，不愿窝在屋檐下了。

他真想孙子啊，就这么一个金蛋蛋。家里人口稀，他是倒插门进来的，改了老丈人的姓，接了老丈人的班，到城里工作，生了一儿一女，丈母娘高兴得天天在家烧香。到儿子这一辈，计划生育，只能生一个，好在第一胎就是男孩。孙子出世时，丈母娘已经过世了，烧香的人换成了老伴儿。

他想要孙子留在附近，找个工作，可是孩子大了，心野，只想跑的远一些，摆脱老人们束缚。

孙子在无锡的工厂里交了一个女朋友，他看过孙子手机上拍的照片，浓眉大眼的，好看，可她家远得很，在广西。

"那可咋办？将来成家了逢到过年，到底回她家还是来咱家？"三大爷不放心。

"俺俩商量了，一年来咱家，一年去她家。"

"那咋中？他是咱家媳妇，大年三十，得来咱家祭祖。"

"人家爹娘就不是爹娘啊。人家也是独生女，就一个。"

上一个春节，孙子走的时候还因为这个有些不高兴。

孙子倒不跟爷爷记仇，还是隔三岔五打电话回来。他在电话里问过，和那女孩子的事咋样了，你姑姑还有你表婶，都操心给你介绍对象哩。听说这姑娘也在外头工作，要是你愿意，就约人家过年回来见见面呗。要是看着中，就跟那个广西女孩分开吧。孙子不同意，说他一打电话就唠叨，烦不烦，还说他老思想老封建。

最近他没力气再唠叨了，心思倒是通了，想跟孙子说，要是真喜欢，就那个女孩子吧，不过，婚事得来咱家办，不能倒插门。自己这一辈子，因为倒插门更名改姓，受了多少气。

今年冬天格外冷，村里的老人走了好几个，他知道自己的日子也不多了。

他到底等来了孙子。他走的那天晚上，儿子打电话到无锡，孙子带着广西女孩一起来了。孩子们哭得伤心，披麻戴孝地送他到河对岸。

一杯茶的温度

捧一杯温吞吞寡淡无味的茶，看同样寡淡无味的电视剧。

目光并没有停留在屏幕上，剧中人物兀自聒噪着。她不屑关注他们装腔作势的表演，只是屋子里太空了，有点声音来陪伴能减少她的寂寞。人们总是喜欢年轻靓丽，难怪屏幕上净是些俊男靓女。但是所有的美丽都会老去吧，人们才会有"红颜弹指老，刹那芳华"的感慨。她喜欢洗澡后浴室里弥漫着的仙境般的水汽。这时候照镜子，镜中的人物就留出了想象的余地，她可以面颊红润地回到过去。

她静默地坐在沙发上，偶尔能听到邻居家的嬉笑或者对顽皮孩子的呵斥，令她感到这世界总算还有热闹。虽然热闹是别人的，陪着她的只有空荡荡的房间。

她双手捧着杯子，半天才会喝一口。杯子已经从滚烫变得温热，不能释放多少温暖了，她依然合手抱着，仿佛杯子残存的一点热力是她唯一的依靠。她记起以前读过的小说《倾城之恋》，里面说印度女人不敢结婚，因为整天待在家里偷懒容易发胖，而范柳原说中国女人更懒，连发胖的力气都不肯花。她握了握自己细瘦的手臂，想自己正是这样懒惰的女人。她整晚坐在沙发上一动也不想动。她没有什么可干的事情，到处已经一尘不染了，实在没有必要再收拾一次。烟灰缸里有一个他摁灭的烟蒂，孤零零地躺在透亮的烟缸里。她舍不得倒掉，留着烟蒂就好像留他在身边一样，是她的一个伴。

偶尔她也会起身，看自己的身影在灯光下拉长又缩短，缩短又拉长。她打开冰箱又迟疑着关上了，她没有找到什么想要找的东西，一切都冷冰冰的，唯有杯子里的这点茶，从热气袅袅到一丝丝冷却。他们的感情也是这样的吧，也曾经有过痴恋的如胶似漆的好时光，慢慢地热力散了，她也老了。

她听女朋友讲的笑话，说老公不必太能干了，太能干就不是自己的了。她笑。她想这是吃不到葡萄说葡萄酸。更多的人羡慕她别具慧眼。当年的他并不出众，平常人家的子弟，她不知怎么就喜欢上了看上去很忠厚温暖的他，或者和大多数同龄人一样，只是在合适的年龄找个合适的人结婚罢了，并不奢望像神话里说的，人是被神劈开的两部分，一生下来就开始在茫茫人海中寻找自己的另一半。爱情流传在神话里往往比落实在生活中显得更加真实。

她走进卫生间，看到镜子中的自己，额角的皱纹在嘲笑她吗？连林青霞、关之琳这样曾经美艳不可方物的女人都难免要衰老，何况自己？她曾经青葱水秀地可人，他也曾筋肉结实地可靠，但是韶华渐逝啊。

她本该不在乎这些的，对于自然的规律，从未刻意要挽留。她天性平和温厚，对生活没有太多奢求。可是，能干的丈夫总是忙在外边，她感到了被闲置的孤独。每天有大把的时间需要驱赶，她忍不住寻找缘由。是因为镜子中的自己老了吗？有人说女人的衰老是要男人来负责的，有爱滋润的女人才能青春长留。他给了自己衣食无忧的生活，但是仅仅这些就够了吗？

前几天播电视剧《暗算》，她守着电视从头至尾看完了。因为安在天很像他，永远有明确的方向，永远忠诚于他的目标。黄依依则不似自己，太前卫了，她因此怀疑这个故事的真实性。她的欲望永远藏在内心最深处。

她突然想哭。可是，哭什么呢？她是众人眼中的幸福女人，工作轻松，生活优裕，老公体面，孩子成才，有什么委屈呢？她不知道该如何对自己解释，嗫嚅着对镜子中的影像哑了声。

杯子里的水终于凉透了，没有一丝温度。看看钟面上从小到大循环往复的数字，和每个夜晚一样，他大概还忙着呢。

她想："不必等了，该睡了。"

·则笑话

和许多都市言情剧一样，他们的故事也是这样开始的。他是年轻有为的老板，她是青春貌美的雇员。

以前他一直坚守"三不主义"——不主动，不拒绝，不负责。他从来不缺女朋友，从不刻意去追女人，一向都是女人追他，但是见到她之后，他改了主意。他想，娶这样的妻子回家未尝不是一件美事。

她对他并不感冒。她听说过他和许多女人的恋爱故事，每次被伤害的总是女人。她不打算凭借自己的美貌钓一个金老公，对他敬而远之。但是他认定要做的事，就没有人可以阻止。

他很容易找到借口，加班呀，谈生意呀，商务派对呀，尽量制造一些和她在一起的理由。

几个月后的一天，他向她表白了。她相信他是真的。在接受他的爱之前，她讲了一则笑话："有一个新来的女秘书，不断受到一个男人的骚扰，不胜苦恼。她的老板给她出主意说，向那个追求者借钱呀，借个三五十万，他就不来找你了。女秘书一试，果然奏效，惊讶地问老板怎么想出这么好的办法。老板说因为我的前任女秘书曾经这样对付我啊，男人总是既要得到又不肯付出。"

哈哈哈，他大笑，承诺说："如果有一天你不爱我了，也可以向我借钱。我保证不再纠缠，自觉离你远远的。"

纯洁的爱情的确很美。他买来钻戒向她求婚，但是她说她有一个未了的心愿，必须完成了才可以嫁给他。

直到有一天，他发生车祸失去双腿。她来了，伤心欲绝。他不愿拖累她，让她做出选择。她答应了。

第二天一早，她满面憔悴地出现在他面前，说："你能不能借点钱给我。"

他一愣。

她继续说："我需要三十万。"

他有不止一百个三十万，为了她，他愿意献出全部，但是他记得她曾经讲过的那个笑话，还有自己的承诺。

他沉默了好久，说自己要用一天的时间来好好考虑。

第三天一早，她又来到医院，他已走了，没有告诉任何人他去了哪里。

她不明白，当她决定嫁给他时，他却跑了。她没有告诉过他，她念大学期间为了给患绝症的父亲看病，她借了别人十万元。当时她与债主约定，要么嫁给债主，要么还给人家三十万。她不愿意被他看作是一个爱上了他钱包的女人，一直想靠自己的努力还掉这三十万之后再做他的新娘。如今面对他的伤残，她决心放弃倔强。

他们的爱情竟比不上三十万值钱！她伤心地记起那个笑话：男人总是既要得到又不肯付出，他会在你向他借钱时消失得无影无踪。

在遥远的地方，他也难过地记得自己在听那个笑话时的承诺："如果有一天你不爱我了，就向我借钱，我保证不再纠缠，自觉离你远远的。"他想，她一定是接受不了自己的残疾才以借钱为借口，那就还给她自由吧。他以为自己做得很大度很男人。

他们都只记住了笑话的一部分。

解 救

"喂喂喂，干吗呢！刚才怎么不接电话？要跟人私奔吗？"

"哪敢呀！我这不是开着车吗？好歹也得找个路边合适地方停下来才好接受指示嘛。再说啦，俺是一颗红心向着党，夫人代表党中央。出门在外，老婆有交代，开车不接电话，路边不采野花。牢记你的嘱咐嘛。嘿嘿！"

"贫嘴！"

电话这边女人抿嘴笑了。说是贫嘴，可她爱听。女人家没有不喜欢哄的。她其实没有什么事，只是对老公一个人开车去进货不放心。听见他活泼泼的声音，她心里就踏实了。

"路上慢点，别喝酒！一滴也不准喝！"

"遵命！"

她在自己的小饭店里忙碌着。天还早，雇的服务员还没有来。自己的店得自己操心，她一个人当两个人使。

说起来她小时候也是娇生惯养没有吃过苦的，可是谁料到这社会变迁，好好的工厂越来越不景气，她下了岗，他跟着也没了工作。一家老小要吃饭，单靠那点低保金，日子过得捉襟见肘。

开店的想法是他冒出来的。她喜欢做饭，面食尤其出色，他建议她发挥特长开个小店，总能增加一点进项。

他们拿出不多的积蓄赁了房，办齐手续，开了这爿小店。她没明没夜地干，手粗了，脸黑了，人老了，可是有他在，永远乐观，永远没心没肺地贫嘴，再苦的日子也添了亮色。

最初请不起师傅，她当大厨，他跑堂，夫妻店。她下功夫学熬粥，学烙饼，说是家常饭，要做出别样滋味来也不容易。他年纪不轻了，整天颠颠地跑来跑去，赛过青头小伙子。他嘴也不闲着，插科打诨，逗得食客乐呵呵。一天下来，她腰酸背疼，他腿肿嗓哑。她落过泪，可这嬉皮笑脸的人哄着她，有时候边流着眼泪边给他逗笑了。她明白他的苦心，他是宁愿自己做小丑也要她快乐。

生意慢慢红火了。人手不够，他们请了个年轻姑娘做服务员。可是人家是挣工资的，到点儿来到点儿走，操心的还是他们。她半夜起床点火熬汤，他天不亮就开车去进货。他们劳碌，但是看到投资逐渐收回，还有了盈余，家人生活改善了，孩子学费不作难了，她开心，他的笑话也更多了。

贫贱夫妻百事哀。她觉得，不管贫贱富贵，跟着他，快乐会更快乐，哀伤会减到最少，所以她知足。

若干年前，和他的婚事，父母是坚决反对的。嫌他学历低，出身寒苦，长相平常，可是她喜欢，就为了他能说会道的一张嘴。

她放弃了父母为她选择的好姻缘。父母看中的小伙子学历高，相貌英俊，有学问有技术。人家喜欢她，长辈们也是多年的朋友，可她偏偏吃了秤砣铁了心。小伙子失望，最终调到外地工作了，但是把她清秀可人的模样一直记在心里。

这么多年了，一直没有见过面。最近，当年的小伙子回家探视父母，听说她下了岗开了店，忍不住心疼，担心当年柔弱的她如何吃得了这些苦，心想自己也算小有所成，或者可以帮帮她，为着年轻时攒在心头的那份英雄救美的冲动。

一大早，他来了。邻近的店都还没开张，他蹑手蹑脚推门进去，看见她忙忙碌碌的背影，她一边擦桌子一边打电话。店里装满她喜滋滋的语气，乐呵呵的笑声。

他愣住了。

她不需要什么解救。就像若干年前，人人都以为自己比她的情人更出色，但是她有她的判断。

他想自己不该打扰她的幸福。他转身欲走，迎面碰到刚进门的女服务员。她招呼道："先生，您要点什么？"

他摇摇头，匆匆出去了。

身后的女店主转过身来，看到一个似曾相识的背影。她想了想，没有想起他是谁。

抵　账

　　和好多家境不宽裕的女人一样，她能干，也贤惠。除了自己每天上班挣一份不高的工资，就是慌里慌张回家做饭洗衣，照顾老的小的。她过得俭省，样样都算得仔细，能不浪费的绝不浪费。往前要花钱的地方多呢，不能不算计着点。儿子成绩不错，明年就该考大学了，孩子努着劲儿，一心想考个北京的好学校，听说大城市花费大得很咧。

　　男人开出租车，这段日子出租车生意不好做。一天到晚在大街上溜达，回到家连话都不想说。她知道他并非不耐烦她，是太累了。他不是那种花里胡哨光耍嘴的人，见天回家第一件事情就是把一天挣的钱交给她，两口子搭帮攒劲儿想把日子过好喽。他没想过别的，她也没有。

　　可是，不管多么朴素勤恳，敬爱丈夫照顾家人的女人，无论她年轻或者衰老，谁没有做过华丽浪漫，饱受男人疼爱娇纵的梦呢？一个个白天，她的时间被谋生的活计和没完没了的家务占满了，到了晚上，等料理完锅碗瓢盆，终于能够缓口气躺在床上，瞪着灯光熄灭之后漆黑一片的天花板，她忍不住会想起年轻时的梦，对爱人的忽视有那么一丁点不满意。当然，她不是包法利夫人，不会把对庸常日子的抱怨流露出来，更不会有什么实际的行动，她只会听着身畔那个人坦然的鼾声，抹掉眼角的泪。

　　那一天，他去送货，货主是个女人，拉了满车的鲜花，终点是一家花店。送到了，那女人掏出来的车钱差了三块。女人生动的脸妩媚地一笑，指望能抵销运费的缺口。

他没有上当。他知道这些女人跟自己的老婆不一样，她们只在用得着的时候才会飞给他一个媚眼，再鲜艳也比不得晚上回家老婆端来的那碗稀饭实惠，所以他不响应，依然伸着手，等着她拿出零钱来。

那女人有些气恼，不甘心自己的大钞被破开，气鼓鼓地声称：没有钱啦。今天情人节，给你枝花抵账吧，零卖要五块呢。

她抽一枝玫瑰扔在座位上，气哼哼走了。很多女人以为她们长得不错，就可以在男人面前耍点特权。

他不买账。哼，凭什么？我又不是你老公，干吗照顾你。只是，看看天色晚了，他也累了，懒得再计较，不如干脆回家去，免得花蔫了，白白损失三块钱。

回到家，把钱包扔在茶几上，然后递给她那枝花。

没想到她居然很喜欢，手足无措地，到处找瓶子，终于找到一个春节待客喝光的空酒瓶，洗干净，灌了水，把花插进去，很好看，把整张餐桌都照亮了。

她眼睛亮闪闪，幸福都写在脸上，埋怨似的，"花贵吧，怕是得好几块，你咋舍得？"

他想说这枝花的来历，看见她的欢喜，就把嘴边的话咽了下去，第一回在她面前扯了谎，"买了就买了，咋，旁人能买咱不能买？"他头也不抬，话茬子跟平常一样硬。

她红了脸，好像回到了好多年前，有些害羞地一直盯着那枝花看。

他忽地觉得，那女人硬塞给他的买卖没有亏，这三块钱的账，抵得值。

你命真好

　　年纪越大，他越喜欢读书了。书上有一句话，他认为说得很好：改变命运不在于你遇到什么样的机会，而在于面对机会时你做了什么样的选择。他的命运就是因为一次次选择改变的。

　　他现在出息了，当年一块儿当兵的哥儿们经常来找他帮忙。无论能不能帮得上，酒是一定要喝的。这一回来的是当年的汽车班长。

　　喝到一定程度，哥儿们之间就没有了职务高低的拘束。老战友忍不住羡慕他："你小子命好！"

　　"嗯，命好！"他承认。

　　他是农家子弟，山沟里出身。高中毕业，没有考上大学。那时候他不喜欢读书，何况他们这样的小县，一年也没几个人能考上大学。他可不愿意把所有时间都花在念书上，只是要回家种地，他又不甘心。

　　部队到县上征兵，每个村都有指标。他听说了，上蹿下跳一定要去，逼着爹妈去找村里的干部。体检了身体，审查了出身，没有问题。他和爹妈把带兵的请到家里，可劲儿给人家灌酒。他个子高，人机灵，长得秀气，带兵的很喜欢他，还夸他能说会道。

　　他有眼色，嘴巴巧，到部队不久，就跟大家混熟了。他听说在部队里学开车有前途，汽车班马上要培训驾驶员了，只是办证费得自己拿。

他不在汽车班，他烧锅炉，可他也写信跟爹要钱。

干啥？爹挺生气。咱这样的门第，拿出来几千块钱可不容易。

"不容易也得拿，爹。我要到部队上学开车。在家学开车不也得交学费？在部队上学了技术才好转志愿兵；转了志愿兵，将来退伍就能安排工作。"

爹听他说的有理，咬牙栤粮食卖猪凑齐了。

"爹，等我出息了还你。"

可辛辛苦苦拿到驾驶证，还是得烧锅炉。会开车的人太多啦，挨不着他。

他不泄气，千方百计讨好汽车班长，趁人家不忙的时候，让人家陪着开车出去遛遛。要不，没有机会摸车，等到手生了，这驾驶证岂不是白考了？

路上，一个小女兵，长得很瘦小，穿着新崭崭的军装在路边上走。看见他们急忙挥手，说，我肚子疼，带我走吧。

他们知道女兵招得少，一般都是城市兵。城市女兵都是挑漂亮的，大多搞文艺或者做通信兵，一个个细皮嫩肉又能歌善舞；可这女孩子的模样，一看就是农村来的，说话也满口土里土气的乡下腔。

班长说，甭管她了。要是给人知道咱们偷偷把车开出来，你我都得受处分；再说，这姑娘不好看，那么黑瘦矮小，不知道是哪个村主任的柴火妞，带着她有啥意思。

不好看的女孩子也是女孩子。把一个生病的女孩子丢在后边，他终是不忍心，对汽车班长说了一大箩筐好话："哥哥，就带上她吧。这丫头肚子疼呢，怪可怜。待会儿回去，我给您买条烟成不成？"

班长不理他，算是默许了。他赶紧踩刹车，招呼女孩子上来。

女孩子倒不认生，问："你也是新兵？你会开车？"

到了营地，他使眼色让女孩子提前下车，小声交代："委屈你一下行不？拉着你进去怕受处分。要是你实在走不动，我把车还回去，再借个自行车来接你。"

他不过是说个大方话，都到了门口，女孩子还有啥走不动的？

女孩子果然感激，问了他的姓名，又问他在哪个连哪个排哪个班，说："我回头来找你好不好？"

"好。"他猜，这姑娘才入伍，跟那些时髦的城市女兵们肯定说不到一块儿，找自己聊聊就聊聊呗，有啥大不了的。

春节前夕，一些老兵回家探亲了，剩下的大多去找老乡唠嗑。他这样的新兵蛋子，乖乖儿呆在岗上看锅炉。大过年的，要是暖气达不到温度，肯定得挨训。

除夕夜，师首长到锅炉房慰问一线战士的时候，他正满脸煤灰地朝炉膛里添煤。

首长问了他的名字，热情地和他握手，说，小同志辛苦了！他说，为人民服务！

随行的记者拍下了首长和他握手的照片。

临走的时候，首长问："你会不会开车？"

他说："刚拿到驾驶证。"

首长说："好，好。"

春节过后，连长通知排长，排长通知班长，班长通知他，让他找师首长报到。首长的老司机退役了，要找一个新的。

"你说这是不是命？谁想到从未到锅炉班慰问过的师首长那年怎么突然来了，谁想到他的司机正好退役，偏偏我又刚考到驾驶证，都赶一块儿了。你说巧不巧？"

"巧，真巧。"听的人都点头称是。

更巧的，他没有说。那天他和汽车班长在路上遇到的那个女孩是师长的外甥女。她是在乡下长大的没错，可人家刚刚高中毕业考上了军校，来看望舅舅。穿着军装的她觉得挺新鲜，四处溜达着就摸不着回去的路了，偏巧遇到他。姑娘心眼多，说自己肚子疼，让他给带了回来。

师长家里没有女孩，唯一的儿子又出了国，这个外甥女后来一直住在舅舅家。

后来的事情大家就都知道了。他开了两年车，被推荐上了军校，回来后和师首长的外甥女结了婚，职务一步步提升，走得挺顺当。

那天都喝多了，老汽车班长一直在唠叨着，你小子命真好。

同学聚会

同学聚会为成功人士提供了炫耀成功的舞台，所以发起人大多财大气粗。给她打电话下通知的就是这样一位身家丰厚的成功人士，电话那头声若洪钟地叮嘱她："老同学，一定要参加啊！"

接到通知已经几天了。去还是不去？林兰兰还在犹豫。

有人说同学聚会是旧情复燃、婚外情滋生的温床，所以先生难免不放心，但仍尽量表现得大度："去吧，好好和老同学们聚聚，散散心。喏，这是你的置装费，打扮得漂亮点，别丢了咱的人，让人家以为你在家受虐待呢。"

她看了，递过来那个厚厚的信封，是他刚领到的工资袋，心头不由一热。

连着几天，她都没有睡好，脑子里总是徘徊着去还是不去的念头。她并没有旧情人可会，但见见老同学的欲望还是有的。

终于还是去了。这样的机会很难得，毕竟毕业二十年了，当年一样的学子今天会出现怎样的分别？有人说，幸福因对比而放大，伤害因敏感而加深。她想知道自己在同学中间所处的位置。

一见面，嚯，老了！都老了！就算怎样善于保养，又有谁能斗得过时间。看到同学就好像看到了自己。虽然大家极力互相恭维："你还是这么年轻漂亮啊！"其实心里都明白，青春早已远去了。

莫非是年纪磨厚了脸皮？饭桌上男同学们一个赛着一个讲荤笑话，她听得面红耳赤，只好低下头数自己的手指头，妄想擦掉手上根本不存在的灰尘。同学们纷纷笑她，都这把年纪了，还保留着学生时代的单纯害羞。

"害羞有什么不好？这年头，知道害羞的女人可是越来越难得了。"为她辩解的男同学二十年前就常常这样维护她，只是还没来得及表达什么就毕业了。

她很尴尬，脸越来越红，头也越来越低了。她明白自己在这样的场合是拘谨的，不适应的；但是既来之则安之，她想无论如何要将这两天的聚会顺利度过。

她留意观察其他同学的表现。一位学生时代就做惯主角的漂亮女同学文文，这一次仍是焦点，八面玲珑，左右逢源，笑靥如花，到处是她的衣香鬓影。渐渐地，林兰兰看到她和聚会召集者的眼光中透出暧昧来，也许这微醺的酒，这久别重逢的氛围孕育了暧昧的酵母，林兰兰看到他们言行举止越来越亲昵了。他们可都是有家的啊，林兰兰不由替他们担心。

聚会总算结束了。返回家，晚上睡得格外香，甚至还破天荒地打了会儿呼噜，第二天早上遭到先生的嘲笑。

日子回到了从前。那天，她在办公室里忙完了公事，偷偷在电脑上写了封信给文文，想劝她还是和那位大款男同学保持距离为好。信很长，却在即将通过电子邮箱发送的一刹那，按了删除键。何苦多此一举呢？面对平淡的中年生活，面对即将失去的焦点地位，文文不过是放纵了两天自己的眼神而已，之后，大家各奔东西，相距千里，她会继续回家做她的贤妻良母吧。

让这样波澜不惊的生活偶尔荡出一丝涟漪，也许才是聚会的初衷。小小的涟漪之后，一切将归于平静，就像自己回到家在熟悉的小床上睡着安稳觉。这么想，心里居然充满了甜蜜的欢喜。

　　望望办公室墙上的钟，已经到了下班时间。晚上做点什么菜呢？先生最爱的红烧肉一定不能少，虽说医生认为他胆固醇有些高，不过报纸上说，肥肉炖过一个小时之后对身体的危害就很小了。一个小时就一个小时吧，林兰兰不怕麻烦的。她急匆匆出了门，可别误了班车，回家晚了他会着急的。

讨工钱

　　有两个打工仔，章来福和李新志，他们是一个村的老乡，结伴到城里来打工。在城里讨生活不容易啊，除了自小跟爹学的泥水活，他们没有别的能耐，只能到建筑工地上找活干。好在工地上管吃管住，虽说伙食不好，睡的也是一下雨就到处漏的工棚，可老板承诺的工资不低，大工一天二百，小工一天一百五。他们在家都干了多年的泥水师傅，都是大工。他们满怀希望。只要能赚到钱，吃点苦怕啥，农村人最不值钱的就是力气。能把力气换成钱，给孩子交上学费，给老婆买件衣服，给爹娘买包治哮喘的药，他们就知足了。

　　他们从来不惹是生非。出门时老婆交代的对，甭跟人计较长短，出门在外，吃亏就是便宜。他们老老实实在工地上干了大半年，干活不藏奸不耍滑，肯掏力气。每天晚上腰酸背疼地躺在从家里带来的铺盖上，盘算着在老板那里攒了多少工钱，虽说苦点累点，可心里头高兴。

　　半年多了，老板一直拖着不给他们发工资。他们想了各种各样的办法，老板就是不肯把工资付给他们。家里来信了，说孩子要上学，地里要买化肥，老人要看病，再不寄钱家里的日子都过不下去了。

　　他们急啊，好话赖话都说尽了，老板始终绷着他那张冒着油光的肥脸，只有一句话："要钱没有！爱干就干，不干趁早滚蛋！"

　　他们急得团团转，抓耳挠腮没办法。后来街头小卖部里的电视节目给了他们启发：不给就偷！老板家那么有钱，成天吃香的喝辣的，听说还包了二奶，等到他不在家的时候，咱们去取回咱们的那一份。

这么一想，他们就开始筹备了。他们先跟踪老板，发现他在花园小区的住宅楼群里养了一个二奶。看样子老板对这女人不错，几乎每天都到这里来过夜。

章来福和李新志花二十块钱在地摊上买了副旧望远镜，他们见天跑到老板二奶家对面的住宅楼过道里监视他的行踪。每天上午8点多钟，老板就离开家开着他的汽车去工地上巡视。两个人发现，每次他一出门，就会有个年轻人过来，然后窗帘就放下来了。连着好几天都是这样。章来福和李新志看出门道了，老板二奶在给他戴绿帽子呢。

章来福看着看着放下了望远镜，说："老板的二奶天天在家，咱们要偷恐怕不容易得手。要不，咱们就换个法子，咱们去找这个二奶，威胁她，说她要不给咱们钱就把这事告诉老板。你说中不中？"

"那不成了敲诈勒索？"李新志胆儿小，有些迟疑。

"嚯，对他这种人，就得有啥招使啥招，只要能诈到工钱，有啥敲诈不敲诈的？这年头，有钱就是大爷，才没人管你的钱是从哪儿来的。老板到处欠别人的钱，还不照样见天花天酒地，跟那些有权的有钱的称兄道弟，日子过得也太舒服啦！咱弟儿俩一天也不敢偷懒，一滴汗摔八瓣，凹着腰干活，到头来连个血汗钱也要不回来，谁管咱？咱还得自己争取去。"

章来福平时爱看书，点子多，讲起来头头是道，李新志听了觉得他说得怪有道理。

"她能信咱们吗？"

"咱俩得想办法让她信。电视上不是演了吗，敲诈的人都喜欢用个录像机把被敲诈人的隐私录下来，做成光盘送给他，咱也假装录制了光盘。到大街上花三块钱买个空白盘，就说是她跟情人幽会的录像。她心里有鬼，哪敢去检查是不是真的，肯定得老老实实把钱交给咱哥俩。等到她明白过来，咱早就拿上钱跑了。再说，拿她的钱也是应该的，她全靠老板养着。你瞧她屋里的摆设，比个地主婆还地主婆，阔气着哪。这个骚女人消消停停地在家啥也不干，清享福，老板克扣咱们的钱还不是都贴给她了。她凭啥穿金挂银，你老婆我老婆啥时候享过这福？"章来福通过望远镜边看边议论，"咱得把她的新衣服也拿上，让咱们老婆穿。还有那些化妆品，还有成盘的香蕉、苹果、葡萄，还有手机、笔记本电脑，能拿走的咱都得拿走。不拿白不拿！"

"那，就听你的呗。"李新志答应了。他媳妇在电话里已经哭得说不出话了。一个女人家带着老人孩子过日子，见天开门就得花钱，自己再拿不到工资捎回去，家里太作难啊。

说干就干。

"要是那女人不肯开门咋办？"

"咱就冒充是来查煤气管道的维修工。"这和他们灰头土脸的打扮倒也相称。

筹划好了，他们学着电视上黑社会的样子，用一个纸包装着一张空白的光盘，诈她说是她和情人幽会的录像，威胁她不给钱就拿着去找老板。这骚女人一定会乖乖就范。

为确保万无一失，第二天一大早，他们通过望远镜看见老板走后，一个年轻人进来了，估计是二奶的情人又来了。

"咦，不对啊，不是前几天的那个。"

"管他是谁？反正是她的姘头。看来这二奶还真够水性杨花，挂了不止一个情人。"

"不对，不对，你看他们打起来了，他还把那个女人给绑起来了！这小子翻箱倒柜，开始找东西了！"

"这怎么行？那些东西是咱俩看好了的，不能便宜了这小子，让这孙子给抢走啦。"

眼看着筹划了多天的计划就要泡汤，章来福和李新志生气了：那是咱们的钱，他凭啥拿走？

他们得维护自己的权益去。

两个人急匆匆冲进老板家那座住宅楼。楼上空荡荡的，上班的上班，上学的上学了，楼里挺安静。来到老板二奶门口，隐隐约约听见屋里有"呜呜"的声音，仔细听，像是女人在挣扎。使劲按门铃，当然没有人来开门，只听见"呜呜"声更响了，其中还夹杂着翻找东西的响动。没错，肯定是入室抢劫。

章来福和李新志急了，想想即将到手的工资又要飞了，他们能不急吗？他们都是身强力壮的棒小伙子，干惯了力气活的，两人甩开膀子使劲撞门，没几下，门就开了。

只见那女人被绑在床头上，一个年轻的男人正翻箱倒柜地找东西。章来福和李新志冲上去扭住了那个男人，解开二奶身上的绳子绑住了他。二奶扑向电话打110报了警，又打老板的电话哭诉起来。老板和警察一会儿就来了，入室抢劫的人被带进了公安局。

二奶吊在老板脖子上撒娇，说要不是这两个人进来，说不定自己就没命了，该好好谢谢他们。

老板认出这两个人。他对他们从来没有过好脸色，这一次例外，肥脸上浮着难看的笑。

"说吧，你们要多少钱？"

"把工资给我们就成！"

老板没说二话，从随身的包里取出两沓钞票拍在桌上，诡黠地问："你们怎么会在这儿？"

章来福和李新志面面相觑，还是章来福胆大些，脖子一梗，说："我们，来讨工钱！"

俺是乞丐俺怕谁

哥们，你是个记者吧？想采访俺？没问题，找到俺算你找对了，只是你得补给俺误工费。咋收费？不多，人家律师都是按小时收费，咱也一样，一个小时五十块钱，俺给你兜底。想了解啥？俺知道的全告诉你。想去俺村看看？成。你有私家车吗？咋？没有？老弟，不是俺笑话你，你混得可是不咋地呀。这样吧，俺打电话把俺的司机叫来，可这汽油钱得算你的。

车上闲着也是闲着，咱就开聊吧。说起来俺是个要饭的，要是搁以前，干这个可是够寒碜的。如今时代不同了，干啥都一样，能赚来钱才是真本事。俺认真考察过了，这年头就凭俺这样一无学历，二无力气，要想赚钱也只有要饭了。嘿！你还别小瞧这行当，这可是个技术活。同样是要饭的，有的人要得来，有的人要不来。咋样才能把有钱人的钱骗出来装进自己口袋里，这也是一种智慧。

俺在网上看见有学问的人说："乞丐是贫穷的产物，他们播下贫穷的种子，收获的却是富裕。无数颗善良的心，肥沃了他们的口袋。"俺觉着这话说得有道理。

俺们村是个有名的贫困村，穷山恶水的，除了盛产光棍汉外没别的长处。穷则思变啊！最近俺也在看电视里播的百家讲坛，发现历朝历代都会有一些觉悟早的人及时抓住时代的契机，成就一番事业，成为一个群体的领袖。说句自夸的话，俺就是这样的俊杰，不单自己发了家致了福，还带领群众找到了脱贫致富的好门路。眼下俺们村靠讨饭发家致富的不少，光棍汉们普遍找上了俊媳妇。乡里县里一直想把俺村的脱贫经验总结出去宣传推广，可是总结来总结去全是俺王小三领着村民要饭这一条经验。村里的老族长已经多次向上级反映，强烈要求俺担任村里的名誉村主任。

听说前一阵子一些新闻记者偷偷到俺村采访过，把这些个讨饭致富的事写成文章发表了出去，引发了好些讨论。现在一些城里人因此提高了警惕，增加了俺们要饭的难度，不过俺也号召弟兄们要与时俱进，刻苦钻研行乞技术。成功的乞丐都是半个心理学家——这句话是哪个名人说的俺记不准。俺始终牢记带领大家仔细揣摩新时代城里人乃至外国人的心理，让他们继续献爱心，帮助俺们脱贫致富奔小康，共同实现全面建设小康社会目标。

这不，俺村到了。这儿以前确实穷，这几年全脱了贫，成了名副其实的富裕村。瞧见没，前面路边那个二层小楼看见了吗？墙面贴瓷砖，高门楼，院内停着四轮拖拉机的，像个大户人家吧？原先他们家日子紧巴着呢，有上顿没下顿的，后来经俺点拨外出讨饭，几个月下来就当上了万元户。

现在哪，谁要是再背个口袋一手拿碗，一手拿打狗棍去要饭，那就笨死了。俺村的多是带个瘫子或残疾小孩，把小孩往街头一放，人家看小孩可怜，多少都会给点钱。前些年俺还是个村干部，认得几个字，隔壁老王自己没出过门，他家二小子残疾，求俺带他儿子到城里治病。可钱不够啊，没办法俺就在大街上给孩子挂个纸牌子求助，城里人手散，看到俺们可怜，纷纷掏钱资助，还真是筹到了给孩子治病的费用。后来俺觉得这办法不错，带着残儿以求医治疗为名，干起了向路人讨要钱财的行当，日积月累，不知不觉就发了财。榜样的力量是无穷的。村里人看到俺的发家捷径纷纷效仿，跑到外村租残疾儿童带到城里要饭去。你不信打听打听，这附近十里八村的残疾小孩儿没一个在家里闲着的。

要饭真是门学问。所谓八仙过海，各显神通。你在火车站候车室呆过没有？那可是个行乞大赛场：抱孩子的娘们儿，专找慈眉善目的老太太，拧得孩子哇哇直哭。老太太心软，会不掏钱吗？十八九岁的姑娘，描眉画眼，香气扑鼻，谁要多看她一眼，她立马就靠上去，娇滴滴地叫声大哥，能不掏钱吗？满脸横肉的小伙子，专找瘦小干巴的老实人，一言不发，先鞠三个躬，然后伸出手，敢不掏钱吗？

要饭的不能脸皮薄，遇人得往高辈上叫。对着同龄人喊大叔阿姨，对着小辈叫大哥大姐。要饭还得有道具，身强力壮的大汉转眼间就能变成残疾人，跪趴在地上，脸色蜡黄，平时顺溜的头发，弄成一团乱蓬蓬的杂草，端着个脱了瓷的大缸子，嘴里念念有词："可怜可怜吧……"

以前，俺们要饭的也挺遭罪，城管人员成天到处撵，俺得跟他们打游击。现在好多了，《流浪乞讨人员救助管理办法》出台了，偶尔哪天想换换口味，可以到救助站吃顿饱饭，美美睡上一觉，养足了精神继续上工。报上现在不是天天讲要构建和谐社会，救助弱势群体嘛，俺们的日子越来越好过了。

咋？你说俺这是不劳而获？俺可不这么看。俺们赶上好时候了。社会学家都说了，社会物质财富的日益丰富给要饭的提供了"发家致富"的可能，乞讨职业化倾向是一种必然；再说了，乞丐的存在为人们存善心、施善行提供了途径，俺们也是迎合了社会需要嘛。

你说俺咋知道这些？不瞒你呀，俺儿子说的。人家可是正经八百名牌大学社会学系的大学生。俺辛辛苦苦在城里要饭，本指望他考上大学光耀门楣，谁知道这小子念了十几年的书都念到猪脑子里去了，他说现在大学生过剩，他学的专业又是冷门，不如接着念研究生，现在研究生班没开学，非要跟俺学着要饭体验生活。

你还别说，这受过教育的到底不一样，娃子悟性好，一天下来比俺要的还多，晚上回到家趴在电脑上写文章，听说最近写了好几篇关于乞讨问题的论文在杂志上发表了呢！

留　守

　　我认识这个老人。他生活在偏僻的胡同里，住的是一座很旧的楼房，在这里他和老伴和女儿生活过很多年。天气好的时候，他喜欢坐在窗户前，咂摸当年的快乐，就像他翻破的相册里存留的记忆。

　　老伴走了以后，他老得更快了。这是一个急躁的城市，每个人都在赶时间，只有他有太多的空闲无处消耗。除了唯一的女儿，他没有别的亲人，可她总是太忙，他也知道不应该过多地占用女儿的时间，现在的年轻人讨生活都不容易。

　　女儿结婚后就从这里搬出去了。后来她离了婚，他在替女儿伤心之余又有些许庆幸，满以为她肯回来和他同住，但是没有。女儿在外边租了房子，她不想让别人知道她生活在这个破旧的小胡同里。女儿总是期望过上更富裕舒适的生活，从小就这样。她羡慕虚荣浮华，她没有错，可他没有能力给她。

　　他不能够照顾自己。女儿每周来看他一次，给他带来一周的食物，放在冰箱里，他每天就靠取用这些食物维持生命。他盼着女儿回来，可她来了总是风风火火，说不上几句话，就急匆匆走了。

　　他不敢下楼。他太老了，走在狭窄昏黑的楼梯上，天知道会不会摔下来。如果他摔伤了，女儿会更麻烦。他不敢给女儿添乱，老老实实每天待在屋子里。

在他的窗户外边，原来有个街道幼儿园，看孩子们嬉闹是他最大的娱乐。后来，这个幼儿园因为条件差、规模小被教育部门勒令停办了。孩子们不来了，曾经的喧闹消失了，他更加孤单，一个人趴在窗台上看那些和他一样陈旧静默的蹦蹦床和旋转木马。

上次女儿来的时候说她要结婚了，这次她找了一个外国人。老人没有见过那个外国男人，也不想见他。听说他比女儿大了很多，兜里有不少钞票，他要带女儿出国。老人恨他，认为他要拐走女儿，但老人没有办法，他不能阻止女儿追求幸福。

临走前，女儿得给他安置个合适的地方。她已经联系好了，打算送他到市郊的养老院去，听说那里条件不错。虽然收费不低，可那个老外口袋里有的是美金。老人不愿意到养老院去，这里有女儿有老伴的味道，离开这儿就好像离开自己的根一样，可是他不敢违抗女儿的意思。

临去养老院的前一天，他跟女儿商量，能不能到街上转转，跟一起住了几十年的老邻居们告个别。女儿答应得很犹豫，她没有时间陪他，出国的手续还没有完全办妥呢，要是他走丢了怎么办？

"不要紧，我把你的名片放在口袋里，要是找不到路了我就求人家给你打电话。"女儿同意了。她搀着他下了楼，一再叮嘱他路上小心些。

老人很高兴，他已经好长时间没有下过楼了，走起路来脚底下有些虚晃。

老伴先走了，女儿也要走了，这一走就带走了他的希望。唉，人为什么要老呢，却又老而不死，就像一台废旧的没有价值的机器，只能成为人家的累赘。

阳光晃得他眼晕，他有一种喝多了酒一般的迷醉。他慢慢走着，想他这一生。他曾经年轻、英俊，喜爱运动，曾经是厂里的篮球中锋，但那已经是很久以前的事了。现在他老态龙钟，步履蹒跚。

他一个人走着，伤感地看到街上已经没有几张熟悉的面孔，心里埋怨老伴不该把他一个人留下。老伴弥留之际叮嘱他要照看好他们的女儿，现在女儿要到很远的国度去，他看不到她了，他的能力延伸不到遥远的海外。

出来的时候不短了，再不回去，女儿又该担心着急了。他慢慢转回身走向那条生活了多年的胡同。一个年幼的孩子哈哈笑着从胡同里冲出，后面追着另一个稍大一些的孩子。他们冲得太突然了，老人对面的马路上驶过来一辆汽车，驾车的显然是个生手。

这一切太突然了，老人来不及摇头叹气，他仿佛回到了几十年前的篮球场上，豹子般敏捷地冲过去，孩子被他抱起来抛了出去。老人被汽车撞飞了，重重摔下。

司机吓得脸色发白，跳下车抱起老人的头。他嘴里涌出血，眼睛里却没有痛苦。他说："我口袋里有女儿的名片。"

老人死了。

女儿可以了无牵挂地走了。

其　实

　　当周顺看到自己的媳妇伊莲和别的男人拉拉扯扯时，心里是彻骨的痛。

　　他是一个汽车修理工。虽然他的技术娴熟到本地区无出其右者，但毕竟是个工人。他的月收入只有一千多块，远远无法支付她想要的生活。

　　伊莲总在向往更加广阔的世界。当年嫁给周顺时，他英俊挺拔，有技术。但是英姿会老，技术有什么用？不过是被人收购赖以糊口的手艺。曾经有朋友建议他开一家自己的汽车修理厂，他总是笑笑。他不是不想自己做老板，可他知道那需要很多钱，他生性淡泊，不愿意为了钱承受沉重压力。

　　日子过了这么多年，他们之间已经很少交流了。他喜欢简单的生活，她则热衷于流连在外面。

　　面对喧嚣的世界，他是仓皇的，她则游刃有余。她开了一家美容院，据说生意很好，赚了不少钱。她的钱是她自己挣的，他不问。他每个月开了工资拿回来交给娘，娘身体硬朗，操持着一家四口的生活，支付孩子的学费。

　　他知道一个女人在外面搏天地不容易，他想帮她，可帮不上。他所能做的只有每天早上，认真为她的车做例行检查保养，祈求她一天的安全。

伊莲的美容院里出入的都是有钱又有闲的女人，这些女人是没有生活压力的，美容院为她们提供了炫耀攀比的平台。伊莲能说会道，左右逢源，和所有经常光顾的女客人都交上了朋友，进而进入她们的生活圈子，认识了那些有钱有势的男人。

那个男人是有能力的，能帮她摆平很多事，她需要这样的支持，于是在别人眼里，他们的交往暧昧起来。她知道那个男人对她有所期待，她掌握着自己的底线，陪他出入歌楼酒肆，纵容他口头上占着便宜。

周顺就是在一个酒店门口看到伊莲的。她喝了酒，脸颊绯红，步履摇晃。他看到那个扶着她的男人的手不大老实，他不能不相信别人的传言了。

周顺是老板派来的。一位老主顾喝多了酒，让老板派个人来帮他把车开回去。他人老实，嘴严，人家点名叫他来。他闷闷地把人家的车开回，闷闷地回自己家。

看到她已经到家，他没有说话。

一夜无眠。第二天一早，他照例起床很早，为她检车。他的恨瞬间膨胀了。他克制不了自己。他不想让她走得更远。他在刹车片下松动了一个螺丝。

他上班走了。八点。他从来没有迟到过。

她每天十点钟上班。上午美容院没什么顾客，她不用去那么早。

他神情恍惚，等着灾难的降临。

八点半。九点。九点半。

汗水大滴大滴地聚在额头，他无法阻止自己打电话给她："你的车有些问题，无论如何不要开，下了班我会带配件回去处理。"

"嗯，知道啦。今天早些回来吧，有一家汽车修理厂要转让，美容院这几年攒了些钱，昨晚我已经和对方签了协议。下班后咱们去看看厂子，以后你不用给别人打工了。"

琪 琪

取琪琪这个名字，是因为爸爸喜欢下棋，用的谐音。

小时候，爸爸教琪琪下棋，妈妈反对，说女孩子学学唱歌跳舞弹琴什么的，多好，文静秀气，显得多才多艺。下棋是男人的事，钩心斗角，绞尽脑汁，费劲。

爸爸拿白眼翻妈妈。他总是瞧不起妈妈，说她没脑子。女孩子下棋学的是心机，要懂经营，知进退，才不会吃亏。

几年下来，爸爸已经不是她的对手。爸爸说这孩子机关都藏在心里，不声张，走一步看三步，我教不了你了，自己琢磨吧。又说，有这点基础在就够用了，不至于像你妈妈，给人卖了还要帮人家数钱。

后来要考高中考大学，琪琪心思都花在课本上，下棋少了。

她性格沉静稳重，顺顺当当上大学，找工作，嫁老公，生孩子，一路顺畅，没有什么磕绊。

爸爸说这都是小时候修炼的功夫。妈妈不信，鬼话，咱孩子命好。

可是，这世界不会让一个人永远顺畅下去，琪琪也一样。外面有风言风语，说她那个做经理的老公张腾达有了别的女人。话传到琪琪耳朵里，她不信。

这年月，女人大多是很善于开发自身资源的，女会计也不例外。她本来在车间上班，可她喜欢找张经理汇报思想，经常很巧妙地把东西掉在地上，一低头一弯腰，难免泻出一线春光。于是张经理了解到她除了脸蛋漂亮，衣领下的部分也很诱人。

张腾达把她调来做会计。会计只是名义，两个人天天腻在一起。时间久了，闲话传得满城风雨。直到他又一次出差回来，琪琪给他收拾行李时，从箱子里掉出来一只女人的玻璃丝袜。

琪琪就算想装作不知道都不行，她一味退缩，可人家不会。你越是退让，人家越是要攻城略地不知足。

琪琪很想由着性子，逞一时意气，把玻璃丝袜扔到他脸上，令他限时滚蛋。那么，这个家就散了。倘若自己再找一任丈夫，就能保证他永远不出轨？

走一步看三步。目光远一点才不会掉入别人的陷阱。这是爸爸在棋盘上教她的。所以，琪琪把丝袜扔进垃圾桶，一如往常，温言软语。

张腾达和女会计被纪委调查组带走得很突然，事先没有任何风声。据说是有人举报他们合谋贪污了单位的公款。

听说张腾达出了事，琪琪疯了似的找人，求爷爷告奶奶，托关系找门路。

"我们家掌柜的不会有问题，我保证。"她向所有能够得着的权贵打包票。

深夜，张腾达出来了，一起出来的还有那个娇滴滴的女会计。

琪琪设宴在本市最豪华的酒店为他们压惊。

女会计很惭愧，老公也很惭愧。张腾达没想到平日里只会做饭洗衣的老婆居然有这样的能耐。

"账目上如果真有不清楚的地方，咱家的存折都在这儿了，看能不能补齐；要是不够，就把房子卖了，说啥也不能再让人家把你们收进去。"琪琪说。

"嫂子，全怪我做的账不精细。有几笔客户的款子马上就会到账，您放心，林经理在经济上没问题。"

"没事就好，来，尝尝这里的特色菜。"琪琪殷勤地劝酒布菜。

第二天，女会计打电话给她，说几笔款子已经催到账了。

调查组查来查去也没有查出什么大问题，这件事也就不了了之。

过了几天，老公在饭桌上告诉琪琪，女会计辞职去外地了。

"已经走了？没能给她送别，怪可惜呢。"琪琪边盛饭边说。

这盘棋可以告一段落了。

冬　眠

啪！她把手里的双麻烧饼砸在对面的窗台上。

什么玩意！越来越没吃头了，狗屁玫瑰馅，不过是在猪油里面裹了一块没有融化的糖，这也叫玫瑰馅？

煎饼也差劲，鸡蛋少，韭菜老，还有些糊了。有这样做鸡蛋煎饼吗？

大中午头上，总该吃点什么吧？

楼下有叫卖豆腐脑胡辣汤的声音。她拉开窗户探出头去，冷冽的空气刺得她一激灵。那个穿白围裙戴白帽子的女人蹬着三轮车慢慢过来了，边走边吃喝着。

她拿起白瓷缸子下了楼迎上去。掀开白布盖子，豆腐脑冒着热乎乎的腥香，胡辣汤的冲味刺激着她的鼻腺。从昨天晚上开始一直疲惫的胃口，终于被唤醒了一部分。

那个女人殷勤地招呼着，您今天要纯豆腐脑还是两掺？

两掺吧。

好嘞。女人赶紧拿了勺子去盛。一瞥间，她瞅见那女人长长的手指甲里藏满了黑乎乎的泥垢。

呕！真受不了！脑子里浮出黑心豆腐加工过程的电视报道，一股子恶心呼地涌到了嗓子眼。

呃，她突然想起来似的。对不住，不能买了，当家的今天要回来吃饭，他最怕闻豆腐脑味。她虚弱地笑着解释。

卖豆腐脑的女人也僵硬地笑了笑。她是老主顾，人家对她的变卦表现出无奈的宽容。

回到家，她不知道该吃些什么。冰箱打开又关上了。食品柜里的零食也无法吸引她的注意，包括她曾经钟爱的德芙巧克力。真正的丝一般香浓柔滑啊，可是今天她却厌恶了那粘唧唧的感觉。

她的胃是空的，可她丧失了饥饿感。以前的中午，是她安逸地躺在沙发上，边源源不断地往嘴里输送零食，边享受肥皂剧的时间，但是今天，她连开电视的兴致都没有。

事情的源头是老公。昨天，他回来了。

他已经很多天没有回来了。这两年，他总是忙。成功的男人哪有不忙的？她宁愿相信他是因为忙才经常夜不归宿的，可是昨天晚上他来了，来之前还特意打了电话要她在家等着。

他进门的时候她正在大吃大嚼。为了他这次难得的回家晚餐，她准备了很多好吃的。可他回得晚，她不能不先填些东西垫垫肚子。一开始就不容易刹车了。美味是多么难以抵御的诱惑啊！

他进门的一刹那，看到了她的饕餮相。

他没有到餐桌前来，远远地坐在沙发上，面无表情地抽着烟，说自己吃过了。

吃过了干吗不提前说，害得我等你。她一边抱怨，一边放开胃口对付餐桌上两个人的伙食。

他一直沉默着，等她进餐结束。

她知道自己胖了，以前的尖下巴变成了方的，脂肪在脖子上堆垒了好几层。不光是脸庞，胳膊也粗了，肩膀也厚了，乳下的肥肉满满地顶在内衣里，已经高过胸了。说到腰，恐怕很难找到了，整个腰身直笼统的，除非你用皮带勉强扎出一条腰来。

好在没有生过孩子，腹部的皮肤不至于太松弛，但她高高隆起的肚子，完全担当得起孕妇般的骄傲。

胖有什么不好？胖也需要资格，男人的宠爱是第一位的。有了男人的疼爱，这胖才可以理直气壮，肆无忌惮。他曾经那么宠她。宠爱的时候，一切都是好的。

她是恃宠而骄吧，婚后她不再约束自己对美食的欲望。是啊，结了婚的女人，有家，有爱她的老公，对自己的要求自然就放松了。又不当明星，何必像陈鲁豫那样一天只吃十几粒米，把自己瘦成排骨？

她口袋里有老公赚来的大把钞票，足够她享受喜欢的食物。她迅速膨胀成为没有线条的女人。

可是昨天，他提出要和她分开。他说她简直胖成了一头猪——这是他的原话，毫不在乎她听了会多么难受。

哼！胖咋啦？胖是富态，是衿贵。"要想富，家里娶个胖媳妇。"老辈人都这么说的。

可是他根本没有和她抬杠的兴趣。他说完就走了，他是特意来告诉她要和她分手的。

他说经济上不会亏了她。房子和一部分存款都会给她。可是房子和存折忽地都变得轻飘飘了。没有了老公，她要这些又有什么意义？

嫁给他的时候，有好多人追她。那时候她多纤巧漂亮！追求者当中许多人比他有钱，有房子有车有存款有高收入的职业，可她选择了他，因为他疼她。他说最喜欢看她吃什么东西都香甜的可爱相，还说他要努力挣很多钱，把世界上所有好吃的都买来给她享用。

我会发胖的。

胖了我也喜欢。当年他是这么说的。她相信他的话。

可是当爱死去，所有的痴恋爱语都像写在水上的誓言，飘逝得无影踪。从什么时候开始，她成了他眼里的猪？

因为他昨晚那些话，她对所有的食物失去了兴趣。

他当然没有再回来，连电话也没有打一个。他那天走的时候说过，留给她时间考虑。她窝在沙发上，脑子里一片空白。

她明白，一旦他走了，她就得重新回到婚姻市场。她曾经是那个市场竞争中的优胜者，可是因为懈怠，她失去了自己的优胜者地位。原来她以为那场竞争是一劳永逸的。看来不，现在她回到了起点，被迫去和那些年轻貌美的女孩子角逐。在眼下流行骨感的时代，她完全失掉了优势。

已是初冬了。除了上班，她每天一动不动地窝在沙发里。她成了没人疼爱的女人。夜色阑珊时，她常常忘记了冷，直到差不多要冻僵了，才移动着麻木的双腿把自己塞进冰冷的被窝。

这年冬天特别漫长。一夜一夜，她瞪着黑暗中的天花板等待窗外的黎明。

春天来了，她像睡足一个冬天刚刚苏醒的狗熊一样，豁然开朗。对于怎么也想不通的事情，不如干脆放开，随他去吧。

她感到饿了，打算伸伸懒腰外出觅食时，才发现自己的身体经过长长的冬眠，已将储存几年的脂肪消耗殆尽。

她洗了把脸，用脂粉修饰着因为营养不良而变得憔悴的面颊。

现在的化妆品真好。镜子当中，她又是一个神采奕奕的女人了。

她给他打了电话。说她答应他的条件，也不拒绝他对自己在经济上补偿。在找到下一位合适的丈夫之前，她得用他补偿的钱为自己建立经济后盾。

她冲自己笑笑，镜中的她妩媚纤细。

门铃响了。

他没有用钥匙开门，看来，他已经把自己当成了外人。

他马上可以如愿以偿了，她会在他带来的离婚协议上签字。让他安心娶别的苗条女人吧，结婚前的女人总是窈窕的。

他进来了，他的目光在她身上脸上盘桓了很久，不相信似的上上下下打量着。他的表情很吃惊。

好像多年前第一次见到她，他有些紧张，有些不自信。

他嗫嚅着说，咱们非离婚不可吗？

邂　逅

正午。天真热，简直像是下了火。

好，就是它了！他急忙刹住自行车，这家小饭店正对他的胃口，透过玻璃门可以看见里面呼啦啦疯转的大电扇。门上写着"拉面烩面，大碗五块，小碗四块，冰镇啤酒两块。"

总算找着地儿了。他扒拉开塑料帘子走进去，里面的客人已经不少，大多都是他这样肚皮大腰包小的食客。他拣了张靠近电扇的桌子坐下。不消问，桌面椅垫都黑乎乎油腻腻的，桌子上还摆着刚刚离开的客人留下的半碗烩面汤，汤面上浮着一层鲜红的辣椒油。这样的天气，这样粗劣的食物，没有点辣子，实在不好唤醒疲惫的胃口。

"老板，收拾桌子，上冰镇啤酒，要最凉的！"他底气十足地吆喝着。

一个中学生模样的小姑娘拿着抹布跑过来，手脚利索地收拾了。问："您要点儿啥？"

"大碗烩面，冰镇啤酒。啤酒要快，要凉，最凉的！"

"好嘞！"

看着姑娘的背影，他猜她一定是借着暑假打工的学生。自家的大学生这两天也该回来了，得让他学着点。都二十岁了，也该帮着点家里了。现在供个大学生真不容易啊，学费贵得离谱，大城市的开支也忒厉害了。可他宁愿努断了腰杆也要供儿子念书，自己这辈子是没指望了，孩子这一辈说啥也得上大学改换门庭。

他原来在工厂里做电器维修工，单位里一个月挣那八九百块钱只够一家三口吃饭的，哪能供得起儿子念书。他狠狠心，办了辞职手续，联系几家卖电器的给人家做电器安装维护。这种活儿没个准儿，好了一天两三百块钱的进项，赖了连着几天没有活儿。为了多挣点，他尽量不闲着。舍不得印名片，就把自己的电话号码写在纸片上挨着店面送，不光是装电器，安吊灯、换马桶，啥活儿都干。

今儿个生意不错。这几天热得邪乎，空调卖疯了，他的活儿也格外多。这不，从早上六点钟开始，他马不停蹄地装了四台空调。数着装进口袋的钞票，心里头美滋滋的。可这天真热啊，装空调的在大日头底下晒着，汗都要流光了，早上出门时填进肚子那一碗稀饭俩包子早已经消耗殆尽，饿得头晕眼黑。他真担心自己会不会中暑，可又不敢错过了这赚钱的好机会。刚才他和店主打了个招呼，中午得喘口气，吃点东西再接着干。

天再热，那些带空调的饭店不是他能进的，饭菜贵量又小。跑了几条街，总算找到这么个物美价廉的去处，在电扇底下猛吹了一阵子，才算缓过心急火燎的热劲儿。冰镇啤酒上来了，果然凉，瓶子外边凝着一层细小的水珠。等不及店员帮他打开瓶盖，牙一咬，正对着喉咙灌了下去。爽!

平时他不要啤酒，能省两块钱也是好的。可是今天实在太热了!他干的活也多，得犒赏犒赏自己。一瓶啤酒下肚，感觉好多了。他身上穿的蓝工作服已经全湿透了，可他懒得脱下来，趴在桌子上边养神边等着烩面端过来。

这时候，他听到近旁的桌子上两个女人的对话。女人家就是这样，有事没事都喜欢凑在一起唧唧呱呱说悄悄话。

"钟海，那个钟海你后来见过吗?"

"哪有？唉！"另一个女人叹了声气。

"那时候他对你真好啊！他脑瓜聪明又能干，现在肯定混得不错。"

"我有时候也这么想。就他那机灵劲儿，比现在的好多大老板都强，没准还真发达了呢。"

"你后悔没？"

"后悔啥？都是命。当时我妈不同意，嫌他家穷。妈做主找的男人没啥大出息，眼下日子过得紧紧巴巴，就这命呗。"

"想他吗？"

"有时候想。我估摸着他现在肯定过得不赖，也没敢再打扰人家。有时候心里烦，闭着眼睛想想他，会感觉好受些。"

他听着，头埋得越来越低，希望她们别注意到自己。她们一定想不到身边这个头发花白、满身汗酸味的邋遢工匠就是她们心中已经发达了的能干男人。

烩面上来了，他没敢抬头，默默吃完饭，默默离开了。

太阳还是那么毒辣辣地烤着，他心里的火气却已经散了。他不过是个平庸的男人，但是他曾经装饰过并且继续装饰着别人的梦。

手机响了，空调店老板已经在电话那头催开了。他得马上开工，今天下午他还要到太阳底下安装四台空调呢。

炫　耀

　　周志鹏是因为生意上的需要才进入这个圈子的。他们的业务互相关联。生活在这个讲究人情的社会，要做好买卖，除了真金白银的交易，也需要酒桌上联络感情。

　　周志鹏第一次参加，自视为后生晚辈，十分谦恭敬谨。引荐他入圈子的老兄向他介绍完每个人的名字，就八面玲珑地和各方人士哈哈哈打招呼去了。

　　周志鹏那时还很年轻，生意上刚刚起步，又没有人认识他，多少受了些冷落，所以他有机会打量每一个人。

　　周志鹏注意到这个女人是因为她不大张扬，一直微笑着，跟在丈夫身后，突出丈夫的主导地位。

　　后来周志鹏参加了几次这样的聚会，了解得多了，知道她其实是很有张扬的理由的。娘家家世好，父兄都成绩骄人，从小养尊处优。结婚时别人并不看好他们，但没想到这个男人是绩优股，娶了她以后蒸蒸日上，很快就发达了。朋友们都夸她旺夫，说男人是沾了她的光。她还是笑，不言语，把说话的机会留给需要证明自己能耐的男人。

　　好女人是一所学校。她老公当年不过是乡下来的粗小子，就算是块璞玉，也是得益于她的精雕细琢，可她从来没有在公开场合说过老公是她调教出来的。男人创业初期缺少资金，多亏了她到娘家求助。娘家虽然不喜欢这个看不出什么前程的穷女婿，但是总归心疼自家闺女，不能不照看着点。

这男人也是攒了口气要让别人换个眼光看自己，吃了几年苦，风里雨里都离不开她的支持。无论多难，女人都一直陪着。他发达了，女人也陪着。女人大气，举手投足懂规矩，知进退，场面上从来没有给他丢过分。他有心向大家展示他的好太太，每次大一些的活动，都要带着她。她不说话，不夸耀自己在丈夫成长途中的贡献，只是站在他身边笑。他也没有表白自己多么感激妻子，但是恩爱都流淌在两个人的眼神里。

朋友们看得嫉妒，说他们的蜜月怎么可以无限期地延长下去。

面对别人的恭维和羡慕，她眉里眼里都是甜蜜。

见过了太多喋喋不休，唯恐别人不知道其幸福的女人；见过了太多飞扬跋扈，唯恐别人不晓得其能干的女人；再看她，周志鹏只觉得心里舒服；甚至想，如果自己能够遇到，也应该娶这样的女人。

后来大家都忙了，尤其是周志鹏，因为有努力赚钱好娶个这样的好太太的前景鼓励着，工作上不能不付出十分的努力；再后来他因为生意上的需要到外地发展了几年，渐渐离这个圈子远了。周志鹏看到这个恬静的女人越来越少，只是拐弯听说她家先生的钱越赚越多。

这几年，周志鹏走得挺顺，也被列入成功人士的行列。他一直在留心，但是期望中想要找的好女人一直没有遇到。

又是工作上的需要，他回到了这个城市，回到了这个圈子。

这一次，听说那对夫妇要参加，周志鹏坚决推掉其他约会来了。他现在当然不再需要在聚会上寻求生意机会，仅仅为了再看看那个温和娴静的女人。

她果然在。时光没有改变她的容貌，她依然很美，但是她一直在喋喋不休地夸耀自己的幸福。她讲怎样别具慧眼发现了今天的老公，怎样不顾家人的反对坚定不移地和他私奔，怎样在艰难时期变卖首饰帮他筹集创业资金，怎样在困苦中为他生了个聪明健康的儿子……

这些话大家大约已经听说过很多遍，碍于面子，心不在焉地忍耐着，应付道：好在这些苦没有白吃，你老公对你多好啊。

那是当然。他疼我疼得要命。他娶我的时候就发誓要一辈子对我好呢。诺，你瞧，这个钻石戒指是他在香港买的，皮包是在巴黎买的；还有身上的裙子，国际品牌，限量版呢。不瞒你说，连我的内衣都是他买的呢，他真是贴心呢。他还答应我，忙过这一段，我们就到夏威夷去度假……对吧，老公？

她对着正在和朋友一起品酒的丈夫喊。

唔唔，丈夫含混地支吾着。

她继续幸福地笑着，大声说，你瞧，他答应了，他什么都听我的，要是没有我，他哪有今天……

周志鹏突然觉得房间里闷，烟气酒气香水气，挤挤挨挨塞满了屋子，让人透不过气来。

他预感这对夫妇感情的岌岌可危。女人需要这样喋喋不休地炫耀，大抵是因为心里缺乏底气，要靠这样的夸张来为自己壮胆吧。真正对感情有信心的女人，是用不着这样招摇的。

果然，下一次聚会的时候，他看到那位丈夫身边站的是另一个更年轻漂亮的女人。

你不知道我多不待见他

明子媳妇，你不知道我多不待见他。真哩，不待见。我恨他，他待我不好。他总算走了，可不能再惹我生气了。走吧走吧，老头子，我不想你。

我跟着他过了这么多年，自己想着怪稀罕。俩死对头也能在一个锅里搅稀稠，糊糊涂涂一辈子？

唉，有啥法子，他是我老头子。俺俩过这一辈子，生儿子，养老人，见天呆一个屋檐底下张望明儿个出不出太阳。跟咱在家做饭，盐化到水里再揉到面里一样，俺俩血肉都渗到一块啦，分不开啦。

婆婆絮絮叨叨，目光时而空洞地穿过房门张望着院子里某个地方，时而停留在眼前空无一物的地板上。

她双手紧紧地绞在一起，已经很紧了，还要继续绞下去，指关节因为用力而发白，几乎撑展了手背上皱纹密布的皮肤。

她不停地说着，努力证明她多么厌恶他，例数他的种种不好。她才不稀罕他呢。他的存在只能让她伤心，成为她的累赘。

他是爹妈硬塞给我的，我年轻那会儿喜欢邻家的大柱子。大柱子跟我在一个学校里念书，全村就俺俩念初中。放了学，大柱子走在前面，我走在后面，不说话，可心里头都有数。爹妈相不中大柱子，说他不懂庄稼活，到了地里不管用。

我不知道爹妈为啥喜欢他，他家境好不到哪儿去，长相也不比大柱子强，可是爹妈就是认定了他，和他们家老人商量好日子，就下了聘，办了喜事。我跟他结婚是包办的。

他性子烈，爱发脾气。你知道，我在娘家没有干过啥活，净念书啦。俺家就我一个闺女，我从小娇养惯了，没有做过饭，我不会。他跟我急，骂我没出息，逼着我学。

哼，我可不能让他瞧不起。咱又不笨，做饭有啥难的？我跟他赌气。我上过学，乡下女人有几个上过学？我学得快，他到城里找人家开食堂的好说歹说借来一本菜谱，我照着做，一样一样都不比食堂里的差。

乡下人吃饭哪那么多讲究？我饭做得好，他成天端着碗走街串巷到处显摆。呵，我出了名，村里人谁家办喜事都离不了我，请我去掌勺子。忙活一天回来，自己管饱，还能带回来些吃的喝的。他倒好，我捎回来的酒都进了他嘴里，他倒有脸说也有他的功劳。

我们结婚三年了还没有孩子，村里人都说我不会生，背地里指指戳戳说咱家是绝户头，到第四年，才怀上了明子。明子一落地就是我的命根子。我舍不得他离开我一眼。

父子天生是冤家。他嫌我惯孩子，说我妇人家不懂教育。我身上掉的肉我当然心疼。明子两岁头上，他就硬逼着我给孩子断奶，说再吃就把我给吸干了。

我那时候可瘦了。那年头，家家都填不饱肚子，我奶着孩子哪还能胖得了。他心狠着哩，偷偷把回奶药放在我饭碗里。明子哭啊哭，我也哭，可是我再也没有奶水给明子了。

明子五岁就开始跟着大孩子们到村上的小学校念书。

明子淘气，扒豁子惹祸。他打孩子，我护着不让，他抡起皮带抽在俺娘俩身上。我恨他，不是他生的，他凭啥打孩子。我跟明子说，好好学吧，娃，等你长大，有出息了，咱娘儿俩走，不搭理他个老东西。

明子多有出息，村里第一个大学生，可不是一般学校，重点！他疯了似的，见天站在街门口，等着三里五庄路过的，跟人家吹牛，说他儿子要到北京念书去了。

明子毕业了，留在城里。明子结婚了，娶了城里的你。他不高兴。整天叨叨，说这个儿子白养了，再有出息，自己也看不见，白白送给了人家丈母娘。

明子打电话说想接我们俩进城，他不去，说是城市里住处太屈掐。晚上在家，他跟我说，城市里样样东西都要花钱买，明子两口子挣那点工资不容易。

好，他到底走了，可没有人再拖累我了。这不，老头子现在只剩下个骨灰匣子。这一回，就听你们的，我跟你们到城里住几天。

我去可以。我要不去，你们两口子也记挂着不放心。只是我进了城，你们一上班，谁跟我说话哩？电视？电视上的人说话叽哩呱啦，我听不懂。要不，我就带上老头子这个匣子，生气的时候，也好骂骂这个老东西？

冰凉的年夜

又到了农历的新年，街上弥漫着浓浓的年味，所有的人都行色匆匆。

新世纪广告公司的老板牛欣迪站在办公室窗前看着路上的行人，想不明白他们咋这么稀罕过年。他的公司是靠创意生存的，员工大多是来自外地的年轻人。因为都赶着回家过年，春节值班就成了问题。只有一个从偏僻山区来的年轻人，主动要求在整个假期期间值班。牛欣迪虽然叫不上他的名字，但很欣赏他的上进，觉得他有点像多年前的自己。

牛欣迪出身草根阶层，一心想跳出农门。当他在小村史无前例地接到大学录取通知书时，一家人简直要高兴疯了。为了供他念大学，爹娘卖光了所有能卖的东西，兄弟们也都被父亲赶出门打工赚钱。

牛欣迪原名牛拴保，他嫌土气，上大学时改做欣迪，果然，同学们都说，从名字上已经看不出他是农村来的了。

大学毕业后，牛欣迪如愿进入一家大公司工作。他没有背景没有后台，前程要靠自己争取。他牺牲了年轻人应有的娱乐，成为大家眼里的工作狂。

自他进入大学，除了寄信要钱之外，已经很少和那个深山里的家联系。自己挣了工资后也曾给父母寄过一点钱，但是家的概念对他来说很淡漠，在他奋力改变命运的途中没有精力去眷顾这些。后来父亲积劳成疾，又没有钱住医院，在生命的最后曾托人打电话说想看一眼令他们骄傲的儿子，可当时牛欣迪正和一名强劲的对手竞争部门经理，自顾不暇，哪有工夫回老家？

牛欣迪终于坐进了总经理办公室，随意发号施令，没有人敢对他说出半个不字。他有足够的资格享受华服美食、名车豪宅，成了名副其实的成功人士。他如愿以偿。

这是他当上总经理后的第一个年夜。今年公司业绩不俗，他给了大家应有的犒赏。员工们都揣着鼓鼓的红包欢天喜地回家了，连平常黏在他身边的女秘书也走了，他一个人留在空荡荡的办公室里，坐在宽大的皮椅里转过来转过去。他第一次有了一种透彻心扉的寒意。

或许自己也应该回家给老娘拜个年。他刚要拨电话，忽地想起母亲半年前就去世了。当时他正和一个法国客商谈一单大生意，没能给老娘送行。老家的几位兄弟因此痛骂他的无情，宣布他将永远不受老家的欢迎。他已经无家可归。

大年夜，他能够和谁团圆呢？除了生意场上那些擅长算计的竞争对手外，他竟然没有一个真正的朋友。

办公室里弥漫着寂寞。他想起小时候兄弟们一起依在父母膝下，家里买不起很多肉，母亲想方设法买些肉骨头煮给孩子们解馋，弟儿几个挤在厨房里眼巴巴地瞅着大铁锅热气翻滚，等着母亲把肉撕下来换个填进他们嘴里。母亲从来舍不得往自己的嘴里放一口，父亲在灶边一边添柴一边笑。

这样的温暖幸福再也不会有了。他感到自己为所谓的成功付出了太高的代价。

牛欣迪想起那个主动要求值班的年轻人，给他打了个电话："你马上买车票回家，陪你的父母过年吧。今年的班我来值。"

他听出年轻人在电话里的疑惑和欣喜。他不希望这个小伙子为了谋求成功而重蹈自己的覆辙。

成功的确很美，但若没有亲人的祝福和分享，这成功未免苍凉。

晒　暖

那天挺冷，到中午时太阳出来了，没有一丝风。我乘车经过大南门，看见城墙下一排守着鸟笼子晒暖的老人。

他们各自袖着手，微微眯缝着眼睛，舒服地坐在自己的马扎上，斜倚在城墙脚下。阳光温暖和煦，填满他们脸上的沟壑。看上去，他们都有自己固定的位置，每个太阳不错的天气都会在那里，已经成为城墙的一部分。我不知道他们是因为老了才来这里晒太阳，还是被这里的太阳晒老了。

医家说，"背为阳，心肺主之"。脊梁常晒太阳，能逼出体内寒气，得太阳之精而遍体和畅。可是这里，晒暖的人们背后是城墙，阳光洒在脸上。

张中行先生有《负暄琐话》《负暄续话》《负暄三话》，这些老人们却一言不发。每个人守着自己的鸟笼子，互相不搭腔，看得出他们非常熟悉，熟悉到没有什么可以琐话续话三话。

他们的视线停留在眼前的地面上，地面纤尘不动。大街上来来往往的车辆和人流，与他们都没有关系。因为没有风，连城墙下一只轻飘飘的塑料袋也似乎稳重了许多。

城墙上有两块牌子，标示城墙是全国重点文物保护单位和河南省文物保护单位，但是老人们谁在乎这些？或者说，这些老先生们是吃过大盘荆芥的，见识了太多，经历了太多，对些许的荣耀已经无所谓，风轻云淡了。

　　我请求开车的司机师傅在拐弯处稍停，好给重点文物保护单位的牌子拍张照片。旁边指挥交通的一位年轻女协警，穿着宽大的深蓝色制服大衣，回头看了我一眼，也是无所谓的样子。她转身专注于自己的工作，对我的好奇不以为然。是不是有太多外地游客对这样的古老城墙感兴趣，太多人想留下古城墙的影像，她已经多见不怪了？这或许就是老城的态度，去留无意，宠辱不惊，任身边人来人往。

　　有一位微微驼背的老先生慢腾腾、从正举着手机来来回回找角度的我身边经过。他穿一身藏蓝色衣服，头戴着藏蓝色呢帽，款式老派周正，看上去料子很好，也很干净整齐。我看他缓缓经过那排鸟笼时，冲着眯缝着眼晒暖的老人们微微颔首，然后捡起一位老人脚下的一只塑料饮料瓶。我不知道他这么做是为了清理垃圾还是废物利用。他的微微颔首，是在征得地盘主人的同意吗？

　　这一切都是无声的，他们仅仅以眼神以表情交流。是不是每个圈子都有自己的规则？他们大约也有。哪怕是在和煦的冬阳下，没有风，但整个规则流淌在空气里，让人不由自主去遵循。

　　挑战规则需要勇气。人们会不会出于自保的本能，对与己无关的规则敬而远之？

　　我匆匆拍完照，没敢再打扰他们，拐进大南门，走了。

早班公交车上的妈妈们

　　每天早上我陪孩子一起出门，她上学，我上班。其实我不必去那么早，但是既然已经起床了，也吃过了早饭，已经失去睡回笼觉的兴头，早点到单位，读读书上上网看看新闻，也挺好。

　　在公交车上，经常能遇到送孩子上学的妈妈们。大大咧咧的父亲们大约是不屑于做这种琐碎活儿的。偶尔也有奶奶或者外婆送的，她们多是代替自家孩子履行妈妈的责任。

　　早班公交车上的妈妈们，应是收入有保证但也有限的工薪阶层；特别有钱的，人家会用私家车或者包车送孩子。要送的孩子多是小学生，再大一点儿的，可以自己拿着公交卡上下学了。送孩子的妈妈们年纪不太大，看上去多在三十岁至四十岁之间。以如今的生活条件，三十多岁，还都年轻，衣着跟得上市面上的流行风，虽然算不上什么名牌，但一定干净体面整洁，脚上是舒适的低跟鞋，方便拉着孩子健步如飞。手上拿的提包多是平价款，但款式挺时尚。淘宝上有各种平价的山寨版，颜色款式必定是与身上的衣服鞋子相配的。这一代妈妈们都受过良好教育，懂得打扮自己。下雨的时候，她们会把手提包装进各种免费赠送的无纺布购物袋或者房地产开业的广告袋子里。连这样的袋子，妈妈们也会考虑搭配，一定是又结实又体面，不至于和身上的衣服颜色相冲突。

　　孩子们上学太早，公交车上人不多。我路远，坐得久，看见一对对母子或者母女轻轻地上车下车，像是特意不打扰那些缺瞌睡的孩子倚在妈妈身上再眯一会儿。

一天早上很冷。车门开了，冷风灌进来。车上一位苗条的年轻女士，轻轻揽住身边裹在大衣里的孩子；那孩子估计是上幼儿园吧，身量小小的，脸上有柔软的好奇的笑。

进来的是一位个子高高的妈妈，白色的仿羊绒上衣，黑色裤子，黑色平底鞋，儿子养得好，已经达到妈妈肩膀高了。孩子微胖，在雾霾里咳嗽着，像是感冒了。一坐下来，妈妈就帮儿子把领口的拉链拉严实了，又从手包里拿出纸巾来，让儿子擦鼻涕。儿子擦完了，她无声地伸出手，表示可以放进自己的手袋里。儿子到底大了，不肯麻烦妈妈。他四处打量，找到了垃圾桶，赶紧丢进去。妈妈微笑着，表示对儿子的鼓励。文明是潜移默化的吧，一代人又一代人，逐渐走向进步，这一代孩子已经养成维护公共卫生的习惯。

我敬佩这些头发梳得纹丝不乱、衣着整洁的妈妈们。我想，她们每天起大早，赶着时间做饭，照顾孩子吃穿，收拾自己，满怀希望地走出家门，应付一天的生活。她们也许很普通，是这个城市里最普通的妻子、最普通的母亲。她们送孩子上学，完成一天的工作，挣一份劳动所得。她们是认真的生活者。我利用上班前的间隙写这段文字的时候，对她们满怀敬意。

俺家有个野蛮老婆

不是冤家不聚头，俺和老婆是地地道道的冤家姻缘，直到结婚后十几年野蛮女友大行其道的今天，俺还是没有能弄明白怎么会昏了头娶了个如此野蛮的老婆。当然啦，就算是心藏不满，咱也不敢有怨望之心，老婆的武力镇压早已经耗光了俺的斗志。

"一言不合，拔拳相向"，在俺家如同米饭面条一般稀松平常。您也看到了，咱的个头确实不比袖珍男子汉潘长江伟岸多少，老婆经常取笑俺没有去扮演那号称"三寸丁""谷树皮"的武大郎实在委屈，在家里送俺绰号"大郎哥"。不知道的人听了还羡慕老婆对俺亲昵呢，殊不知咱这心里头实在酸溜溜苦涩涩的不是滋味。咱身材矮小倒也罢了，偏偏娶的老婆傻大憨粗，生了孩子后愈加发福，虎背熊腰赛过母大虫，打起架来咱还真不是人家的对手。

真理有时候是被强权和暴力操纵的，俺深信此言不虚。咱不是没有反抗过，但每次反抗的结果都是更加残酷的镇压。大丈夫能屈能伸，所以通常情况下俺还是很懂得韬光养晦的。为了和平起见，表面上对老婆点头哈腰、俯首称臣，人人夸咱模范丈夫——这种荣誉称号咱是不想要也得要。没办法，人在屋檐下，焉敢不低头啊。这都是俺在无数次的较量，屡战屡败，屡败屡战，经历了无数次狂拳暴脚的袭击之后总结出来的全身之策。

遥想当年，咱老张在大学生宿舍里和舍友们卧谈阔论，曾无数次对未来的爱人有过许多美好憧憬。虽不指望她花容月貌，起码也得是小鸟依人温柔贤惠吧。唉，不曾想毕业后分配到中学教书，才知道理想与现实竟会有这么大的距离。因为身材矮小、工资不高、没有住房、家在农村，俺在恋爱市场上没有一点竞争力，找对象屡屡受挫，自尊心大受打击。

俺差点就要宣布独身。这时候，媒人推荐来了她。第一回见面，俺对她本不感冒，转过头想一想，丑虽丑了些，终究是个女人，慰情聊胜于无吧。不是有首歌叫"我很丑可是我很温柔"吗？说实在的，初次见面她伪装得还挺不错，含羞低头，手卷衣角，低声细气，倒也平添了几分女人味。就这样俺被她骗上了贼船，自此再无出头之日。

打结婚第一天起，老婆就给咱制定了约法三章：工资全交、家务全包、剩饭全吃。俺当然不答应，好歹咱也是爹娘生父母养的男子汉，哪能受这种腌臜气，当下就要奋起抗争。孰料人家是有备而来，大大咧咧朝屋中间一站，比画着电视上的拳击动作，招手叫道："老公，放马过来，咱俩切磋切磋。"

对她的这种疯狂叫嚣，俺心头的无名业火突突突直往上冒。是可忍孰不可忍！大丈夫可杀不可辱！于是挥起老拳冲将上去，哪料到只消一个回合，人家就将咱撂翻在地，再无还手之机。

首战告捷，老婆愈加作威作福，在家里称王称霸，不但剥夺了咱的工资处置权、家庭事务发言权、电视选台权，连和她一起上街时看一眼美女都惨遭限制，被她斥责为色胆包天；尤其是在老婆当上单位的一个小领导之后，家庭地位更是直线上升，俺就像她拴在裤腰上的蚂蚱，再怎么蹦跶也蹦不到哪儿去。

"苦啊！"老婆没在家的时候，俺常常顾影自怜，兀自叹息，感慨自己命苦，积极寻找机会，计划相时而动、颠覆暴政，期望能彻底摆脱她的统治。

终于有一个周末，俺找到了机会。在伺候老婆孩子享用完按照老婆钦定的菜谱做成的丰盛晚餐之后，俺低眉顺眼收拾碗筷，洗完衣服，趁着老婆为儿子辅导功课的当儿，提起早已经收拾好的小包，带着私自攒下的体己钱偷偷溜出家门，一溜烟赶到火车站，坐上了开往省城的火车。坐在座位上，俺这心里头禁不住通通直跳。打眼张望车窗外，还好，老婆没有追上来，不由得又是欢喜又是紧张，仿佛逃出牢笼的小鸟，难以描绘当时的心情。

　　两个小时后，俺下了火车。时间已经不早了，咱得先找地方住下啊。可怜身上千辛万苦攒下的私房钱并不多，所以也不敢太奢侈，左比较右思量，俺选择一家看上去可能较便宜的小旅馆走了进去。天晓得怎么会忙中出错，办住宿手续时俺才发现出门时忘了带身份证。这可怎么办？俺急得团团转，向服务员苦苦哀求，可人家满脸鄙夷，压根不为所动，从鼻孔里轻蔑地哼了一声："别装了，你这种人我见得多了。告诉你，最近公安局查得紧，要没身份证你就赶紧走，别在这儿影响生意！"

　　没办法俺只得转身离开。还没有跨出门槛，就听见两个服务员嘀咕着说："瞧他贼眉鼠眼的，一准不是啥好人，还说忘了带身份证呢，我看他分明就像电视上公告的通缉犯。"天哪，咱怎会落得如此凄惨？

　　到哪儿去过夜呢？好在看通宵录像不需要身份证，赶紧买票在录像厅的椅子上度过了艰难的一夜。好容易挨到次日清晨，咱这一身筋多肉少的瘦骨头差点给硌得散了架。走到阳光灿烂的录像厅外，俺安慰自己说："舒服诚可贵，自由价更高嘛。"

　　好，没有野蛮老婆指手画脚，俺要去享用自己喜欢的早餐。吃嘛呢？当然是辛辣刺激的麻辣烫啦。结婚前俺最喜欢吃辣椒，可是自从老婆进门，俺这爱好就给硬生生剥夺了，她说什么辣椒刺激肠胃，对健康不利。哼！鬼话！逃出了老婆的魔掌，俺今天偏要吃个痛快。如此一想，豪气万丈，雄赳赳、气昂昂来到一小摊前，要了一碗麻辣烫，将半小碗的油拌辣椒面倒进俺的大海碗里，直惊得老板目瞪口呆。尝一口，哇,真辣!汗珠、鼻涕、眼泪一起往外冒,真是辣得过瘾哎。一个字形容,那叫爽!

吃完早餐就在大街上晃悠,反正没事干呗。闲着也是闲着,从这家商店晃悠到那家商店,人家服务员不待见了,直拿白眼翻咱。打量咱那眼神活像是瞧见一个找不到工作无所事事的民工,俺分明听到她们在俺身后议论:"哎,当心点,报纸上说了,这些民工穷急了就到商场里偷东西。"俺这心里头怪窝得慌,你说俺碍着谁了这是?咋走到哪里都招人厌呀!

叹了口气,俺走出商场,站在街边上看几个老头子下棋。老头子们急得脸红脖子粗的,俺在一边看不过,实在忍不住想主持一下公道,没料到一下子捅了马蜂窝,他们立即化解矛盾团结一致,共同排挤俺这个外来者,吓得俺落荒而逃。既然到哪儿都不受欢迎,俺就吃饭去,照例是一碗麻辣烫,小半碗辣椒面,辣得爽口,辣得舒心。下午还是闲逛,其实这城里各种各样的娱乐场所挺多,可惜咱腰包羞涩,不敢进啊,还指望这点钱吃喝呢。晚餐改改样,老婆不是说烤羊肉串吃多了会得癌症嘛,俺偏要犯犯她的忌,啤酒配着羊肉串吃了个肚圆。

晚上还是没地方住,只好还看通宵录像。第二天早上一觉醒来俺就发觉浑身酸疼不对劲,鼻塞头疼眼发昏,胃里头还一阵阵火辣辣地疼,看样子是要得病了。俺这没出息的眼泪刷就下来了,忍不住念起野蛮老婆的好来。要是她看到俺病成这样不知道会急成什么样?恐怕早就驭着俺进了医院。老婆野蛮虽野蛮了点,还是挺知道心疼俺的。

俺可怜兮兮地在大街上盘桓了好久,看来自由的日子并不那么好过啊。要在这个人生地疏的地方生一场大病,没人管没人问的,没准真的会命丧异乡哪,那可就再也见不着老婆儿子了。越想越害怕,还是回家吧,就算是老婆逮住俺一顿胖揍,俺也认了,总归是自个儿的家好啊!

一路颠簸回到家门前,差不多正是晚饭时分。远远地俺就看到老婆和儿子站在门口眼巴巴地张望着。老婆才两天没见,好像就瘦了一圈儿，脸色黄黄的。

　　俺蔫头耷脑地朝老婆跟前蹭。她远远看见俺，大呼小叫不管不顾地冲过来，一把将俺搂在怀里，心肝宝贝地直叫唤，眼泪鼻涕抹了俺一身，然后把俺使劲推了个趔趄，又骂开了："死鬼，你这两天到哪儿去了？差点没把我和儿子给吓死。"

　　骂着看俺脸色不对，一摸额头热得烫手。"呀"的一声惊叫，吩咐儿子好好待在家里，背上俺就跑进了医院。医生说还好，不要紧，是急性感冒，老婆这才放了心，取了药不由分说又要把俺背回家，俺一个大老爷们嫌在大街上让娘们驮着不好意思，刚想建议她招呼个出租车，她眼睛一瞪野蛮劲又上来了。唉！那就由着她吧。

　　这场病使俺逃过了老婆的一顿责罚，不过老婆说了，为了赎罪俺得继续受她的管制，不准吃辣椒，不准吃羊肉串，不准对别的女人想入非非，不准……当然还有不准再离家出走。俺信誓旦旦地承诺，就是你狠着心赶俺走俺也不走了，俺要死心塌地接受老婆的野蛮统治。老婆高兴得花枝乱颤，逮住俺野蛮地亲了一口，在俺的腮帮子上毫不客气地留下了一排牙印。

般　配

　　要不是因为准备再婚，赵海怎么也没想到屋里的家具已经那么破。经过丽丽的点评，简直一无是处。

　　尤其是电视，用了十几年，鼓着个大肚子，图像扭曲变形，所有的人物都是上身长下身短。遥控器被胶带缠得面目狰狞，丑陋不堪。

　　沙发是早就过时的皮革面，扶手和部分边缘磨破了，露出里面黄得发污的海绵。

　　茶几，天哪！这也能叫茶几？木制的，棕红色，油漆有些脱落了，一块一块的，活像一只斑点狗。茶几腿上有小刀刻出的图案，那是已念中学的儿子幼儿园时期的杰作。

　　窗帘早就褪色了，常年接受阳光的曝晒，显得很稀薄。丽丽的眉头皱起来。

　　还有墙壁，到处是儿子手印、脚印、足球印，还有他每年一次的身高刻度。每个电灯开关边上都黑乎乎的。

　　拐进卧室，丽丽的眼睛睁得那么大。天哪，什么品位！你们家竟然还在使用这种床单！喊，太平洋牌，是我奶奶年轻的时候流行的吧。赵海和前妻都是农村长大的，结婚时老家的亲戚朋友们送了好多这样的床单做贺礼。它们大概被作为新婚礼物已经周转了好多次，折叠的痕迹都发黑了。那时候，前妻曾开玩笑说，这些床单够咱们用一辈子了。她是个知足的女人，这些床单她一直节省着用，至今柜子里还有几条没动过的呢。

床是四脚细细的铁架子上铺着桃木板子，床头挡板上海蓝色的油漆脱得斑斑驳驳。现在连乡下都用席梦思了，你家还睡这个？丽丽非常地不屑。

真有丽丽批评的那么差吗？赵海有些疑惑。他和孩子妈妈在这里生活了十几年，还一直觉得蛮好的。他很惭愧，自己怎么就没有意识到落伍呢。

他告诉自己得宽容些。为了娶这个比自己年轻不少的女人，做出些牺牲是应该的。

很多事情是不能错一步的，错了一步，下一步就逼你不得不跟着错，于是一步一步走到无法挽回的地步。最初在企业家宴请的饭局上，他就不该和这个陌生女孩搭腔。那天喝了点酒，大家说话都有些张狂。别人介绍他是作家，很著名的哦，帮助很多企业写过宣传文章呢。丽丽马上表现出很崇拜的样子，说自己从小就怕写作文。被年轻漂亮的女孩子崇拜多有面子啊！他挺得意，把自己的电话号码留给了她。这是错误的开端。以这个电话号码为由头，身不由己地走到没法收拾的地步。

他跟着丽丽走进商场，一切照她的意思办。

买了新电视新沙发新茶几新床铺新被褥新柜子，当然房子也得重新装修，新刷了墙换了门窗，装了新窗帘新灶具新卫生洁具，一切都是新的。保洁公司来打扫过了，到处窗明几净。真是钱花在哪儿哪儿好啊。

请丽丽来验收之前，赵海摸摸干瘪的腰包，很担心她再提什么新要求。

丽丽看样子对按照自己要求改造的房子还是挺满意的。她拉着赵海检查卫生间，走到门口，习惯性地对着洗手池上的镜子照了照，发现了新问题：这个房子到处是新崭崭，满当当盛的都是喜气，包括自己，粉扑扑的脸蛋，时尚的打扮，多好！唯独她身边这个人，萎靡疲惫，衣着过时，在她面前无精打采地低着头。哎呀，他和这套房子多么不般配啊！

被陌生征服

我这样爱钻牛角的人，每遇到烦恼无计排遣的时候，惯用的伎俩是逃避，躲开几天。那么，等到我回来，或者是麻烦已经解除，或者是自己想开了，茅塞顿开，天青日朗。

逃避的办法是旅游。一个人去一个陌生的地方，住便宜的小店，吃遍地的小吃。看不看风景名胜在其次，却喜欢在陌生的人群里陌生的屋檐下听陌生的方言，感受不知何处吹来的风。在陌生的环境里我能更加自如，不再是社会规定的任何一种角色。谁会知道我呢，我可以不洗脸不化妆，可以穿落伍过时却舒服的旧衣服，可以边走边看，可以到一个陌生的公园里在陌生的长椅上和一个陌生人聊上一个下午。

我喜欢潜伏在街市的深深小巷中，看淅淅沥沥的微雨中端着钢精锅出来买早餐的睡眼惺忪的妇人，看背着旅行包拿着地图的旅客。而我，是一个旁观者，不急求融入，不在乎到什么景点拍照留念。

这次的目的地是一座历史上曾经辉煌的古城。下了火车，跟出租车师傅说想找一个老居民区中的住处。最终选定的是一晚上只收二十元的家庭小旅馆。

房间就在店主家里，大约是若干年前建的老宅。出了门厅，院子被剖做狭长的两半，一半是接待投宿赚钱的，另一半是店主自家的住处。

跟随拿着呼啦啦一大串钥匙的店主夫人走进去,大约有十来个房门,弯弯曲曲,随着地势修建,细长的一排,仿佛原本是砖砌的一大通间,被分隔做了若干个小间。看得出,对于有限的面积,老板做到了充分利用。床上铺着薄薄的褥子,蓝白方格的床单上是一张草席,席子上是一个与床单同色的枕头。

很好,能睡觉就行。

在狭长的走道尽头,是一个公用的厕所,厕所门口有洗脸池。我拿凉水冲掉脸上一路收集的灰尘。

天色暗下来。我带上零钱,穿过狭长的前厅,打算出门吃点东西,顺便到街上走走。

暮色四合,街灯不太明亮,路边的行道砖凸凹不平,整个城市是苍凉古老的,但是小吃摊很红火,一家挨着一家,价格便宜,量也给得足,家家都生意兴隆。

街边有那么多商贩。一辆自行车,后架上绑着一个未经油漆的洁白斗篮,上面蒙着白布,贩妇手里拿着杆秤,嘴里吆喝着,豌豆糕,热哩豌豆糕啊,热哩。这是我小时候非常喜欢的食物,已经多年没有吃过了。称一块,还热得烫手,迫不及待地掰一块塞进嘴里,犹如小时候在炉灶边等不及妈妈将蒸熟的馒头下屉,同样迫切享受的小小快乐。

在书店街十字路口,看到有排队的人群,也赶紧加入进去,好容易轮到自己,看到里边正摊煎饼果子,四块钱一个,有专人负责收钱。面汁、韭菜、鸡蛋、葱花、千张,都用硕大的容器分盛着,还有一大筐炸好的焦叶。操作者白衣白帽,手法娴熟,一项项,按照程序,浇面汁,摊平,撒韭菜葱花,磕鸡蛋,抹酱,撒胡椒,加千张、焦叶,纹丝不乱。一阵子眼花缭乱,一张内容丰富、折叠整齐的煎饼已经包好放在你手里。我想,这个城市的人们是有耐心的,不急切,不焦躁,所以能把简单的手艺演绎成艺术。

旁边的街上有好多卖书本文具的店铺，有些招牌上的题款已经穿越了几百年。大多店铺的生意并不红火，但是店老板却泰然自若，决不肯点头哈腰地招徕顾客，让闲逛的人也跟着心平气和。

　　两天后返程时，我已经忘记了自己到底是因为什么烦恼出来的，欢天喜地地买了大袋的花生糕、桶子鸡，塞满背包回去。

公贺新禧

王宝林干了这些年的县委书记，每次一到年关，就要为送礼发愁。

"龟孙！送个礼咋就恁难？"王宝林在家里愁眉苦脸的。

老婆挺贤惠，在一旁小心翼翼地帮着叹气，"咋，还是不接电话？……要不，就算了吧，咱正经干事，清清白白的，怕啥？官大官小的，上头也不能光看是不是送了礼吧！"

"哼！娘们家，懂个啥！这叫潜规则，别人都送了，就咱没有送，会给记住的，这叫作逆淘汰，明白吗？"

老婆在一边噤了声，不敢插嘴。王宝林平时喜欢读点书，自视为学者型干部，对吴思的那本《潜规则》相见恨晚。他是凭实绩上来的干部，出身寒门，没什么背景，全靠自己努力，从副乡长当乡长，到乡党委书记，到副县长、县长、县委书记，稳扎稳打，工作上他尽心了，能力也是大家公认的。听说最近市里要推荐一位空缺已久的副市长人选，他心有所属，社会舆论也看好他，可是盯着那个位子的人多着呢，在这关键时候，他不做些努力恐怕……难保别人不捷足先登啊。

县委办公室工作人员早已为他列出了今年春节要打点的人员名单，他根据需要作了一些增删。这是沿袭多年的惯例，他自己不收礼，要求老婆在家里坚守防线，绝对不能给送礼者开门，自己则代表县委打点上下，所有费用当然由县里出，这叫公贺新禧。出面的是他，在领导那里落下人情的也是他。说实在的，他不喜欢这个，可这是大家认可的规矩。

自从过了腊八，这就成了他的一块心病，一家家挨门拜访，可总是有些人的门不好敲开。

"龟孙！"一着急他就暴露了老土家二小子的本性，忍不住想骂人。

其实这名单上的很多人都是他非常熟悉的，有些是老领导老同事，过了节了自己掏腰包去拜望也是应当的，可是一旦列入这个冷冰冰的名单，节前探望就变成了收买和献媚。

好容易送完所有的礼物，他长长出了口气，回到家累得差不多要散了架。一进门王宝林就关了手机，老婆小心地问："都送完了？"

"送完了！"

老婆满脸欢喜，赶紧端来热在电饭煲里的红薯稀饭——他喜欢这种粗糙的食物就像喜欢自己贴心贴肝的老婆，端着大海碗稀里呼噜喝一气——嗨，真叫过瘾！

稀饭刚喝了一半，电话铃响了。

谁？家里的电话号码是保密的，除了自己的秘书，没有别人知道。他扬扬手，示意老婆接电话。

不一会儿，她低眉顺眼地过来了："是小李，想给咱拜年。"

"娘的！"

其实，小李这孩子不错，是他的前一任秘书，跟他服务几年，挺能干，半年前派到一个镇上当镇长去了，各方面反映很不错，自己差不多是把他当兄弟一般看的。

只是这大过年的……莫非他也和自己一样，是代表着镇上？

城里乡下

她心情烦躁，皱着眉头要了大碗胡辣汤，五块钱一份的。平时她喝两块钱的，两块钱的汤稀，没有牛肉丁。

"要油饼还是煎包？"收款员抬起头问。

"油饼。"平时她不要，因为所有女人都在减肥。其实她挺喜欢吃油炸的东西，可医生说，油炸食物是减肥者的死敌。

今儿个，不省钱了，也不减肥了，管他的呢。

她怒冲冲揪了团粗糙的餐巾纸，狠狠在痕迹可疑的桌子上擦着，纸上立即浸满了黑黄的油渍。

兔孙！就算是地沟油，也是花钱买哩，总该心疼着点儿用啊。路边店这帮没出息货们，一个个像打劫了卖油郎，不要命地搁油。

胡辣汤得拿着票自己去端。油饼也被啪啪啪剁成几块，咣当一声扔在油光光磕扁了的不锈钢盘子里，等着自个儿去领。

她恨不能为二十多年前的选择扇自己一巴掌。

郊区离城市就那么点距离，可城里就是城里，乡下就是乡下，当年城里姑娘看人的眼光都显得高人一等。她自小好强。初中毕业那年，因为职业中专能带户口进城，她坚决不上高中，无论如何要跳离农门。中专毕业分到工厂，如愿当上城里人。

后来工厂不景气，十几年前就破了产，好在两口子有技术、能吃苦，找个活儿养家糊口倒不成问题。

以前住在厂里的宿舍，厂子没了，宿舍也没了，两口子多年省吃俭用攒了点钱，可这点儿钱在城里只能买个窝屈窄巴的二手房。也是她的主意，思谋着花同样的钱，住在郊区比在市里能宽绰得多，就下决心在娘家村里买了个小院子，回到她曾经努力要离开的乡下。

再后来，城市扩张越来越快，他们村已经被附近的高楼大厦包围了，政府要改造城中村。政策公布了，有村里户口补偿得多，没村里户口的补偿得少。同样大小的院子，邻居家能换三套一百二十平方的单元房，他们家只能换一套。

"你说我图的啥？早知道，就不该把户口迁到城里。一样的房子，一样的院子，就因为人家户口在村里，就能补偿好几套房子，咱家倒霉，那么大个院子换这么套小房子。"老公心眼儿大，劝她说，谁也没有长前后眼，哪能预先都想到。

她就为这个生气，怨自己点儿背，大院子换了小房子。以前过得不如她的乡下邻居们都发了拆迁财，听说有些人自己家住一套，其他的置换房都卖掉了，一下子到手上百万。

"有钱！花不完哩钱！政府叫咱享福哩！这辈子不愁吃不愁穿。"以前住隔壁的那家女人在麻将桌上炫耀。

她能不生气吗？心性怪高，命里不赶趟。别人都能得的好处，自己白白给扔了。

老公安慰她："生啥气？咱闺女争气，考高中全市前几名，重点学校抢着要，学费不用交，连食宿费也全免。你算算，三年下来，光这一项就省好几万。"

老公说得有理。这么一想，心里顺畅多了。

搬进新房子住惯了，觉得怪不错。小区里种的花呀草呀，又有物业管理，到处干干净净。天气好的话，两口子吃过晚饭下楼散步，锻炼身体。老公向来是知足的，他说，比住在乡下鸡飞狗跳的强多了。

从起点到终点

　　我和爱人分属于两个相邻的小城市，乘车只有一个小时的路程。我就像《周渔的火车》里的周渔，每个周末乘火车到另一个城市去看他，周一早上再乘车回来。几年下来，我对这样的奔波产生了厌倦，不知道这样的日子何时才是尽头。

　　一个夏天的周末，我照例握着一张无座的车票，钻进拥挤的长途空调列车。为节约能源，所有的车窗都被锁死了，车厢连接处充溢着令人作呕的烟味和汗臭味。我努力挤向车厢中部，扶着一张座椅靠背小憩。无聊中，我的目光停留在侧前方的一对年轻人身上，不过十几岁的样子，两个人穿着一样的牛仔裤、T恤衫。他们长得很像，都是细瘦的身材、浓密黑亮的短发、笑起来弯弯的眼睛，还有尖尖的下巴。女孩子的脸上没有任何脂粉和修饰，透着纯净的快乐。他们挤在原本只能容纳一名乘客的座位上，头顶着头亲密地紧靠着，唧唧呱呱低声说着带有地方口音的普通话。隐约地我听明白了，他们是趁着高考过后的暑假去旅行的。

　　我想这两个孩子，应当是从小一起长大的玩伴，为着一份得到父母首肯的爱情一起出门的吧。他们对未来没有太多的奢望，这份感情是不含任何杂质的，只想守住眼前的甜蜜。

　　我当年也是为这样单纯的爱和我的他走到一起的，如今却因为现实的困难而生出抱怨了，面对他们我有些惭愧。

一年过去了，又是暑假后学生返校的客流高峰期，火车上拥挤异常，我再次遇到了那对年轻人，女孩子的头发长了一些，秀气地洒落在肩头。女孩子也认出了我，我们因此攀谈起来。他们果然是青梅竹马，去年如愿考上了同一所大学。一路上拉呱了好久，我下车时和他们互相留下了地址和电话。

背面写着电话的车票被我放在抽屉里厚厚的一叠旧票中。我明白，不过是偶遇的陌生人罢了，他们不会，我也不会拨通上面的电话。

几年后，在一则洗发水电视广告里，我看到了那个下巴尖尖的女孩子，只是两只眼睛更大了，酒窝深了，皮肤也比以前白皙丰润了；最出彩的是她的头发，浓密黑亮，梳子从长长的头发间滑过，跌落在地上。后来在很多女士用品广告里都能看到她的影子，减肥的、丰胸的、塑身的、祛斑的，甚至内衣广告，她火了！报刊上连篇累牍地介绍着这位广告明星，听说有很多大款在追求她，我暗暗替那位男孩子担心。

又过了两年，那位男孩子风头也强健起来，听说他从建筑设计起家，已成为房地产界竞相抢夺的赚钱大王，薪水之高令人咂舌，号称打工皇帝。在一个电视专访里，主持人问他何以年过而立尚未成家，身体已经发福的他说："财富有时会成为恋爱的障碍。"因为他无法判断向他示爱的女孩子爱的是他的钱还是他这个人。

最近，娱记们不断发布着那位已经过气的广告明星被一个接一个富翁甩掉的花边新闻。是啊，名利场上各领风骚三两年，那个女孩子的美丽又能风光多久呢？

我翻出抽屉里那张记着电话的车票，叹口气把它压在尽底，这是我曾经见证过的一个爱情故事吧。

我的生活如旧，每个周末往返于两个城市之间，从起点到终点，又从终点回到起点。

点 心

说到点心，有一个典故。当年在学校念书的时候，宿舍里有个惯例，凡是星期天回家的同学，都要把带来的东西拿出来共享。

有一次，一位同学从家里回来，提着袋子问，大家要不要吃点心？

要，要。宿舍里尽是看见好吃的不要命的家伙，纷纷从床铺上跳下来，蜂拥而至，拿到手里的却是一个个点了红胭脂的圆馒头。

于是大家失望，说，这叫什么点心。

怎么不是？同学大笑。我们家乡，这个就叫点心，在馒头顶上正中点一粒红胭脂，可不就是"点心"。

照我们通俗地理解，点心应当是油腻、香甜的面果子，通常用作走亲访友的礼物。当年喜欢点心，不外乎因为点心的油腻，甜，耐饥。那时候缺油缺糖缺面粉，当然更缺混合了油、糖、精面粉的点心。家里收到这样的礼物，通常是作为营养品，专供需要特别优待的长辈或病人。

一切不易得到的东西，都值得向往。有一次，好像是中秋节前夕，哥哥感冒了，发烧，没有胃口。妈妈很发愁，问他想吃什么，哥哥说月饼。家里刚好有几封妈妈才买来的月饼，是计划走亲戚用的。当时的月饼个儿大，四个一封，算做一斤。

妈妈拿来一封，哥哥居然一口气吃完了，都说月饼油腻难消化，不知道当时十多岁的他肠胃功能为什么那么强。第二天早上，哥哥的烧退了，感冒也好了。这可谓点心在医疗方面的奇效。

至今，这件事成为全家嘲笑哥哥的保留节目，但他不但不以为忤，反倒成了夸耀的本钱："嗨，你们谁比得上我身体好？一斤月饼啊，二十分钟，不，十分钟，全部下肚！哈哈！"

那时候能吃到点心近乎一种奖赏。正常情况下，年节时在众亲戚家周游列国的点心，落脚时包装大多已经磨破，最终被家里的重要人物享用，或者用来哄小孩子。我记得邻居家的一个小孩，因为妈妈要去姥姥家不方便带他，号啕大哭，在地上打滚不肯起来。奶奶为了安慰他，给了他一大块点心，类似于今天的桃酥。他的悲伤立即平复了，专心向那块点心进攻。可是不知道是因为点心放得太久太干硬，还是他舍不得吃，整整一个上午，他不停地一点点啃着，才消耗掉那块点心的半拉。

现在超市里有太多点心，花色门类品种一应俱全，看得人眼花缭乱。我得努力约束自己想买的欲望。这些年，因为享用了过多点心，我有着医生建议减肥的沉重任务。

很多次终于没能经得住诱惑，买了点心带回家邀女儿一起分享，可是自小从不缺少零食的人家压根就不屑一顾。

春节前夕，回老家探亲，归来时带了几个老家邻居送的年馍。雪白，圆溜溜，正顶上点了红胭脂。我赶紧喊女儿来看。

"嗨，过来，听我给你讲一个点心的故事。"

定　数

　　年纪越大，越相信因果定数。很多事情，无论你如何努力，都改变不了结局。你努力改变了初一，却改变不了十五。你努力改变了 A，却改变不了 B。只能眼睁睁看着事情走向不希望的结局。

　　这是命里的定数。一切果报都有来源。自己因果自己了，自己修行自己好。果然如此。这是她一个人时，泪流满面的领悟。

　　她真的十分心痛。从最初的惊愕、手足无措，头脑里一片混乱，到终于冷静下来，找人打听消息，祈祷他能无恙平安，到终于，她的幻想一个个破灭了。

　　以前不是没有担心过，但是绝对没有想到过如此坏的结局。

　　她恨他认不清形势，恨他固执不听劝说。可有什么用呢？他是从那个时代走过来的人，时代和成长经历决定了他必然会形成那样的性格。他的性格曾经帮过他，他的性格也害了他。因何得之因何失之。老祖宗的总结是有道理的。

　　世事无常。时代不同了，他没有及时改变，眼睁睁看着境况一点点坏下去，她却无能为力。

　　他以为所做的一切都是为了孩子，结果却害了孩子。他把孩子想象得太完美了，孩子的缺点在他眼里也成了优点。孩子的狂妄在他眼里是勇敢，孩子的挥霍在他眼里是大方，孩子的无礼在他眼里是不拘小节。

他把孩子推进一个灯红酒绿的世界，却抱怨孩子不肯吃苦上进。

在无尽的长夜里，她不知流了多少泪，担心好强了半辈子的他受不了这样的煎熬。她了解他。他并非主动作恶的人，从不肯浪费一文钱。他节衣缩食地储蓄，想要在没有安全感的世界里给老人给孩子给自己多一些保障，但结果却走到了初衷的反面。

他一定想不明白吧。他只是庞大的运行系统中一颗小小的螺丝钉，是浩荡奔流大河中一滴小小的水珠；他只是顺应着当时的形势，随大流而已。他决不允许自己作恶，也从未纵容自己贪婪。他自认为是襟怀坦荡的、是平和安全的。

可他太随波逐流了，又没有强大的能保护自己的力量。滚滚红尘，我辈卑微如蝼蚁。暂时的顺境使他忘记了恐惧。当历史的车轮碾压过来时，别人都机灵躲闪，唯有他愚钝，以为自己是细小的微粒，别人才是挡道的石头。然而，别人都躲进车轮的齿缝躲过了劫难，唯有他，被迎面碾碎。

有时候你看到作恶的得了势，逞强的没遭殃，谨小慎微的偏偏被砸了头，积德行善的儿孙吃不饱。我猜，那大约是站得不够远，看得不够长。在漫长的人生里，终会有所回应吧。

还是把自己归零，积累福报吧。把认识世界的视野装进脑子里，把谋生养家的本事带在身上，不必营役于名利钱财，以免遗祸于子孙。

对 门

　　家属院一号楼二单元东户是大套，住着赵局长，西户是小套，住着去年刚考进来的科员小李。小李的同事们都很羡慕他："近水楼台先得月啊，将来发迹了可别忘了穷弟兄们。"小李嘴里连称哪里哪里，心中不由暗喜。

　　小李很用心，无论如何不能辜负了自己的有利地势，绞尽脑汁要向赵局长献殷勤。可人家赵局长一家傲得很，包括他们家养的狗，都似乎高高在上，不大搭理人。小李和老婆除了每天辛勤地把楼道里收拾得一尘不染外，还保持着早起的良好习惯。每天梳洗停当之后站在门口，单等对门"咔嗒"一声，赵局长雄赳赳气昂昂地走出来，小李赶紧上前请安，把脸笑成一朵桃花："局长早！"赵局长仿佛没听见似的，眼皮也不肯眨一下，骄傲得犹如肥胖的公鸡，从鼻孔里哼一声，昂然下楼而去。楼下早就停着的小轿车载着赵局长一溜烟走了，小李则欣欣然赶紧骑上他的破自行车，"吭哧吭哧"往单位赶。虽然有好几次，因为等着向赵局长请安而迟到被扣发了奖金，他仍然无怨无悔，坚持不懈用最动人的笑脸去迎接赵局长的每一个早晨。

　　三年后，单位里要推荐干部，小李精心准备了一份礼物，眼巴巴地等到晚上喝得醉醺醺的赵局长回到家，估摸着赵局长进了房间，放下白天须臾不离身边的公文包，换了拖鞋，坐到沙发跟前的时间，轻轻按响了门铃。

隔着防盗门，局长夫人冷漠的声音飘出来："找谁啊？"

"阿姨，我是对门的小李啊，来看看您和赵局长。"

"半夜了，啥事啊？"局长夫人嘟囔着，大概是从猫眼里看到小李手里提着的大包小包价值不菲，终于把门给打开了。

"阿姨好！局长好！"小李一进门就点头哈腰。赵局长果然正懒洋洋地倚在沙发上醒酒呢。他抬眼瞄了瞄小李手里提着的礼物，神色稍微温和了一些："是小李啊，你在哪个部门工作啊？坐吧，坐吧。"

小李的屁股稍稍挨了挨沙发边，满脸赔着笑说："赵局长，我在财务科啊。"

"有啥事到办公室里谈就好嘛，拿东西到家里来干啥？这可是不符合原则的。"

"赵局长，您是长辈。我有幸住在您对门，能经常聆听您的教诲，实在是我的福分，怎么着也该来看看您和阿姨呀。"

赵局长冷冷的表情里似乎有些不屑，这样的表演他大约已经见得太多了。

"有啥事？你就直说了吧。"

小李的腰哈得更低了，脸上的笑容更加谦卑："局长，听说最近单位里要推荐一批年轻干部，您看我到咱们单位也有几年了，年龄、学历、资历，各方面的条件都够……"

"够条件的人有好几个哪。"赵局长意味深长地说。

"局长明察，局长明察。不过我一直都是承蒙您的关照，在您的指导下才一点点成长的。如果我进步得太慢了，工作成绩没有得到同志们的认可，我可实在对不起您多年的栽培啊。"小李说着，眼圈红了，这是他在家里演练了多次的。

后来，小李果然当上了科长，惹得好多人又羡慕又无奈。谁让人家住局长的对门呢。

若干年后，老局长退休了，当年的小李脸色一天比一天威严，终于熬到可以担当重任的时候，上级部门一纸任命，李副局长坐进了局长办公室。

上任第二天，李局长踌躇满志地走出家门，一抬头看见对面门口早已站着胖乎乎的前赵局长，正满脸堆笑地问："小李，不，李局长早！"

"唔。"新上任的李局长从鼻孔里哼了一声，连眼皮也未眨一下。

风清口丽的一天

1

那是风清日丽的一天。从那一天起，一切都改变了。

从那一天到现在，已经差不多一年了。爱人很显老很憔悴很焦虑很疲惫，他知道他也一样。以前她是爱体面好干净的女人，不愿意给别人笑话，哪怕再忙也得把一家三口收拾得干净利落。现在她不管不顾，蓬头垢面地奔波在家和医院之间。以前她好性子有耐心，一看见爷儿俩就笑嘻嘻看不够似的，现在她固执暴躁，动不动就横眉立目发脾气。

虎子受伤以后再不淘气了，一动不动地躺在弥漫着消毒水气味的病房里，虚弱得仿佛连被子也负担不起。

别人劝他，不如再要一个孩子，他也动了这样的心思，没想到和她商量，她的反应会那么激烈，简直像要和他拼命。她扯着喉咙赌咒发誓：虎子会好的，老天爷长眼，虎子不会有事，不会。她咬牙切齿攥紧他的胳膊，把他的手脖子都攥青了。

2

她眼泪都要流干了，后悔不该占那个便宜。

那天在她摆摊卖旅游纪念品的公园门口，外地一个新开发的景区来做宣传，免费赠送门票。她想带孩子出去长长见识，还多领了几张给表姐。去送票那天，表姐说这个星期天刚好有空。人家日子过得好，有私家车，三口坐不满。她带着孩子搭表姐的车，孩子他爹趁着单位休息，替她在公园里摆摊。

她知道虎子爱闹腾，上车前一再叮嘱他别淘气。一路上，孩子怪听话。虎子看见大山，稀罕得不得了。孩子都十岁了，这还是第一次看见真正的大山。下了车他高兴啊，又蹦又跳。她在后边紧追着，招呼他千万当心。谁知道会出事。在新修的盘山梯上，孩子急火火朝前跑，一脚踏空了台阶，从山上滚了下去。

那一刻，她死的心都有。她宁愿滚下去的是自己。她疯了一样冲下去救孩子。孩子浑身是血。表姐说，得赶紧找景区主事的，让他们负责任，怪他们的安全设施不健全。

她脑子里只有一个念头，让我的虎子活着，让我的虎子活着！孩子在她的怀里抽搐着，嘴里涌出血沫来。

出事了，出事了。围观的人惊慌地传递着这个消息，猜测孩子是否还有救，也有搭把手帮忙抬孩子的。

景区的人一直没有露面，表姐夫开车把他们送到医院。自打进了医院，花钱就跟流水一样。医药费很快耗光了他们薄薄的积蓄。家里能卖的都卖了，亲戚朋友能借的都借了，塌了一屁股窟窿。等到缓过神来，表姐说得找个律师好好问问，让景区负点责任。那位律师业务很熟悉，搬着法律条文说得头头是道，建议他们到法院起诉。

可是景区牛得很，对他们明显不屑一顾。"哼，漫山遍野的人都好好的，偏偏你们家出事了，分明是你监护人的责任。你自己没有看好孩子，倒讹上我们了？"这是景区负责人第一次照面时劈头盖脸的责问。

3

男人和女人替换着陪护孩子。

他一下班就来医院，换女人回家给孩子做点有营养的。

他无精打采地看着躺在床上没有知觉的儿子，把手放在虎子细瘦的脖子上。这会儿身边没有旁人。他想，如果就这么一直压下去，孩子也许就永远不会醒来了，不用再面对未来的痛苦。

他有过那样的心思。好多次趁着爱人不在的时候，他想过拔掉氧气管子，然后陪虎子一道上路，可是他终究下不了手。孩子呼吸得那么安静。他眼前晃着虎子小时候活蹦乱跳的身影，看见晚上下班回来虎子迎接在门口的笑脸。他眼前模糊了，哽咽着捂着脸，眼泪从指缝里涌出来。

4

那天，医生查房的时候忍不住摘下口罩，问，在这儿住了快一年了吧？医生看看孩子床头桌子上塑料袋子里的几个馒头，我听说你们家的情况了，再住下去也没多大帮助；要不，你们出院吧，节省点费用。

那几个馒头是昨天买的，一块钱四个。这一段时间，两口子都是靠吃馒头配咸菜充饥。儿子需要营养，每天喝点牛奶，有时候炖点鸡汤。他们俩不能不从牙缝里抠着。

以前女人每天早上都给儿子热牛奶煎鸡蛋。她说，虎子肯定能长大个子，现在都讲究优生优育呢，咱可不能让孩子输给别人。

儿子才十一岁，以后的日子还长着呢。医生说孩子受的伤不会影响他长个子，可是一个不会说话不能行走的高个子有什么用？儿子个子越高，老两口就越抱不动他。这一年里，他觉得自己老了，爱人也老了，两个人都佝偻着背。他们会一天比一天老的，等到他们老了，谁能照顾孩子呢?

5

律师打电话来,说打官司周期会很长;又说对方财大气粗,真的耗下去也未必能占到便宜,让他们有个心理准备。表姐出主意说,找几家媒体呼吁呼吁,在网上曝光。

表姐夫在大机关上班,熟人多。网上的文章是他找专业人士写的,第二天就发网上了,还配发了虎子受伤前后的对比照片。效果是明显的,网上跟帖很多,对那个景区骂声一片。

果然,景区和律师联系,主动提出给孩子解决一些费用。

律师说,对方是生意人,单是景区开发就花了几个亿,不会在乎给孩子看病的这点钱。如果硬要打官司,人家有实力疏通各方关系,到最后咱们也未必能得到实惠,不如利用景区怕影响声誉,替孩子多要点钱。

讨价还价的结果是景区答应补偿孩子看病花掉的三十来万,另外再给三十万做孩子的医药营养费。对方的律师一再强调,他们这么做是出于对伤者的同情,并非理应赔付。

景区老板提了条件,要求他们对着一个录像机诉说自己的儿子因为患病无力医治,多亏景区老板慷慨救助,感谢老板的善行。

几天后他们在电视里看到记者正采访景区老板。老板衣冠楚楚,侃侃而谈,说自己一贯热心慈善事业,以服务社会为己任。配合着老板字正腔圆的表演,他看见自己在电视上对老板感恩戴德的画面。经过电视台的剪辑加工,配合得天衣无缝。

有个朋友看了电视打电话骂他没骨气。他没有辩驳。他想,骨气有什么用?只要能给儿子筹到治病的钱,哪怕是卖身做奴隶呢,他不在乎。

女人不能去公园卖纪念品了，在家门口的夜市上支个小摊，冷天卖冰糖红梨汤，热天卖冰糕汽水，不耽搁照顾孩子。他下了班去蹬三轮车，多少添个进项。日子总得一天天接着过。

那天晚上，他又跟女人商量。她被说服了，答应再生一个孩子。等咱们老了，让弟弟接着养活他。他说。女人哭了，在他的身旁瑟瑟地抖，头上有几根白头发硬硬地刺翘着一颤一颤。

隔壁的房间里，恍惚有轻轻地一声叹息。那叹息是压抑的，像是怕惊动了别人似的，缓缓从胸腔里逼出来长长的一口气。他看看爱人，爱人也看着他。虎子十一岁了，他能懂得爹妈的心思吗？

以前他们喜欢躺在床上筹划孩子的未来，现在，还有未来吗？夜真静。睡吧。无论如何，明天将会是新的一天。

告别仪式

老刘打算退休了。在风口浪尖上行走太吃力，年纪大了，精力体力不济，万一一招不慎有了闪失，岂不毁了大半生的英名？不如从此金盆洗手，告别江湖，退休后凭着几十年的积蓄做点小本生意消磨时光，没准还有机会遇到个情投意合的老伴，结束自己的单身汉生活，从此风平浪静地过日子。

既然要走，总该有个告别仪式吧。干了这么久，临了，难免有些不舍。不过依他的性格，历来是不喜欢声张招摇的，所以他没有通知众多徒子徒孙，只想一个人到以前曾经战斗过的地方再走走。看着眼前一幕幕熟悉的场景，回忆起几十年来的胆战心惊，鼻子不由有些发酸。人生不过几十年，转眼间就过去了。唉！自己当年咋会进了这个行当呢？也许就是为了混口饭吃吧，没想到竟吃出了名堂。几十年来，省内外的徒子徒孙们在江湖上只要提起他"神偷刘"的名号，同行们没有不翘大拇指的。他可不是浪得虚名，艺高胆大心细，从来没有失过手，在江湖上堪称一个神话。

老刘来到一家熟悉的药店，这儿很生意兴隆，人来人往，川流不息。买药的人大多口袋里装有足够的钱，因为担心着亲人或自己的病症心神不定，所以在这里出没的小偷很容易得手。

凭着老刘多年来修炼出的火眼金睛，他已经准确地判断出这里有多少个吃这碗饭的，他们中的大多数也看到了他。虽然老刘不愿意过分干涉晚辈们的生意，但是他们出于对他道行的尊重，没人敢在他面前露怯，一个个对他目示敬意，悄悄地溜了出去，除了一个面孔很生疏的年轻人。他大约是新到这个城市的流窜作案者。老刘看见他已经把一个病蔫蔫的中年女人作为猎物，她背上提包的拉链没有拉好，那小子正在积极寻找机会。老刘一向坚持盗亦有道，不从那些生活太艰难的人口袋里掏钱。他忍不住叹了口气，这个女人他认识。以前他也曾对这个女人下过手，事后知道她是个下岗工人，家里上有老下有小，老公没什么出息，在街边摆地摊过活，日子过得不容易。后来老刘找机会悄悄把女人的钱包又还了回去。当然这一切那个女人都不知道，他的手法太纯熟了，她不可能发现。

这一次，这个愁眉苦脸的女人看样子又没有发现身边的觊觎者，那个新来的小偷正伺机下手。老刘狠狠地瞪了那小子一眼以示警告，可那小子大概没有意识到他就是江湖上久负盛名的前辈，对他的横眉立目不以为然，继续向那个专心买药的女人凑过去。老刘忍无可忍，无声地冲过去，打算替那个女人拉好拉链，同时也好给那小子一些长者的教诲。

就在老刘的手刚接触到拉链的一刹那，一双强硬的手钳住了他的胳膊。老刘回头，看到了自己的老对手——发誓要抓到他的老警察孟大海，他俩较了几十年的劲。

以前每一次他都能侥幸逃脱，因为他在做活的时候格外谨慎，警惕性特高；可这一次不同，他没想作案，所以根本没有注意到身边的危险。

"老伙计，我可算如愿以偿了。我都盯了你好大一会儿了，打你一进门，我就发现你瞄准了这个女同志。哈哈，明天我就要退休了，这不，临走前回到老战场给自己举行告别仪式。本来我还挺遗憾的，咱俩斗了几十年，一直没能搞定你，这下子好啦，我可以休而无憾了！哈哈哈！"

老刘一句话也说不出来。他羞愧得要死，想圆满结束自己的盗窃生涯的愿望破灭了。

光　阴

　　她的一生是个传奇。

　　她身份显赫，是两广巡抚的千金、中原首富的遗孀、光绪皇帝钦封的一品诰命夫人；她矢志救国，自愿加入同盟会，倾力襄助革命，为河南辛亥革命提供经济后盾，数次因之被捕入狱；她侠肝义胆，两次赴沪晋见孙中山，拟以全部财产支持其修筑铁路，孙中山誉赠她"天下为公""巾帼英雄"；她命运坎坷，丈夫早亡，膝下无子，族人觊觎其财，常年争讼，她誓与抗争，从未屈服；她热心公益，节己助人，病危时将全部财产托付冯玉祥用于社会事业，直到生命最后一息，尚惦记为收容所妇孺购置新衣，而她自己盖的被子打着补丁；她矫矫不同俗流，误解和伤害与她如影随形，不仅当时不被很多人理解，死后许多年间，她的事迹湮灭在历史尘烟里，对辛亥革命的贡献鲜为人知。

　　去年冬天访问刘青霞故居，院子里正在维修，凌乱不堪。在她当年居住的房子檐前有一株干枯的树。正在忙碌的工作人员说，那棵树已经死去多年，因是她喜欢的，所以一直留着。

　　她自幼深得父兄疼爱，生活优裕，度过了不识愁滋味的少女时代。18岁嫁入中原首富尉氏刘家，丈夫虽无大志，对她倒颇为尊重，若无变故，也许可以度过令人羡慕的衣食无虞的一生。25岁那年丈夫病故，巨额家产落在她名下，每年坐拥百万两白银收入。麻烦从此滋生。

在那样的时代，一个封建宗族中失掉了丈夫又没有孩子膝下承欢的女人，即便金山就堆在身后，又能带给她多少幸福？我仿佛看见年轻的她一个人枯坐在檐前的树下，寂寞地看着树影筛下的光阴，如流水一般，来了又去了。

她虽曾读书习文，见识非一般小女子可比，但根深蒂固的封建道德约束着她，目光所及恐怕很难跨越高高的围墙。改变其命运的是与她感情深厚的二哥。1907年，二哥带她东渡日本，结识了孙中山、黄兴、宋教仁、张钟端等革命志士，视野愈益开阔，思想愈益锐进。她犹如涅槃重生，决心变"家族主义"为"社会主义"，投入匡救祖国危亡的时代潮流。有了明确目标的生活令她恢复了年轻的活力，像当年庭中的树，朝气蓬勃。

然而，她超越所处的时代太远，令世俗中人难以望其项背，以致饱受误解指责。族人污蔑她不守妇道，罗织罪名四处告状，更挑拨其养子与她脱离关系。

革命失败，族人欺诈，儿子离弃，一系列打击令她遭到重创，身体每况愈下。树荫下的她青丝变成了华发，重新回到挨着光阴过日子的寂寞中。

她怀疑过自己的信仰吗？有人说在生命的最后几年，她曾经向宗教寻找寄托，不知道宗教是否安慰了她高傲的灵魂。她最放心不下的是手中的财富，直到1922年冯玉祥将军主豫时接手其全部资产，她始卸掉包袱。尚值中年的她很快衰老了，身染沉疴，撒手人寰。

我祈愿她的回归是轻松的，仿佛赤子回到母亲的怀抱，源于尘土，归于尘土。

很多次，怀着敬慕的心自她门前经过，期待看到那个当年满腔热血的女子走出门来，好与她打个招呼。当然我总是失望。

檐前陪伴她的光阴流逝了，她的名字则留下来，书写在时间的河里。

规　矩

　　在老城办事，没有人情做担保会很难，合不合官方的规矩倒是其次，能不能攀上人情才是关键。

　　有人比喻老城像个酱缸。据说，较早提出这种说法的柏杨，少年时曾在这里生活过几年。依他的观点，凡是传统文化影响深远的地方都这样，常年的生活积习形成了非官方的规矩。官方的规矩印在红头纸上，非官方的规矩刻在人们心里。这规矩最重要的尺度是人情。所以有人总结在老城办事少不了三个步骤：照头，拆洗，摆平。

　　年轻人不耐烦这些规矩。什么拆洗？不就是和稀泥么，哪还有什么原则是非？这是难听的说法。可是两个互不认识的人要建立交情，非得经过介绍人把他们引荐到一起，以介绍人的信誉为双方做担保。这就是照头。通常的表现形式是大家坐在一起喝酒。没有意外的话，喝到一定程度，本不熟悉的双方就会在中间人斡旋下建起交情。有了交情，还有啥摆不平的？

　　有些年轻人翅膀硬了不愿待在老城，他们不喜欢这种根深蒂固的规矩，极力想逃离；也难怪，年轻人天生是要挑战规矩的。过多的规矩会束缚他们的手脚，消磨掉他们的热情和勇气。不可否认，对规矩的妥协是每个年轻人步入社会必需的适应；但过分适应，难免流于油滑。所以，有时候看到处理各方关系特别八面玲珑游刃有余的年轻人，我除了自愧弗如地敬佩外，更多地，忍不住惋惜。

一位外来挂职的干部曾讲起他的经历。他负责引进的一个项目，有件公事到某部门申报数趟，人家左推右拖不肯办，项目方请他出面协调。他看了材料，无任何违反规定之处，就打电话给该部门负责人，请他把把关，若有不合规矩的地方请给予指导。那位负责人很爽快地说，既然您交代了，领导的意思就是规矩。事情当然很快办妥了，却令他心惊，原来，人情就是规矩。

老城人爱面子，办什么事若没能托到熟人破点儿格，硬是照着规矩一步一步走了程序，面子上就不大好看。一定得破了例，行使了特权，才够威风。哪怕为拾起这个面子，花了更多的钱，费了更大的气力，也一定要这么做。

路边的小饭馆里，傍晚的夜市摊上，你一定能听见有人粗声大气地吹嘘，他跟谁谁熟得很，从小一块儿在湖里赤肚摸鱼，是过命的朋友。有啥事，言一声，我领你去找他，没问题。

于是，这个城市里，有了个特殊的行当，叫"拆洗"。拆开了，是解开疙瘩的意思；洗一洗，把不顺眼的地方漂干净了，或者是在一个容器里洗过，互相感染，互相接纳，不再反贴门神不对脸了。经过一次或者若干次地拆开了洗一洗，由不对付变得对付了，再麻烦的事也容易摆平了。

寒风里

朔风渐起。在街上，我看见一个挎着篮子的老妇人，围一条年代久远的蓝色棉线纱巾。从她的衣着判断，显然是乡下人。她满面尘灰。手里捏着一张小小的照片不停地向路边的行人询问些什么，有些人还肯接过来看一眼摇摇头，有的根本就懒得理她，还要用白眼责怪她影响了自己的视线。

我也是顶着高粱花子长大的孩子，看到所有和母亲年纪相仿的乡下人都会觉得亲近。我跑过去接过她手上的照片，黑白的，两寸大小，像是办身份证用的那种。照片上是一个厚嘴唇、眼睛有些发痴的胖姑娘。

"小大姐，你可见过俺闺女？"

老妇人张开干裂的嘴唇，满脸交织着疲惫的失望的焦渴的希冀。

"你闺女去哪儿啦？"

"她自小太老实，她爹骂闺女笨，俺这妞一生气就走了，都十几天啦也不见个人影，这闺女会去哪儿？俺丫头缺心眼，自小就受人欺负，一朝出门我也顾不了她，怕是净在外头受气哩。"

老妇人见我肯听她唠叨，不由得悲而欲泣。

"没有登个广告找找？"

"俺门口邻居在电视上替俺找咧，可还是没有一点信儿。我在家里急啊，出来问问，兴许能问着点信儿哩。"

我帮不了她。老妇人蹒跚着走了，继续握着那张小小的照片向行人怯怯地询问着。北风卷动她破旧的纱巾，也卷动她灰黄的头发。

　　我忽觉眼热，想我远在老家的妈妈。若是有一天我走失了，妈妈也一定会拖着老弱的身体去把我找回的，无论我再笨再丑再傻。

机器年代的杀手

2200 年，科学的发展造成了人类对技术的过分依赖。人们习惯于轻松地操纵一切，包括人类自身的生产。一家电脑公司经过充分的调查论证，决定向市场推出机器孩子。

机器孩子的仿真度非常高，他们由一套先进的程序控制着，不但有人类的外形、人类的体温，有人类一样丰富的表情和表达感情的方式，尤其令人满意的是，他们也一样从婴儿成长为少年、青年、中年，和人类一样"生老病死"。当然啦，他们的脑子里是一套精密的微电子材料，而非天然的沟回组织；他们的内脏器官由先进的机器零件组成，"生病"是机器出现故障，"死亡"是机器运转功能衰竭。

越来越多的夫妇乐于选购一个机器孩子，它比别的宠物更能满足他们为人父母、宣泄爱心的需求。所以，机器孩子一经推出立即引起社会各界的普遍关注，虽然很多社会学家认为这将带来伦理学上的混乱和人类自身资源的枯竭。由于机器孩子非常接近于"人"，而且可以按照人类的意愿设计定制，市场十分看好，无数不愿受怀孕生育之苦的家庭蜂拥而至，纷纷到电脑婴儿公司订购，生产机器孩子的厂家股票暴涨，生产规模大幅度扩张，以满足越来越多的社会需求。

当然机器孩子的出现也带来了一系列的问题，比如孩子的身份注册问题，就像一百多年前变性人的性别判定一样。许多购买了机器孩子的家庭都强烈要求给予自己的孩子正常的国民待遇，不允许社会歧视自己的孩子——因为他们也是有思想、有喜怒哀乐的"人"，他们长大以后也要读书、就业、结婚，没有身份他们将何去何从？最后经过地球人全民公决，通过了《机器孩子国民资格登记法》，正式给予机器孩子和自然生育孩子一样的公民身份。几年过去了，户籍警察发现，绝大多数家庭为孩子报户口时手持的不是医院出具的出生证明，而是机器生产厂家提供的产品合格证。

若干年后，有一位职业杀手自 Y 星球搭乘星际列车到地球来开辟新的市场，可是他的生意很清淡。因为在很多情况下他所能杀死的只是机器人的一个零件，遇害者家属总是可以带上保修单到生产厂家，很快就将其恢复原状。

职业杀手恼火极了。他曾经非常骄傲，在 Y 星球时，他的枪下从来没有幸存者，以绝命杀手著称，但是在地球人面前，他的自信心受到了沉重打击。

他郁郁寡欢，不久就病了。这是他第一次生病。在 Y 星球时，他被同行和主顾们视为没有感情的机器，从未生过病吃过药；可这一次不同，他感到心脏难受得很，还有剧烈的头痛。他住进地球人医院接受诊疗。

医生为他做了全面检查之后，问他："需要通知您的家属吗？准确讲，是和您生活在一起的人。"职业杀手摇了摇头。

"那么，先生，我建议您和当初生产您的厂家联系一下。您的心脏，嗯，术语叫血液输出器，还有大脑，也就是记忆存储器出了些故障。您是 35 年前的产品，主要部件出点问题这很正常……"

"你是说……"

"对，咱们都一样，是机器人。当然很多人和您一样不知道自己来自工厂，这可能是您的父母担心您和他们之间会因此产生隔阂。"医生一直微笑着。

职业杀手突然想起，他曾听母亲谈起他过世的父亲喜欢旅游，早在 35 年前，父亲就到过地球。

吉卜赛风格的女人

前一段时间在家里和先生怄气，下了班也不急着回去做饭，沿着路边买些小吃，和着路边的灰尘，一路吃一路走下去。

经过鼓楼的马道街，路边有两个算命的老女人。

一个是吉卜赛风格，头顶上装饰着彩色绸布，花白的头发编作两条结实的长辫子，脸上沟壑密布，增加了她的神秘感，仿佛童话里活了几百年的老巫婆，一脸诡秘的笑容。她背后坐着一个戴着棉帽子，遮住了半边脸的老男人。也许那是她先生或者她的助手。但是他始终不愿让人看到他的脸，只肯把脸奉献给黑暗。

另一个头上顶着硕大的竹斗笠，斗笠檐下一张平常的圆脸。这样不太明亮的路灯光下，我想不明白她头顶斗笠的功用，感觉颇像金庸小说里描写的武林高手。她面前的地上放着一张红布，布上用毛笔字写着她的职业自传和业务介绍。

两个年轻的女孩走过来，都有苗条的身材漂亮的脸。年轻啊，怎么能不漂亮。其中一个脸色有些灰暗，应当是因为失恋吧。在她们这样翠生生水漉漉的年龄，还能有什么苦恼呢？

她的朋友一边和她咬耳朵一边扯着她的手走过来。头上戴着竹斗笠的女人目光灼灼地从斗笠的下檐热切地兜揽生意：坐吧坐吧，有啥解不开的，咱都能看得透。

吉卜赛风格女人也不甘示弱，极力把脸上的笑容调整得更加神秘莫测。

同行之间的竞争永远存在，最终是吉卜赛风格女人占了上风。年轻的女孩子可能更喜欢她身上的那种巫气吧。

我忍不住在斗笠女人面前坐了下来，手里是没有吃完的煎饼。

给看看。我伸出手去。

问什么？

感情。

男左女右。给我右手。

我把拿煎饼的手换了换。

你是有心病的。女人没有脾气不成，吃男人的亏；可是脾气太大了也不好，男人惹不起你躲着你。不如端两天架子也就算了，找个台阶下，自家的男人自己得担待着点。

我笑笑。这种跑江湖女人的话，也能信么？

都说算命的善于察言观色，不知道她从我的脸上看出了什么。奇怪她如何知道我在家里和那口子拌了嘴？

我道了谢，付钱走路。

在夜市上兜兜转转几天，廉价的美味安抚了我的胃，也收买了我的心，淤积在心头的不高兴，渐渐消散了，老老实实回家给先生做饭去。不知道是不是那位算命女人的建议起了作用。

后来，在一家电视台的 DV 节目里看到这两个算命女人被曝光，说是有碍旅游城市的体面。

头顶扎着彩绸的女人对着 DV 镜头辩解说自己长相不差，没有影响市容，况且可以帮助对生活不满意者排忧解难，也算是扮演了心理咨询师的角色。

我想她说的有一定道理。

再一次去的时候，这两个女人已经不见了。

又到中秋

下午，县委书记王志保在市里开会，把手机铃声换成了振动，主席台上满当当坐的都是市领导，除了正在读稿子的那位，一个个如同泥塑菩萨一般面无表情。会议反复强调的也不是啥紧要问题，台下一个个昏昏欲睡。

王志保很注意个人形象，正襟危坐，但他心思没在这儿，他在想今年县里的几项目标该如何完成，时间过半了任务没有过半。年初指标定得太高，听说别的县区都在数字上掺了水分，他不愿意这样做；可不掺水，年底恐怕交不了差。

心里正忽悠着，口袋里一震，低头看见手机上来了一条短信："农村干部吃苦受累，一日三餐时辰不对，屁大点事反复开会，逢年过节值班应对，抛家舍业愧对那位，百姓还说我们受贿，基层干部真累！"是临县的一把手发来的。他回头看看，那家伙正龇牙咧嘴对着他笑。

王志保也笑了，这样不咸不淡的会议的确没什么开头，可非要求一把手参加才算重视，好像他这个一把手除了开会没别的事似的。

不过今天既然来了，晚上就不回去了，回家陪老婆去。两年前他从外地交流到本地区一个农业县担任书记，老婆嫌人生地疏的不想来，拖了一年，拗不过他，调过来留在市里一个不忙不闲不扎眼的部门上班。儿子大学毕业留在北京，他在县里晚上一般回不来，家里只剩老婆一个人够寂寞的。

快到中秋了，过节就是过关。王志保向老婆吩咐，不管谁来，坚决不许开门。别人的眼睛都盯着呢。

老婆很听话，这是他最欣慰的一件事。年轻时，他嫌老婆老实得有些笨，年纪越长越觉得有个老实老婆是福分，自己说啥听啥，虽说外边的事帮不上忙，可也从来没有给自己惹过是非。

老婆这一回照例很听话，可她有些为难："人家一直打电话、打手机，都是关系不错的熟人，硬是不理人家……"

"把手机关了，家里电话拔了！"不等老婆解释完他就下命令。

"嗯。"

第二天，趁着办公室里没人，老婆又悄声打电话请示："人家在楼下看见咱家里亮着灯，一直按门铃，给邻居听见了，不大好。"

"那就别开灯！"

"嗯。"

算命的都说老婆是旺夫相，看来果然不错。自己的仕途还算顺利，从最基层一步一步，虽然有过波折，都终能化险为夷。平时在家里横草不动竖草不拿的，老婆伺候得很地道，王志保觉得自己比那些娶了机灵老婆的伙计们享福多了。

今天就是中秋，在市里开完这个会，他得回家看看。

中午从县里出发前，司机从食堂拿来两包月饼，是县委机关的厨师自己做的，包装很简陋，隔着纸袋子透出新鲜的香味，他没有拒绝。到底过节呢，该给老婆带点什么。

开完会，上车不到两分钟他就睡着了。累，身累，心更累。

到家了。司机替他按楼道门铃，没有人开。王志保摸摸腰间，家里钥匙忘带了。打住宅电话，没人接。打手机，关了。

"可能她出去散步了，我没提前跟她说我要回来。"

他吩咐司机沿着老婆每天晚上散步的路线走了一遍，还是没找到。

王志保急了，五十来岁的人了，血压又高，该不会有什么意外吧？

又回到楼道口，按门铃，还是没人理。家家户户窗户里飘出饭菜香，只有自家的窗户冷冰冰黑洞洞。

老婆不会是出了什么事吧。王志保慌了，按邻居门铃，请人家打开楼道门。一步两个台阶地跑上楼，咚咚咚砸门。"开门！开门！秀琴，秀琴，我是老王，王志保！"

门后有人蹑手蹑脚走动的窸窣声，啪嗒，门开了。

王志保心落地了，抱怨道："咋不开灯，你吓死我了！"

随手按亮灯，看见茶几上放着一杯冷牛奶，两片面包，还有一根吃了半截的火腿肠。

"你就吃这个？咋不做饭？"

"你不是怕人家叫门，不让开灯嘛，怎么做饭？"

老婆很委屈。

"好啦好啦，今天大过节的，这么晚啦，都在家里团圆，不会有人来啦。快去下点挂面，我到处找你，早饿了。"

"嗯。"老婆乐颠颠地钻进厨房忙活去了。

经营美丽

　　盈盈出身于市井之家，父母兄弟皆平常，唯独她一人丰润娇俏，美艳异常。盈盈的才智比不上脸蛋漂亮，初中毕业之后就没有再升学。她身无长技，不甘将天赐的绝色美貌湮没于红尘中，决心以美色换取她想要的东西。

　　盈盈在梳妆打扮方面可谓天赋异禀，有不同寻常的悟性。经过她一番精心装饰，眼波流转，顾盼生辉，真有惊为天人的感觉。她专门选择有钱有权者英勇出击，以色相诱，果然攻无不克、战无不胜，所向披靡。被她进攻的男人无不拜倒在其石榴裙下，甘心效劳。

　　盈盈看见人家做生意挺神气，不由心里痒痒，于是也开了一家酒店。那些款爷权客为讨美人一笑，恨不能日日笙歌、夜夜宴舞，在盈盈的酒店里挥金如土，所以她尽管一不懂得经营，二不通晓烹调，由于关系网庞大，照样客源滚滚，日进斗金。

　　做起了生意，盈盈的交游日见宽广，终于有一日有缘结识了一位高官。盈盈发现当官比做生意更威风，便缠住她年过半百的老情夫，撒娇发嗲要当官。老头子受宠若惊，见不得小美人樱唇一撅，心都要醉了，自然是尽心尽力巧与周旋安排，盈盈如愿在仕途上一路顺利，钱袋也急剧膨胀，名利双收，好不潇洒快活。

然而以色事他人，能得几时好？

未久，盈盈所傍的高官因广收贿赂、众养情妇，官品官德败坏，政绩不佳，口碑狼藉，终于被人举报，身陷囹圄，盈盈也受到牵连。但因盈盈上任时间尚短，查来查去，盈盈的财产多属于经营收入，虽然不少生意属于各级官员捧场所致，但均不足以证明其非法性。于是盈盈卸掉官职后得以重返商场。然而，终因缺少高官眷顾，生意清淡，入不敷出。长此以往，岂不要坐吃山空？

何去何从？盈盈特意上街头觅一相士指点迷津。相士献策说："高官卸乌纱、陷牢狱，近期又因为案情重大即将被处决，必将引起社会各界广泛关注，你何不借此机会将隐私自曝于天下，到时候一定能有所收获。"

盈盈一听大喜，急忙与出版商联系。出版商正发愁找不到吸引读者的卖点，这下子一拍即合，立即派文坛快枪手与盈盈合作，由盈盈口述实录与高官交往的点点滴滴，情节具体到高官和她在床上的嗜好和习惯，包括他带给她的种种微妙感受。出版商巧妙把握时机，在高官被处决后第二天，各大媒体纷纷报道之际，隆重推出《某高官和情人的情感实录》，封面是盈盈的性感彩照。一经上市，果然销势大好，一再加印，仍供不应求。盈盈艳名高扬，钱包鼓胀。出版商抓住机会，急与盈盈签订合作协议，相继出版《某高官情人和她的初恋情人》《高官情人的绝对隐私》。由于书中采用了盈盈的大量写真照片，终于有慧眼独具的制片人发现了她这座金矿，盛情邀请她出任女主角，演绎"真实的故事"。盈盈一炮走红，演技虽不出色，但作风大胆、行为泼辣，敢说敢脱，何况她那惹火的性感身材本来就是最好的招牌，很快在影视圈红透了半边天。

若干年后，盈盈美人迟暮，被一轮又一轮新的美女取而代之，往年的新闻也被历史尘封，再也引不起人们的注意。难得盈盈驻颜有术，尚能保持窈窕身段。她使尽手腕，使一欲娶当红女星而不得的老商人退而求其次，与盈盈结成秦晋之好。至此，盈盈把自己的美丽卖出了最后一个不错的价钱。

　　结婚前夜，盈盈数着口袋里的存折，感慨半生的折腾，欣慰自己对美丽的经营终于可以告一段落了。

喇 叭

　　等饭端上来的那会儿，赵志峰目不转睛盯着对面墙上的一幅画。墙壁雪白，木框里的画他在其他地方见过，但总是一眼瞟过，从没坐下来认真打量。画面上是两排挂满黄叶的枝丫茂盛的树，地面铺满了和枝头一样漂亮的黄叶。越往画面里延伸，两排树之间的距离越小，直到枝丫和树干连接起来组成一个小小的口字，堵在画面的尽头。倘若从画面里向外看，口字逐渐扩大，仿佛一个喇叭。

　　"咋还没有去换零钱？我不是交代你啦？"一个老板娘模样的中年女人走进来，粗声大气地责问服务员，好像正在使用对面墙上从画面尽头伸出来的喇叭。

　　"我下午去了，银行不给换，说他们的零钱刚好没了。"

　　"银行是干啥的？没有零钱？"

　　"他们嫌咱老是去换钱，说他们忙，没空。"

　　"你不会说自己要坐公交车，自动售票车，没零钱没法坐？"

　　"说了，人家不信。"服务员的声音越来越小，透着委屈，"要不，我明天再去吧。"

　　赵志峰扭头看了看，这位年轻女服务员长得又高又胖，和她尖细的声音形成反差，她正低着头赔小心。

　　反正银行已经下班，老板娘知道吵也没用，皱着眉头呵斥道："会弄啥？去干活吧，干活吧！"

服务员一溜烟跑进厨房，去端赵志峰要的凉拌擀面皮。

他并不饿，只是无法硬着头皮在办公室里再待下去。他已经在办公室里闷了一天，又刚刚在头儿那里领受了一顿训斥。看来今天晚上加班是躲不过去了，可是面对着电脑屏幕，脑子里一片空白，一直枯坐着也写不出稿子，他起身给媳妇打了个电话，告诉她今天要加班。

"你们有什么可加班的？也没看见你们为社会创造什么价值，满纸的官话套话，拾人牙慧，有什么意思？"

赵志峰好脾气地听媳妇在电话那头发牢骚，咋说比忍耐头儿冲自己喷唾沫星子强。

媳妇是他同学，大学同班，两个人都是学生会干部，都是农村出来的，吃苦耐劳又机灵懂事，很快地，当班上其他同学开始出双入对时，他们也开始约会了。他们一开始就目的明确，不仅仅为积累一些和异性交往的经验。

冯小刚说，男女之间拉近关系的最好办法是尽快把两个人的关系庸俗化。赵志峰第一次约会送给女朋友的礼物是三百块钱饭票，用他刚领到的家教费换的。她不要，他硬塞进她口袋里，然后俩人到学校门口吃小吃。两块钱一个的煎饼，硬给人家还价，三块五买了两个。他们都不是酸文假醋的人，捧着煎饼边走边吃，还喝了两块钱一碗的馄饨，这一回老板坚决不还价，他只好付了四块钱；然后，他又花两块钱买了两块烤红薯，软软的挺烫，透着香甜的味道。

女朋友捧着红薯吃了，他只在手里焐着。

"你咋不吃？"

"我听说女孩子都喜欢吃，给你留着，你吃剩了我再吃。"

女孩子似乎很吃惊，深深地看了他一眼，那一刻眼里有了他，心里也有了他。就是那天，他吻到了女孩子泛着红薯清香的嘴唇。他们的关系就这样定下来了。

后来，两口子开玩笑，他说："我追你只花了十块钱。"

"不，是九块五，还价便宜了五毛嘛。"

说到这儿两个人就笑。毕业的时候，有一个留校工作的名额，老师说或是给他或是给她。赵志峰说，我出去吧，现在工作不好找，女孩子出去求人免不了受委屈。

一毕业两个人就结了婚。他们考虑得很现实，学校有项优惠政策，允许成了家的教师以几乎免费的价格租用老式公寓，如果单身就只能和别人合住宿舍。他们领个证就算是结了婚，省下一份租房子的费用。再说，生活上互相照顾也方便些。

正赶上市里公务员考试，赵志峰报了名，很幸运，被录取了。当时只求能考上，没考虑选什么单位。上了班才知道，这单位是清水衙门，在所有机关里是条件最差的。因为没有油水可捞，大家工作热情自然不高，每个人都满肚子怨气似的，谁也看不惯谁，头儿指派谁干活都不好使，只有他是刚来的，不得不听话些，于是头儿的恼火有了发泄的渠道，整天对他呼来喝去，嗓门大得赛过对面墙上画里的喇叭。

又高又胖的服务员用托盘端来他要的凉拌擀面皮，浅浅的阔口碗里红红地浮着一层辣椒油。对了，忘了交代她不要放辣椒。可是即使不交代也不该放这么多呀。

他这会儿没有和人打嘴官司的兴致，盯着眼前的碗，擀面皮硬硬地一根根撅着，估计面里掺了不少食用胶。他懒得说什么。他不是因为饿，在办公室里关了一天早没胃口了，只是想逃离那间屋子，无论到什么地方坐一会儿，把糟糕的心情从脑子里存留的头儿的咆哮声中解放出来，才离开办公大院，走进这家小吃店。

他挑起一根放进嘴里，呀，又咸又辣。辣是一眼就可以看穿的，有了心理准备，这咸居然盖过了辣，活像打死了卖盐的。他有心要求老板给他换一份，抬头遇上服务员可怜巴巴的目光，看上去她年纪不大，有十六七或者十八九的样子。这个年龄不上学，到这儿来打工，给老板呼来喝去的，若是要求换，老板娘的高音喇叭恐怕又要冲她一番咆哮吧。

赵志峰硬起头皮吃着，他在乡下生活了十八年，到城里连读大学带上班也不过七八年，糟蹋粮食的习惯还没有养成。他忍着味觉上的不适，咬牙切齿吃完了那碗面皮，嘴里又麻又辣又咸。为了安慰饱受折磨的舌头，临出门时他又要了一袋酸奶，边走边喝。他看见服务员羞涩地冲他笑，很感激似的。

回到办公室，打开电脑。稿子已在层层领导那里颠过来倒过去修改了多次，今天晚上无论如何得按照头儿的意思给完成了。

第二天，稿子交到头儿手里的时候，和往常一样，头儿面无表情地审视了一遍，让他送给市里主管领导的秘书。

照常理，他的稿子是没有机会直接到市领导手里的。惯例是单位提前报了会，市委办公部门通过了，确定了哪位领导出席。领导如果出席，通常是要讲话的，领导的秘书会让他提前把讲话稿发到邮箱里，一来人家修改起来方便些，二来如果稿子里术语数据有什么不准确的地方，这封电子邮件能够证明是错在供稿人，人家不用承担责任。所以领导看到的通常是秘书润色修改，经过分管副秘书长把关的稿子，领导哪里会知道最初起草这稿子的人是谁呢？

这事巧了。那一天，要参加会议的市领导临时接到通知，迎接省领导突击检查专项工作，急匆匆赶去陪同，秘书当然也跟着去了。那个地方偏远，手机没有信号，当然也没有留下秘书改过的讲话稿。

市里临时换了另一位领导参加会议，为应急只好拿出赵志峰写的稿子，领导看了，觉得不错，会议上讲的效果很好，赢得多次掌声。会后领导问是谁起草的，局长赶紧招呼赵志峰过去向领导报告。领导一看小伙子挺精神，问了几个问题，应对也得体，便问了他的名字，拍拍他肩膀说，好好干，将来肯定有出息。

就这样赵志峰在领导那里留下好印象。半年后，那位市领导的秘书派到一个县里任职去了，把他选过去填补秘书的空子。

朋友们很吃惊，问赵志峰是走了谁的门路，说他看上去不吭不哈的，没想到手眼通天，居然要调到市政府去了。头儿也变了嘴脸，非常热情地为他钱行，请他经常陪着领导来指导工作。别的同事，不消说，都羡慕得红了眼，背地里猜测他究竟有什么背景，和某位上层人士是什么关系。

进了大机关，赵志峰很快就以沉稳谨慎赢得机关里普遍的好评。深夜静思，他发现在领导身边，一言一行都会被放大，甚至被视作领导的代言人。他愈发战战兢兢、竭尽所能维护领导的形象。

有天晚上，领导难得地腾出空来，叫着他一起到夜市地摊上喝啤酒，就他俩。领导说，这个世界很大，诱惑也很多，你不可能把所有事情都做到最好，也不必把所有责任都扛在自己肩上，更用不着所有热闹都去凑份子。放松下来，心态平和最重要。在机关里工作，不能不谨慎，可是太谨慎了，有些工作又容易不到位。这个度不好把握。"这是一个人人手里都有扩音器的时代，谁都可以发言，可谓众声喧哗。"那天临结束，领导和他碰最后一杯酒时说。

后来，领导的一位外地客人来访，领导日程排得太满，抽不出身来，让赵志峰安排接待。那位客人临走的时候，塞给他两条烟。赵志峰知道这烟的价格，一再婉言谢绝，可人家满副不在乎的样子，如果过于坚持就显得小气了，他只好暂时拿着，第二天交给领导。领导笑笑让他自己留着抽吧。赵志峰自视为妻管严，媳妇最烦他身上有烟味，想想留在办公室也不合适，就顺手带回家放在书架上，准备过节时孝敬老丈人。

不久后，大学同班聚会，大家有钱出钱有力出力。媳妇看到书架上的两条烟就自作主张带了过去。一位有网瘾的同学在聚会上拍了好多照片放到博客里，还介绍了每位出席者的情况。这位同学本是无意，可偏偏有留心的人，把天价烟和赵志峰在所谓重要部门工作联系了起来，引发网上骂声一片，甚至波及他服务的那位领导。

虽然领导没有责怪他，可赵志峰自觉已不宜在领导身边工作，向领导请求离开。

你想去哪里？

我原来的单位行不行？那里清净，业务也熟悉。

也好，你的任职经历合适，那个单位正好缺个副职。

赵志峰回原单位上任那天，特地留心找了找，原来吃擀面皮的小店已经换了招牌，不知道墙上那幅画还在不在。

奖来的神秘之旅

萧伟是个初中二年级的学生，他性格开朗活泼，爱动脑子爱探险。他爸爸是个军人，很少回家探亲，萧伟平时和妈妈一起生活。

期末考试前，妈妈曾经承诺，如果萧伟这次考试成绩令她满意的话，妈妈就给他买一台电脑。萧伟没让妈妈失望。暑假第一天，妈妈就兑现自己的承诺，带他来到电脑城。

各个品牌的电脑看得人眼花缭乱，最后，萧伟喜欢上了一家著名电脑品牌专为中学生设计的一款机型。外观线条流畅，配置也完全符合萧伟喜欢网上冲浪的需要，名字更好，就叫作年轻冒险者。

就是它了。付钱的时候，推销员告诉他们，生产厂家为这种机型的电脑设了幸运奖，中奖者可以参加由该公司组织的神秘之旅。萧伟急忙刮开中奖卡，天哪，中奖了！

推销员惊讶地说，这项幸运奖花费很高，所以设置的中奖率极低，销售一万台电脑才有一个。他立即与公司总部联系，按要求为萧伟拍摄了数码照片，并将萧伟的身份证号以及个人简历、兴趣爱好、习惯等个人详细资料传输到总部，然后总部指令推销员三天后就可以安排萧伟乘坐火车向云南方向出发，总部将会派人在火车终点站接他。

去云南？妈妈有些不放心，他还从来没有一个人出过远门呢。妈妈在单位里担任领导职务，不好临时请假陪他去，但是萧伟高兴得不得了，他正想尝试一下独自旅行的滋味，拍着胸脯向妈妈保证不会有问题。

妈妈拗不过他，只好送他上了火车，同时给了他一个待机时间超长的手机和一张银行信用卡，千叮咛万嘱咐，要他随时和家里保持联系。

上火车不久，萧伟遇到了一个也要到云南下车的英俊帅气的大学生。他挺健谈，很快和萧伟聊了起来，他说自己也很喜欢冒险和旅行，但是旅途中难免会遇到一些意想不到的问题，这就靠自己的智慧来解决，这也正是旅行的乐趣。两个人聊得挺开心。刚开始，萧伟还有点戒备，他记着妈妈的话，外面的世界好人很多，但是坏人也不少，要提高警惕。萧伟假装虚心请教的样子，说自己还没有见过大学生的学生证呢。那位大哥很爽快地拿出了自己的学生证给萧伟观摩，萧伟认真检视了证件上的学校，悄悄对照了上面的照片，没有发现问题。他悄悄记下了学生证号码，趁着上厕所的机会打电话到学校进行了查询，没错，是Ａ大电子系的学生祝韶辉。这下子他放心了，和祝韶辉开心地聊了起来。

两个人很投机，祝韶辉告诉他自己要去云南看自己的双胞胎妹妹，给妹妹送一样东西。他说自己和妹妹出生先后只差二十分钟，两个人不但长相非常相似，而且性格、习惯相同，甚至一个人生病时，另一个人也会有感应。

是吗？萧伟惊讶地瞪大了眼睛。祝韶辉拿出零食请萧伟吃，萧伟记得妈妈交代的不要随意吃陌生人的食物，婉言谢绝了，可是祝韶辉坚持说这盒饼干很好吃，非要塞进他的书包里。

一路上，祝韶辉妙语连珠，逗得萧伟十分开心，可是行至中途，萧伟发现有两个戴着大黑眼镜的男人在祝韶辉背后一直注意着他们，坐在祝韶辉对面的萧伟偷偷提醒了他，祝韶辉假装不在意，拿出一面小镜子对着照脸上的青春痘，他果然在小镜子里看到了那两个鬼鬼祟祟的男人。他似乎有点紧张，然后没过多久，他的脸色突然变得苍白，痛苦地摔倒在地上。萧伟吓坏了，祝韶辉捂着心口，说一定是妹妹出了什么情况。他说每当妹妹遇到什么麻烦，他就会心口绞痛，而且查不出病因。这是一种双胞胎之间的特殊感应。

他拜托萧伟去解救妹妹。

"不，我还是先送你去医院吧。"萧伟对他有点不放心。

祝韶辉摇摇头，他说："没有用。医生治不了我的病。除非妹妹解脱危险，否则我只能靠止疼药缓解痛苦。拜托你了。"

看到他痛苦的样子，萧伟不忍心拒绝这个刚刚结识的好朋友。他郑重地答应了。

祝韶辉突然环顾四周，和他紧紧握手，然后说自己马上就在前边的站台下车。萧伟感到他在自己的手心里塞了一个小纸团。

很快，祝韶辉就在前边的小站下车了，萧伟发现那两个鬼鬼祟祟的男人也跟着下了车。怎么回事？

萧伟感到情况不那么简单。他躲进厕所打开了祝韶辉塞给他的纸条。

纸上有一行潦草的字迹，写着："有人在跟踪我，他想对付我和我妹妹。现在我引开他们，请你到云南后把你书包里的饼干盒交给我妹妹，在见到她之前千万不要打开包装，切记！"

怎么回事？这么说，祝韶辉刚才的病可能是为了引开跟踪者装出来的。他为什么要这样做？那两个人为什么跟踪他？他们之间到底有什么秘密？难道自己刚才的查询不可靠？

他让自己去拯救他妹妹，这究竟是真的还是一个骗局？如果是骗局，他为什么骗自己？自己不过是个普通中学生，值得他这样费心神吗？

还有，那个饼干盒里究竟装着什么东西？

萧伟带着一肚子疑问。他想打电话请教妈妈，这时才发现手机已经不翼而飞了。萧伟十分气馁。没有人能帮他，他必须自己做出判断。可是小偷什么时候靠近过自己？自己完全没有觉察呀。

是去参加电脑公司组织的神秘之旅呢，还是帮祝韶辉找他的妹妹，拯救一个处在危难中的女孩？但是无论如何都必须先到达云南。一刹那间，萧伟有找铁路乘警帮忙的冲动，但喜欢探密冒险的性格阻止了他，他决定替祝韶辉走一趟，到目的地看看这葫芦里到底卖的什么药。

很快火车又行进了两站路，萧伟发现有些不对劲，刚才跟着祝韶辉下车的那两个人又出现在火车上。他们假装若无其事地靠近萧伟，眼睛的余光一直没离开他。他们要干什么？

萧伟很紧张，但没有害怕，反倒增加了和坏人斗到底的决心。他相信车上这么多人，他们肯定不敢硬来。

他们的目标是是书包里的那个饼干盒吗？

萧伟下意识地抱紧了书包。

终于到达了终点站，萧伟抱着书包下了车。

在火车站站台上，萧伟果然见了一个和祝韶辉长得非常想象的大姐姐。她手里举着一个大纸牌，上面写着"接祝韶辉，接萧伟"。

毫无疑问，她就是祝韶辉的妹妹，她怎么会知道自己曾经和祝韶辉在一起？看样子，她好像也没有遇到什么麻烦呀！

她高兴地拉着萧伟的手说："你就是萧伟吧，我哥哥祝韶辉是不是托你带给我一样东西？"

萧伟把饼干盒交给了她，问："这是什么东西？"

她打开饼干盒，里面装的是一个电子跟踪器，它可以时刻向电脑公司的定位系统报告萧伟的准确位置。她笑着说："我哥哥特别爱开玩笑。"

原来她和哥哥都是大学电子系三年级的学生，利用暑假到这家著名的电脑公司打工。这个跟踪器是兄妹俩研究试制的新产品。根据公司的安排，他们负责接待参加神秘之旅的中学生。为了确保旅途安全，公司安排每个学生都由员工负责全程陪同，祝韶辉就是专程陪同萧伟的。在同一趟列车上，还有两名员工负责陪同另外两名中奖者，但是那两名中奖者都在家人的陪同下出发的，所以这两个人就无所事事了。祝韶辉和他们商量，为了给萧伟的神秘之旅增加更多的惊险成分，他特意编造了一个被坏人跟踪的情节，还顺手牵羊拿走了萧伟的手机，故意让他紧张。其实他在小站当着萧伟的面下车后不久，就从别的车厢登上了火车。

终于真相大白。大姐姐冲着萧伟的身后招手，祝韶辉一脸鬼笑地出现在萧伟面前。

以后的几天里，祝韶辉和他妹妹陪着来自全国各地的中奖中学生一起旅游，其中萧伟是最开心的一个。

一个星期结束了，萧伟乘上了返程的火车。他心里想，祝韶辉哥哥还会为自己设计什么特殊的节目吗？

回头再聊

诸莲是个美丽优雅的白领女人，和许多年轻时尚的职业女性一样，他们家是丁克家庭，双收入、无子女，生活舒适优裕；但是最近诸莲有了点不一样的想法。

下班后丈夫照例没回来，她一个人从冰箱里找了点零食对付肚皮。

一个人待着很无聊，打电话给在外面应酬的丈夫，诸莲想告诉他自己想通了，不再坚持不生孩子，即使因为生孩子把她变老变丑，她也要生，一个人在家太寂寞了；何况，柏杨说过，孩子是家庭之船的压舱石，没有孩子，爱情就会岌岌可危。

丈夫早就盼着有个孩子，求了她好多次呢，可是她一直很固执，怕因怀孕丢了工作，怕生孩子影响升职，怕哺乳影响体型，怕带孩子麻烦。

现在，婚姻已走过了五六年，所有的甜言蜜语都说完了，再浓烈的激情也稀释了，她开始有了危机感，想要一块压舱石。她决定现在就告诉他，他肯定会高兴疯了。晚上回来，他不定怎么讨好自己呢？

想到这儿，她心里很甜蜜，身上有些燥热，算起来有好多天没在一起亲热了。她先去洗了个澡，穿上他喜欢的睡衣，喷了香水，喜滋滋羞红了脸拨爱人的号码。

电话接通了，听到一片嘈杂的人声。这是丈夫的习惯，意思是告诉她，他正忙着呢，不便接听电话，也让她明白，他没有和什么不三不四的女人搞什么对不起她的勾当。过了一会儿，嘈杂声小了，应当是丈夫已经站到了走廊里。她听到电话那头压低了的声音问："怎么了，宝贝，有什么事回头再说。"

那就晚上吧，她心头的甜蜜淡了一些，穿着单薄的睡衣感到丝丝凉意。她抱着靠垫窝在沙发里看电视，是韩国的生活剧，拖沓冗长，但是很家常，就像身边许多人的日子，红红火火，比自己家热闹多了。

丈夫回来时，醉醺醺的，她已经睁着眼睛在床上躺了好久。不能指望他有什么作为了，她怅怅叹了口气，翻身要睡，但身体里欲望还在，翻来覆去睡不着，身边的人已经酒气冲天地鼾声如雷了。

第二天一早，丈夫醒来，想起昨晚的电话，问："你要说什么？"

诸莲一夜没有睡好，眼皮都肿了起来，神情淡然，说："该上班了，有时间再说吧。"

丈夫多年的努力终于得到了回报。他要升职了，是公司最年轻的部门经理，他很得意。男人的得意总是要跟人分享的，他美滋滋地拨打最熟悉的电话。

诸莲最近迷上了网上聊天，正坐在电脑跟前和网友神侃。

"今天不回家吃饭了……"丈夫想卖个关子，等着老婆问他为什么？然后就告诉她要请她吃饭，以庆祝他的升职。

以前恋爱时总是这样，她对他有足够的耐心，但是今天诸莲显然没有这样的兴致，她答道："你不回来了？好，我就不做你的饭了。"

他知道她没领会自己的意思，赶紧说："有件事要告诉你……"

她和网友聊兴正浓，答："回家再说吧，我正忙着呢。"电话挂断了。

丈夫火热热的喜悦生生给截断了，没有了落脚处，笑容僵在脸上。可这骄傲总要找个人炫耀一下才好。他想起那个一直对他表示好感的女同事，她丈夫出国了，一个人也很寂寞。

他犹豫着在通讯录里找到人家的电话，那女人立即表示了热烈的祝贺，于是为了庆祝升职而一块吃饭就很顺理成章了。

　　这桩婚姻最终在七年之痒中解体了。两个人都很理智，没有常见的争执打闹，冷冰冰的礼貌拉开了他们的距离，心却越来越远了。

　　他们都有足够的风度。分手时，两个人还互相握手，说："记得我的电话，咱们回头再聊。"

　　可是他们永远不会再聊了。

门外的脚步声

笃笃笃。

她听见高跟鞋在楼道里敲打的声音，一步步离自己家近了。她心跳得厉害，简直要跃出嗓子眼儿，手心里握的都是汗。

笃笃声来到了门口。天哪，眼看这门就要打开了，她听到了窸窸窣窣拿钥匙的声音，心跳得更厉害了，额头沁出了汗珠。

她极力平稳情绪，自己一定不能紧张，不能给对方比了下去！她已经在心里把将要见面时说的话设想了几百遍，她要高贵优雅，要让对方自惭形秽，逼得那个狐狸精落荒而逃。她在心里和想象中的敌人战斗着，只等着门打开的一刹那，肚子里的话就要脱口而出。

然而，一阵哗啦啦之后，自家的门锁没动，打开的是隔壁的门。啪嗒，人家的门关上了，她的心忽悠一下子从嗓子眼儿跌回了胸腔，额头的汗透着凉意。她抽出一张纸巾摁了摁脑门，太阳穴在突突地跳。

她曾坚信自己的婚姻不会出问题。可是，经过这半个月赴外地出差回来，她发现家里有些不对劲。一进门打开鞋柜，里面的女式拖鞋位置不对了，不是她走时摆放的样子。她是个生活十分规律的人，家里从不接待客人，一切都有条不紊，任何细小的变化都逃不过她的眼睛；而丈夫被她宠坏了，向来不操心家务。

她的心一下子揪了起来，顾不上换拖鞋就走进卧室，这里更加令她不安，空气中弥漫着陌生的香水味，很淡，但是逃不过她的鼻子。她从来不用香水。在她这样有洁癖的人看来，香水是妖媚和蛊惑的，是勾引和挑逗的暗示，那些宣称只穿"香奈儿5号"睡觉的女人，才需要香水来炫耀她们的性感，吸引异性的注意。

还有床单。还是半个月前她出发时换上的那条，看得出，床单铺得很整齐，这不像自己的丈夫。他从来不收拾房间，以前出差几天回来，他的床准乱得像狗窝，可今天不一样。她仔细搜检着，期待又害怕看见别的女人留下的痕迹，但是没有。看样子，他认真打扫过了，地面也明显比别的房间干净些。

她走进卫生间，垃圾袋也是新换上的。

她仔细搜寻着蛛丝马迹。果然，在拖把上，缠绕着两根长长的头发，金黄色的，充满光泽，弹性很好，应当是来自一个年轻女人。他把一个染了头发的女人领回了家里！

她的心好像被子弹击中了，一阵剧痛。

她浑身无力，抽出这两根不属于自己的长头发，呆坐在沙发上。现在是下午三点，还要两个小时，他才会下班。

这时，她听到手机短信的声音——他把手机丢在门口鞋柜上了。她拿过来看，短信是从网上发来的，"亲爱的，我到你那儿去好吗？我现在就出发。别担心，我会带着你给我的钥匙。"

她仿佛掉进了冰窖。关于长头发的猜测被证实了，强烈的挫败感袭上心头。

从那一刻起，她就这么呆坐在沙发上，等那个女人出现。

经历了刚才的一场虚惊，她开始等待下一次脚步声的临近。她注意力高度集中，尖着耳朵听外面的动静。这座楼上住的都是朝九晚五的上班族，现在不是上下班时间，楼梯上很少有人走过。

她敏锐地捕捉到楼梯上有蹑手蹑脚的声音，她的耳朵恨不能从门缝飞出去，她甚至感觉到了门外小心翼翼的喘息。

蹑手蹑脚的声音近了更近了，她躲在屋里大气都不敢出，唯恐惊扰了门外的人，使对方逃脱。

　　蹑手蹑脚的声音来到了门前，又渐渐离开了。她偷偷藏在门后，透过猫眼看，那个窈窕的背影继续蹑手蹑脚上楼去了。

　　她的心又一次忽悠坠落下来。这个还不是！

　　时间一分分过去了。门外等待的那个女人一直没有出现。她开始怀疑自己，难道是自己多心了？

　　家里没准例外地来过一个女客人，她来找他也许只是公事。而卧室里的床单铺得整齐，或许正是老公为了讨好自己，他猜自己该回来了，所以才特意收拾的；至于拖把上的长头发，有可能是他外出时偶尔在什么地方沾上的，自己不也经常因为到理发店里做头发而把别人的头发带回家嘛；而短信，发错地址的现象太普遍了。

　　她竭力寻找理由宽慰自己。

　　她又一次走进卧室，这里也许并没有什么香水味，是自己的鼻子过敏吧。

　　胡思乱想着。门外响起了开门的哗啦声，声音很熟悉，是老公回来了，她听见他打开鞋柜换好鞋。

　　她正要走出卧室迎上去，听见他对着手机说："上楼吧，宝贝，她出差还没有回来呢。"

　　她低下头，盯着自己的脚，进门时情急，竟忘了换拖鞋！

面子是自己挣的

　　闲时翻书，看到一些有西方教育背景的潮流人士回国后批评国人重面子不重里子，认为这是中国人不重实际的一个表现。我很吃惊，以我的认识，中国人是最讲求实惠的。

　　面子在中国传统文化里是一个重要概念，表达的是一种藏在面子背后的影响力。所以文化积淀深厚的地区尤其讲究面子，遇事一定要找人拆洗，哪怕算下来耗费的时间精力金钱超过了按照正常途径的耗费或者拆洗之后带来的短期现实收益，但是摆不平一件事是很没有面子的，失掉面子的后果是可怕的，其不良影响长久深远到无法预计。

　　前几天在吴钩的文章中看到"隐权力"的概念，受他的启发，姑且将面子也视作一种隐权力。面子和隐权力是相辅相成的，面子带来隐权力，同时隐权力的行使验证着面子。

　　人们在斡旋某事时喜欢说，给个面子。但我以为面子从来不是别人给的，是自己挣的。

　　宋史演义里写道，赵匡胤年轻时在父母鼓励下，矢志开创太平盛世成就一番伟业。为了闯天下，作为无业游民的他来到复州，也就是今天的湖北省沔阳县西北，想投靠父亲的同僚好友。时任复州防御使的王彦超，期望能借着老爹的面子得到提拔重用。谁知王彦超一点面子不给，勉强施舍几个小钱，就打发他上路。没奈何，赵匡胤转投随州刺使董宗本，好歹被收留在其属下混口饭吃，但没多久，又因为董的儿子不能容他，被迫再次出走。

若干年后，赵匡胤黄袍加身做了皇帝，拥有了至高无上的权力，广为流传的杯酒释兵权故事，讲述的正是他借一席酒宴，靠几句轻描淡写的威逼利诱，就轻松解除禁军高官指挥权的传奇。书读到这里，忍不住啧啧称奇，嚯，简直太有面子了！

于是自省，别人不给面子的时候，首先须检讨自己够不够资格。

演义小说里说，赵匡胤宽厚大度，当上皇帝后并没有为难王彦超，还提拔他做了待遇优厚的节度使。有一次皇上围猎后设宴，酒酣耳热间提及往年旧事，王彦超听了立即降阶顿首道："浅水岂能藏神龙耶……"太祖听完哈哈大笑，挥挥手放他一马，从此未再追究。

很多人夸王彦超随机应变，应对得高妙，但我猜测，这话应该不是急智。看到赵匡胤在政治上一路顺风顺水，直至禅代后当上皇帝，王彦超恐怕日夜都在担心皇上哪天会问到这个问题。没准他召集门客集思广益反复斟酌，才选定了这个最佳答案。唉，谁让人家如今有了天大的面子呢。

清风明月

春暖花开，清明到了。清风和明月是大自然最慷慨的馈赠。

我爱的清明正是清风明月的清明。

开封向来有享受清风明月的历史。客居梁园十载的李白笑论"清风朗月不用一钱买"，北宋文坛领袖欧阳修赞曰"清风明月本无价"，自开封扬名天下的苏轼更潇洒，"与谁同坐，明月清风与我"。

对清风明月的喜爱在开封市井中得到很好传承，所以每天清早的城墙下，有遛鸟健身的老人，有吊嗓清唱的票友，有衣带飘飘的太极拳练习者。哪怕口袋里只有十块钱，也不耽搁今儿个先到寺门享受一碗羊肉汤。

几年前盛夏的一天，我在一条繁忙的大道旁边，看到一个狭窄的小门，门里正对着大道，头朝外摆着一张躺椅。因为老城区街道不断拓宽，道路已经延展到那户人家的门口。一位男士头朝外躺在椅子上，左手边的粗瓷阔口碗里有几十颗焦花生米，右手拎一只啤酒瓶。拈起一粒花生，拇指和食指轻轻一搓，红衣碎了，露出里面咸香的仁儿，啪地扔进嘴里，嚼得嘎嘣脆，然后吸一口啤酒，看上去滋润得很。身边川流不息的车流和喧嚷的市声距他的头顶不足一米，但丝毫未能影响他安然享受啤酒花生的心情。我曾被朋友批评为二百五、缺心眼，属于钝感的类型，但在这位先生面前自愧弗如远甚，佩服之余，自觉远避，不敢打扰了这位高人享受清风的雅兴。

有人抱怨说时代不同了，环境污染，人心不古，生活压力大，那里还有清风明月可以欣赏？但我以为，清风明月从来不曾离开过我们，它一直在那里，也不会厚待或者鄙薄任何人，重要的是很多现代人失掉了欣赏清风明月的心情。

也曾看见过公厕门口的宴请。两男两女围坐在一张老旧的四方桌边，桌子上有酒有肉摆得满登登。请客者并未因为场地的简陋而惭愧，频频劝酒布菜，被请者也没有因此觉得被冒犯，连连干杯，坦然受之。从那里，我看到了他们对世俗生活的悦纳和周边环境的接受。

生活中不能如意的事情恐怕每个人都会遇到很多，但只要努力了，至于结果如何，不是我们能决定的。既然烦恼无益，何不抱着一种"尽人事、听天命"的态度，坦然接受命运的赐予。清风明月一直在，能够体味欣赏的心却不常有。我想，享受生活，所需的实在不多，一颗未被过多欲望绑架的心已经足够。

馍头家

在开封城，年纪大的都知道老辈儿的规矩，两个熟人，半道上碰见了，总要打声招呼。

"哟，您最近身体好啊？家里都好哇？"

"好，好。您府上都好吧？上回您可是帮大忙啦，我欠着哥哥的人情哪，中午哥儿俩喝两盅？"偏巧，那位今儿个还要忙别的事，俩人分手的时候，指定得说："那就改天，咱哥儿俩说准了到馍头家好好喝一顿儿。"

"好，改天去馍头家喝酒。"

馍头家干啥的？是个拉面馆，就开在相国寺东偏院，火神庙对面。搁新中国成立前，那可是咱开封城最红火的馆子。要说高档，倒也算不上，可人气旺得很，从开门到打烊，人来人往，没个歇气的时候。饭馆后头搭着圈席棚子，见天坐得满满当当。

馍头家拉面馆原先叫萧记拉面馆，是萧掌柜开的。店里生意好，忙不过来，就得使唤伙计。1912年，也就是民国元年，从小没出过远门的穷孩子馍头，被亲戚领着来到开封城，做了萧掌柜的徒弟。

馍头大号王国柱，陈留县董桥村人。他穷得很，上边三个姐姐一个哥哥，全靠他爹在村头一家砖窑上脱坯，下的骡马力气，一滴汗摔八瓣挣俩血汗钱，勉强糊口。馍头十二岁那年，爹娘看他长得大半人高啦，想替他谋个吃饭的门路，托人介绍到开封城里做学徒。学啥好？都说学厨子好。再穷，饿不着厨子。

萧记面馆掌柜的没儿没女，把徒弟当孩子看，饭让吃饱，手艺也用心教。馍头有眼色，能吃苦，人实在，掌柜两口子打心眼里喜欢他。他们年纪大了，得找个可靠的人养老送终。

到民国十六年，掌柜的下了决心，给馍头娶了媳妇，把面馆交给小两口打理。这一年，中华民国进入黄金十年，馍头的黄金十年也开始了。拉面馆渐渐成了气候，从一间门面扩展到六间楼上楼下，加上后院搭的棚子，能同时开上二十桌酒席，待二百多客人，这在当时，已经是了不起的规模，成为开封城最有名的饭店。

当年饭店牌匾上明明写着"王和盛"，可老主顾们还是喜欢叫"馍头家"。馍头这个当掌柜的，没有掌柜的做派，啥时候都乐呵呵。他待人和气，在谁跟前儿都不装大。虽说当了掌柜，生意好，日子富裕，可他脾气禀性没有变。他是个知足的人，格外惜福，不讲吃不讲穿，不抽不嫖不赌。挣了钱干啥？行好。

馍头是个热心肠，左右街坊有事都来找他，没有不帮忙的。他说，人不求人一般高，人家张嘴之前不知道在心里已经掂量过几掂量啦，既然说出来，咱就不能给撂地上。

饭店对面火神庙里，每天晚上住满各路要饭的，特别是到了冬天，好像全世界的乞丐都聚到这里来了，他们都指望着火神给人暖和哩。每天晚上打烊前，馍头都会叫伙计到面条铺买十斤碎面条，把面条汤烧开了，下碎面条，倒进去一天剩下的杂菜，不拘稀稠，熬上一大锅，放火上一直热着。哪个爷们白天没要着饭肚里饥，回火神庙睡觉前先来盛一碗，热乎乎地喝下再走。大冷天儿，这碗饭能救命哩，旧年冬天开封城路边倒毙的不在少数。馍头从来不嫌弃那些要饭的，有时候他自己睡得晚了，看见来吃饭的，跟自家人一样，打个招呼，自己也盛半碗，喝得浑身热乎乎再去睡。他说积德行善，大不过让饥人吃饱。

日本人一九三七年发动侵华战争，一路打过来；一九三八年五月，徐州也沦陷了，开封的政府机关和驻军都跑了。各种消息满天飞，老百姓越听越害怕，凡是家里头有俩钱，爱惜自个儿性命的，都收拾行李投靠亲友跑啦。

馍头有个妹妹家在巩县山里，他打算带上媳妇和两个闺女去山里避避。媳妇舍不得家业，兵荒马乱的，咱们一走，家还不得让人给抢光啦？

几个要饭的爷儿们晚上来喝汤，听见馍头两口正拿不定主意，说："王掌柜，只管走吧，俺弟儿们给你看门。"

馍头说："你们不怕日本人？"

"要饭哩命不值钱，到哪都是找口饭吃。日本人来啦，也不能不让咱要饭。"

馍头这才下了决心，让伙计给大缸里装满面，灌好油，交代火神庙里的爷们该吃吃，该喝喝，然后带上家小走啦。

在巩县，馍头住得不踏实，坐吃山空也不是办法啊，他三天两头去火车站打探消息。几个月后，听开封来的人说，现在市面儿上稳定啦，日本人怕开封变成一座空城，鼓励着五行八作都开业呢。

媳妇说，哪儿都比不上自家好。看形势，日本人一时半会儿也赶不走，可咱一家老小不能不吃饭啊。这么着，馍头又带着家小往回赶。

在车站等火车的时候，闺女饿啦，馍头去对面站台买吃食，过铁道的时候一不小心掉下去了，刚好有辆火车开过来。站台上的人嗷嗷叫，都说不中啦，肯定没命啦。媳妇和闺女吓得哇哇哭。谁知道等火车过去，馍头囫囵囵儿从轨道上站了起来。原来他正好趴在两根轨道之间，一根毫毛都没少。

回到开封，听说好多做生意的人家都被抢啦，馍头家有要饭的弟兄们看着，啥都好好的，一样没少。

你赢了，我也赢了

赵蓝蓝是市第一人民医院妇产科主任，医术十分了得，号称本市产科第一刀。她的性格很适合做医生，沉静稳重，白口罩上面的眼睛永远都是冷冷的，同事们私下里叫她冰美人。赵蓝蓝的事业很成功，年纪轻轻就破格晋升为主任医师，领导对她也挺器重。可她的感情生活不大顺利，三十多岁了还没有成家。

这天早上，赵蓝蓝刚下了夜班，疲惫地坐在办公桌旁。她的抽屉里放着一封辞职信，要去的单位已经联系好了，是千里之外的另一家医院。信上的理由很简单：在这个城市里生活了三十多年，想换换环境。她打算现在就去把辞职信交给院长，说服他放自己走。

这时候刘护士冲了进来，气喘吁吁地说："赵大夫，快，有个病人难产，情况很复杂，院长说恐怕非您不可！"

赵蓝蓝站起身，把抽屉推了进去，急匆匆跟刘护士走进了产房。病人的确很危险，高龄初产，还有妊高征，B超显示孩子脐带绕颈，孩子和大人都很危险。送病人来的是小保姆，她结结巴巴地说："赵大夫，别的医生都说得找您，求您救救她吧。"

赵蓝蓝顺手拿过登记卡，上面写着病人家属的名字"郑萧山"。她是郑萧山的妻子？赵蓝蓝看到床上产妇的脸已经因为痛苦而扭曲了，头发蓬乱，眼睛红肿，显得很憔悴。

这个手术很危险，一旦失败，岂不是要毁了第一刀的美名？再说，别人会不会以为她是有意的……赵蓝蓝决定放弃。

可小保姆拉着她的手哀求道："赵大夫，求求您，只有您能救她了。"

赵蓝蓝叹口气，最终还是走上了手术台。手术成功了！母子平安！赵蓝蓝嘱咐护士监控产妇和孩子的情况，按时用药，然后走出了手术室。她已经精疲力竭，没有力气去找院长了，辞职的事过几天再说吧。她打电话请了几天假，既然要辞职，总得收拾一下行李。

一个星期后，赵蓝蓝回到医院，听说那女人已经出院了。刘护士送过来一个信封，说是那个女人留下的。

赵蓝蓝打开来看。

赵大夫：

谢谢你救了我和孩子！我知道你就是郑萧山喜欢的那个女人。我一直很嫉妒你。我承认当年我能得到郑萧山是使用了一些不大光彩的手段，后来我和郑萧山的婚姻一直不幸福，但我就是不甘心。当我知道郑萧山爱上你以后，非常恼火，我坚决不和他离婚，决心把你们两个人拖散。郑萧山已经和我分居两年，为了能够不离婚，我还有意怀上了别人的孩子，我知道女人怀孕和哺乳期间，丈夫不能提出离婚要求。半个月前，我从私人侦探那里了解到你因为郑萧山迟迟拿不到离婚证，已经打算离开他。

在这时候，我突然想开了，决定拿自己和孩子的生命打一次赌。我知道孩子胎位不正，而你是最好的产科大夫，所以我特意叮嘱保姆一定要把我送到你那里，如果我和孩子在你的手术刀下死了，我想，迫于舆论的压力，郑萧山是不敢和一个做手术治死了他太太的医生结婚的。如果你救了我和孩子，我就放爱一条生路，我愿意在这份离婚协议上签字，还郑萧山自由身。

结果，我赌赢了，我赢得了一个宝贝儿子。你也赢了，你将赢得一个丈夫。

赵蓝蓝看到附在后面的是一份签了名的离婚协议书——她已经等到绝望的东西。

配 角

"下午去把头发做一下吧，晚上和我一块出席个宴会。"

"什么事？"

"生意上的应酬，说好了都要携夫人出席。"

李琰琰不喜欢出席这样的场合，可她是个有家的女人，不能不尊重户主的意见。何况，老公是个生意人，生意带来的收益都是为家庭做贡献的。作为家庭的合伙人，她没有理由拒绝他的安排。

她找私人美容师洗了面，修了眉，做了头发，到品牌店买了合适的新衣服，选了颜色质料相配的鞋子和手袋。其实，李琰琰很讨厌为了出席这种场合所做的琐碎准备，但这是必需的，她得扮演好自己的角色，不能丢了老公的人。你看，媒体上的女强人们都在一个赛着一个地扮温柔，表白自己上得厅堂下得厨房，唯恐被当作"男人婆"。她李琰琰也是世俗女子，怎能例外？

晚上，李琰琰和老公提前抵达会场，在老公引领下，她巧笑嫣然恰到好处地和各路人物打招呼。

她明白今天的宴会对老公的生意很重要。否则，依他的性格，大约宁愿穿T恤短裤和一帮子弟兄吆五喝六地在喧闹的小酒馆里大快朵颐，看青春艳丽的女服务员，肆无忌惮地讲荤段子，而非陪着她坐在一群假模假式文绉绉仿佛喉咙口系了绳子一般的斯文人中间食不知味地细嚼慢咽。所谓人在江湖，身不由己啊。

宴会和演出一样，大腕总是最后出场。李琰琰是善于观察的人，发现细节是她在这种无聊场合所能找到的唯一乐趣。李琰琰不再打扰老公和朋友们聊天，悄悄找了个不起眼的角落坐下，不动声色地打量着宴会厅入口处，和大家一起等待重要人物的到来。

这时候，门口众星捧月地走进来一对男女，男人和在场的其他男人一样挺胸腆肚衣冠楚楚。他身边的女人则有些扎眼，她徐娘半老甚至更老，和与会的其他衣着含蓄稳重的女宾不同，一身招摇的装扮，连衫裙结构繁复，花边重重叠叠，套在已经发福的她身上更显得体积庞大，脸上化着浓墨重彩的妆，和人打招呼也是大声大气、毫不扭捏。显然，她是不甘于做配角的。

李琰琰悄悄扫视了一下其他女宾的表情，不少已蹙起了眉头，修养到家的女人对"不安其位"的同性惯于以这种态度表示轻视。

晚宴终于开始了。主持人介绍，刚才赴会的女人是今天的主宾，大家的生意都要仰仗她的关照。

那女人又一次粗声大气地笑了，言之朗朗地："哪里的话？我不过是起家早一些规模大一些罢了。今后大家有钱一起赚，互相关照，互相关照，哈哈！"

老公低下头对她耳语，这女人是某集团公司的老总，身家丰厚得令人咋舌。

难怪人家这样率性惬意，不像她小脚女人一般拿捏着。女人倘若不必仰仗别人活着，有点个性大约也不算什么错。就像香港的龚如心，谁敢批评人家年过花甲穿超短裙是装嫩？

那女人是宴会的中心，一大帮子男人都围着看她脸色，让李琰琰不屑之余又有些羡慕，甚至感到可悲，自己怎就没有她的勇气？今天赴宴的自己之于丈夫大概也犹如那女人衣裙上的花边，是可有可无的点缀吧。

李琰琰不是女权主义者，不赞成把男人赶进厨房要他们做全职先生，甚至主张给男人装上子宫让他们生孩子，但她也不同意总这样躲在男人身后低声下气。

酒至微醺，李琰琰感到手袋里的电话在震动，本打算跑到走廊上再接，却偏偏改了主意，大咧咧按了通话键。

"嗨！你好！要货哇？请把首笔货款发到我的账户上，款到发货。什么？一万吨？好！我会尽快安排的。价格还是老规矩，一万五一吨……自家兄弟嘛！客气什么！"

李琰琰在背后一片惊叹的目光中谈笑自若，心底无比快活。

享用自己的权利，原来就这么简单。

请来的小偷

　　朱宇辉自从如愿娶了大学同学汤晓婉，工作不错生活不错心情也不错，日子过得透心甜。可最近，他有了点儿心事，越来越看不上书房里的那把古琴，那是汤晓婉的前男友张志雄送给她的。

　　当年他们三个是大学同学，他和好朋友张志雄都喜欢上了汤晓婉，后来汤晓婉逐渐倾向于张志雄，据说与这把琴不无关系。现在汤晓婉工作忙，很少有机会摸琴，那把古琴被闲置在书房的一个角落里。

　　大学毕业后不久，张志雄突患心脏病辞世，汤晓婉悲痛欲绝。朱宇辉一面帮忙处理后事，一面悉心照顾安慰汤晓婉，汤晓婉被他的诚恳感动，和他结了婚。婚后朱宇辉对汤晓婉一如既往疼爱呵护，唯独对这把琴耿耿于怀。他觉得自己在某种程度上是做了张志雄的替补，每次看到那把琴心里就堵得慌。

　　这几天，汤晓婉出差了，朱宇辉晚上一个人闲得无聊，就到经常登录的网站浏览。在那里他看到一则广告："让我来偷走你的烦恼！"广告声称：这家公司以帮别人排忧解难为己任，愿意有偿提供服务，并承诺绝对为用户保密。朱宇辉很感兴趣，立即与这家公司在网上取得联系，该公司指派阿强出手。朱宇辉提供了他家的住址和平面图，指定了那把古琴的位置，要求阿强带走古琴，并造成被盗的假象。阿强同意了，朱宇辉立即把一半费用打进了该公司的账户。

朱宇辉其实对这家公司半信半疑，好在这笔费用不高，他小心地把家里的贵重物品统统存进了银行保险箱。想到汤晓婉出差快该回来了，他要求阿强明天就行动。

第二天晚上，他特意约了几个朋友到酒吧玩，为阿强提供便利。晚上9点，按照约定，阿强应当已经离开了，他带着朋友们回家玩纸牌。到家门口，他发现防盗锁丝毫没有被撬的痕迹，不由心里一沉，以为阿强是在骗他。打开房门后发现抽屉、衣柜给翻得乱七八糟，看来阿强来过了，他冲进书房，古琴果然不见。他心里暗喜，面子上却做出焦急的样子。朋友们催他检查一下丢了什么东西，赶快报警。

这时，汤晓婉出差进来了，她满脸疲惫。朱宇辉心疼地接过她的行李，告诉她古琴被盗了。朋友们七嘴八舌催他们报警。汤晓婉说："算了，要是没丢别的东西，一把古琴，丢就丢了吧，不用麻烦警察了。"

朋友们都走了。朱宇辉很愧疚地对妻子说："前几天我在银行申请了保险箱，把家里的贵重物品都存了进去，唯独这把琴太大了，放不进去，偏偏就丢了，全怪我啊。"

汤晓婉安慰他说："丢了就丢了吧，或许是天意吧。"

第二天一早，妻子用完早餐上班去了，朱宇辉借口要找个证件走得晚了一些。汤晓婉一下楼，他就急忙打开了装在房门口的针孔摄像机，取出里面的录像带——这是他的万全之策，万一那家网上公司骗他，不守约定，他就会把这盘录像带交到警察局。

他打开一看，不由大吃一惊，阿强竟是汤晓婉。她拿钥匙打开房门——怪不得没有被撬的痕迹。她进来后，先翻乱了抽屉和衣柜，然后把古琴紧紧抱在怀里，洒了几滴眼泪，咬咬牙走出门去。

朱宇辉不由暗自悔恨，骂自己小心眼。他登陆看到广告的那家网站，发现那则广告已经被删除了。

酒鬼的前妻

　　他爱喝酒。学喝的时候还年轻，刚上班，他们厂效益好，收入高，每个月领了钱干啥？他师傅说，吃点喝点呗。在好多老开封眼里，这不算啥毛病，自古以来就这样。咱古城挨着黄河，没有屏障，战火挡不住，水祸抗不过，历史上多少回，战火一烧，大堤一决口，啥都没了，你攒钱把房子修得再漂亮，也白搭，有钱人没钱人一抹平。老祖宗把咱生在这儿就让咱这么过的，能吃点就吃点，能喝点就喝点，装到肚子里最划算。

　　谁知道，越喝越想喝，后来就刹不住车了，一天三顿都离不开。十五号一发下工资，先得到代销点搬几箱酒。喝酒必得吃肉。俗话说，吃肉不喝酒，只在肚里糗；喝酒不吃肉，白从肚里流。他可舍不得让肉糗了，也不能让酒白流。

　　他的工资都贡献给酒肉店啦，媳妇咋会没有怨言？最初他答应过要戒，可酒瘾哪是说断就能断的。有人说，他怕是酒精中毒了。脸色看上去不对劲。人也没精神，干活不上心，一天到晚净想着喝酒啦。媳妇心疼他，能不唠叨吗？唠叨多了他就烦，急了还打人。

　　他不是不待见自己媳妇。她长得好，性子又绵，眼气他的男人多了。可只要喝醉了，他就忘了马王爷三只眼，忘了当年是咋承诺要对她好的，不要命地打她，还打孩子。数不清多少回，酒醒之后，他跪在地上求她原谅，可下一次醉了，他还是那副德行。狗改不了吃屎，他这人没指望啦。

媳妇狠下心要和他离婚，一个人带着闺女，不要他一分钱。那时候，一个离了婚的女人几乎是没有出路的。若非绝望，她不会走这条路。

离了婚也不行，他喝醉了还来缠她。她想逃，可是她能逃到哪里？她的户口在这儿，工作在这儿。那年月，人就像庄稼，牢牢种植在脚底的土地里，没有迁徙的自由。离开这儿，离开单位，她就成了盲流，没户口没工作没收入，她跟孩子靠啥生活？所以，只有忍受。

他被酒精烧坏了脑子，管不住自己。他恨她不要他了，一喝醉就在外面败坏她的名声。厂里的男人们用那种眼光看她，厂里的女人们看见她就赶紧拽牢自家男人，活像一不小心就会被她勾走。

她沉默寡言。她想过死。无数次，她准备了结实的绳子，攒了整瓶的安定，人都踩到凳子上了，药片已经送到嘴边了。闺女怎么办？孩子那么聪明，那么懂事，那么贴心，鲜艳的小脸儿像花儿一样。老天爷不厚待孩子，给孩子那么个不长进的爹已经够苦了，不能让孩子连娘也指靠不上。

她解了绳子，扔了药片。她苦行僧一般，常年穿着工厂里发的工作服，埋着头，不挑不拣，不管厂里派的活儿再脏再累，她从不诉苦不求告。她认定，这是命。

到九十年代后期，工厂里的活儿越来越少，再后来就破产改制了，别人都找公家去闹去上访，她不去。有手有脚的，她不信养活不了自己。

顶不济，她在家里一针一线绣花。老城旅游业繁荣，来旅游的人总喜欢捎些纪念品回去，汴绣很受欢迎。老城人爱吃，每天早市夜市上那么多摆摊卖吃食的。她看准了，离她家不远，早上卖豆沫煎包胡辣汤的夫妻俩，生意好，两口子忙不过来。她找到人家，说愿意去帮忙，人家答应得挺爽快。她眼里有活儿，不惜力，不多事。老板两口子也没让她吃亏，随行就市，主动给她涨工资。她不赖床，一早五点准时去帮老板出摊，到九点多收拾完。从早市回来，顺手捎一把青菜，权当是早起晨练，回家接着绣自己的东西，一会儿不耽误。

她一门心思挣钱供闺女念书。闺女争气，成绩好，考上了重点大学，她跟着闺女扬眉吐气。

那个醉鬼前两年还来闹过她，找她要钱买酒喝。她不理。闺女说得对，不能由着他剥削。她现在不像从前那么怕事，用棉花塞住耳朵，随便他在门口咋呼，自己该干啥干啥。

她眼明手巧，干活麻利精细，又能耐得下性子，绣出来的东西销路好。前两年，市里统一给他们厂到龄的老职工办了退休手续，退休金虽说不高，好在按月都能打到卡上。她不讲究吃穿，能花几个钱?

闺女读了硕士又读博士，毕业后进了大城市的大企业上班，一个月收入抵得过她起早贪黑干一年。闺女想让她跟着自己一起住，她不去，怕大城市开销大，增加闺女的负担。

闺女心疼她苦了一辈子，跟她念叨好多回，叫她别打工，也别再赶着绣东西啦，净心享清福。她自己闲不住，一天到晚光吃饭不干活混日子，活着还有啥意思?

酒鬼男人现在闹不了她了，半身不遂，整天坐在轮椅上。他兄弟用他的退休金缴费，把他送进了养老院。她去看过他，买了他爱吃的香蕉，掰一个，剥了皮递给他。

他靠在轮椅上，嘴里呜里哇啦说不清楚，满脸的泪，是接着想喝酒，还是对不住她母女俩表示忏悔?

她想，他这一辈子，跟自己比，还是不值啊。有啥意思呢? 除了喝酒除了吃肉，就是祸害别人。不过他老了，再怨他又能咋地，倒不如就此放下吧，咋着都是一辈子。

闺女说趁着她能跑得动，让她多出去走走，托一个开旅行社的同学给她安排了一个星期的旅行，去看大海。本来，她心疼钱，不想去，可是闺女已经从上海把钱打到旅行社账户里啦，她要是坚持不去，闺女该不高兴哩。

前半辈子窝屈憋气，给那男人耽误了；后边这半辈子，她得畅畅快快地，为自己活。

忍把玫瑰换猪肉

　　人家都说女人矫情，我不幸就娶到了这么一位矫情的女人。她自称喜爱文学，整天价写点无病呻吟的文字自我欣赏，三十多岁了还像琼瑶小说里的女孩一样喜欢哼哼唧唧一副自作多情状，恨不得让老夫我一天给她重复一百遍："亲爱的，我爱你，就像老鼠爱大米。"

　　我这老婆到底是本土出生乡下长大的土八路，跟地道的进口罗曼蒂克毕竟有差距，所以她矫情归矫情，搞的倒都是浪漫又不花钱的玩意儿，每次一听说浪漫起来要花钱，就像在她肋巴骨上剔肉一样心疼，难免经常把浪漫和现实搅在一起，闹得人哭笑不得。

　　有一回我和老婆带着三岁的闺女去逛超市。临近年关，超市里人山人海，大家都在疯狂购物，收款台前排着一队长龙。老婆还算有点小聪明，英明地决定让我带闺女推着购物车现在就开始排队，果然我刚刚站到队伍里，身后就又增加了好几位。老婆则一趟趟穿行于货架前，专找那些特价商品，马不停蹄朝我的购物车里运送。可怜老婆又瘦又矮，在人堆里挤来挤去找我们实在辛苦。我想了个办法，让闺女站在购物车上，把刚刚给她买的红色小兔子氢气球系在她衣服上，气球高高飘起，好像一面旗帜。这下子老婆方便多了，以红气球为目标，兴冲冲一趟趟川流不息。女人家大概就这脾气，看见便宜东西就忍不住兴奋，好像买得越多越沾光似的。也不知道老婆在人缝里挤了多少趟，直到购物车里实在堆不下为止，她终于肯停下来站在我身边喘气。

我那自称很有文艺细胞的老婆一向耐不住寂寞，连等着结账的这点时间也不肯安生。她东张西望了一会儿笑嘻嘻地对我说："老公，我的灵感来了。我有两个构思，一篇是散文，题目叫《红气球为我飘起》，写我今天购物的感受。红气球指引着我的方向，所以我永远不会迷途。大而化之，引申到生活里，茫茫人海中，平凡如我辈，不过是沧海之一粟。谁会在乎我们呢？恐怕只有和我们的心息相关的亲人吧。红气球就像天空中特意为心爱之人升起的星星，永远照亮他，温暖他，指引他的前程。每个人都有他自己的红气球的，对不对？"我听了颇受感动，频频点头。

"还有一个构思是微型小说。说一个男孩和一个女孩谈恋爱，男孩对女孩很好但不够浪漫，女孩子总觉遗憾。有一次男孩在超市购物存包时忽发奇想，他把为女孩子买的东西放在存包厢里，然后把存包箱的密码告诉女孩子。这样，超市的存包箱成了他们的爱情中转站，两个人的爱情因此更加甜蜜。后来他们所在的城市兴起了一种潮流，许多恋人都到这家超市购物，寄存后，把存包箱的密码告诉心爱的人，由爱人来取，这成为许多年轻人示爱的方式，他们不必见面也可以传达爱的信息，超市因此而兴隆。这篇小说的题目就定为《给你，爱的密码》怎么样？"

我听了，禁不住想夸她的构思不错。还没等到我的赞美出口，老婆接着又讲开了："老公，我算过了，两篇文章都可以写一千多字，按照千字八十元的低标准计算，咱们可以稳赚一百六的稿酬，折合成猪肉就相当于……"老婆找出手机上的计算器摁起来，"相当于时价猪肉十二斤一两四钱……"

"别这么煞风景好不好？"真是拿她没有办法，再浪漫的事情到了她这里都要变换成猪肉来核算，让俺一下子从浪漫的巅峰跌落到现实的深渊。

情人节就要到了，矫情老婆被报刊、电视的轮番轰炸、大肆渲染熏陶得眼色迷离，娇语呢喃，口口声声问我："老公，你要送我什么礼物啊？"咱心里不喜欢这一套，老夫老妻的，犯得着这么肉麻吗？可是谁让老婆喜欢呢，没办法，由着她吧。

情人节如期来临了，我陪着老婆走遍了全市的花店，老婆选来选去，看见每一朵鲜艳的玫瑰都要由衷地赞美一番，尤其钟情于一种叫作"蓝色妖姬"的蓝玫瑰，简直看得如醉如痴。

一问价钱，"一百六十八！"老婆惊得眼珠子差点没飞出眼眶，一把抢过我的钱包，制止我打算付钱的念头，拽着我走出花店。

最后走得我腿都酸了，老婆还没有选到又便宜又好看的玫瑰。在最后一家花店，人家打算处理完最后一支玫瑰就要打烊了。

"怎么样，只要十块钱一支。"包装精美的红玫瑰刚从冰箱里拿出来，娇艳欲滴，我想这回老婆该满意了，谁知道她还是不要。

走出花店，她说："老公，咱就别买玫瑰了，转了这么久，你老婆早就饿得头晕眼花了。要不，今天我就暂停减肥计划，把买玫瑰的钱换成猪头肉解解馋如何？"

白纱巾

故事是从冬末开始的。她是一个怕冷的女孩子，一出门就缩紧脖子，他常常一边为她焐手一边笑她冻得像个猴子。"干吗不戴条围巾？"他问。

"买不到中意的。"

"街上卖那么多，随便哪条都很好看呢。"

"好看的是挺多，可我只喜欢白色的，情有独钟。"

商店里的白纱巾也不少，可要么掺进了金线，要么印上了图案，或者是绣上了花朵；偶有纯白的，她又嫌其白得扎眼，或是白得暧昧。

"别太理想主义了，你想要的那种白纱巾也许根本就不存在呢。"

可她宁肯冻得缩着脖子也决不将就，宁缺毋滥是她的原则。

春节过后，天气渐渐暖和，不用再戴纱巾了，他们之间的感情也随着天气一道升温。一块上街的时候他继续陪着她一家商店接着一家商店地寻找她梦寐以求的白纱巾。有许多次他试图说服她放弃这种徒劳的努力，他相信这世界上没有绝对完美的东西。

浪漫的春天悄悄过去，他们走入热烈的夏季，亲友们都热切地预言着他们美好的未来，她也特意将短短的直发慢慢蓄长，等着不久就能盘起头发做他幸福的新娘。夏天里有凉气的商场是他们消暑的好去处。

在一家商厦不起眼的小角落里，她看到一张换季甩卖的广告。那里挂着各色各样的漂亮纱巾，她一眼就瞄上了它，"找到了！"她几乎是欢呼着扑了上去，就是它！洁白的，牛乳一般不掺有一丝杂色。握在手里柔柔的，有摸在婴儿皮肤上的感觉。这种白纱巾只有一条，精明的老板开了个近乎不讲理的高价，她毫不犹豫地抱走了它，一路上喋喋不休地表达着自己"众里寻它千百度"之后的惊喜。他也由衷地为她高兴。

秋天是凋零的季节。当爱的光环渐渐淡去，她发现他并非想象中完美的爱人，他有她无法容忍的缺点，他有她不愿相信的过去，她不能接受这一切就像她不能接受白纱巾上的任何瑕疵。

树叶在秋风中飘落，她的心也一点点下沉，她如一朵花迅速地枯萎了。她整夜整夜地失眠，脸色苍白，沉默寡言，大家再也听不到她百灵般的笑语。

冬天，他们的爱路走到了尽头。朔风中她第一次用上了那条白纱巾。长长的纱巾飞扬在风里，装点着她棕褐色的长发，仿佛是一个飘动的梦。在一个繁华路口，一阵风鼓起纱巾扑在脸上，遮住了她溢满泪水的眼睛。

当晚的本市新闻里播出一则消息：某繁华路口发生一起车祸，死者是一个戴着白纱巾的女孩子。播音员的声音冷冰冰的，坐在电视机前的他脸上有两行同样冷冰冰的液体滑落。他知道是那个白纱巾般无瑕的梦幻骗走了她的生命。

拾漏儿

城老，故事多，去老城里老胡同里转转，老门楼老人家靠着墙坐马扎上云山雾海天南地北讲古的多。人家可不是胡说，都有根源有来由，典籍里头必定是有这根线头的，至于说到底扯了多远夸张了多少倍，那就甭考究了。

老城里老玩意儿多，喜欢老玩意儿的人也多。可新陈代谢是自然规律，新的要来，就会挤掉老的。这几年，棚户区改造如火如荼，到处是轰鸣的建筑机械声。有人高高兴兴等着改善条件住进新房子，也有人骂骂咧咧认为毁了真文物建起假文物，各有各的想法。老百姓的想法大多不起决定作用，不管咱高兴还是不高兴，人家该改造还是要改造的，大拆大建，到哪个城市都一样。

拆迁户等着回楼呢，得赶工期，顶着大热天儿大太阳，施工不能停。建设工地上，出入着些民间古董爱好者，他们一个个揣着淘宝的幻想，期待能有所收获。当然，市文物队已经勘探过了，这块地方历史上一直是贫民区，该不会藏着啥宝贝。不过，谁说得准呢。

同行当中，听说还真有拾了漏儿的。谁叫咱汴梁城是八朝古都，给黄河水淹过多少回，河水指不定把好东西冲到哪儿啦，都说这天子脚下埋着数不清的好玩意儿，以前在别人房子底下，再多宝贝也没机会瞅瞅，如今政府主导着开发，又有挖掘机帮忙，没准真能有所收获。

老韩就是怀着这种想法来的。老韩长相憨厚，人们开玩笑叫他老憨，其实精明得很。他有个小兄弟在这个开发公司承揽了开挖土方的活儿，给他提供了最大便利，让他见天在工地上转悠。至于能不能得着宝贝，那得看他自己的运气和眼力。眼拙的就是宝贝堆在跟前也认不出来，运气差的即使挖到宝贝，没准也叫大型工程机械给毁罢了。

老韩瞪大眼睛盯了几天，除了捡到几块残破瓦当，十来枚锈蚀铜钱，没啥大收获。今儿个一大早起来，他就感觉眼皮直跳，心说这是要碰上大玩意哪，所以精神抖擞，一再交代工人们有啥发现要通知他。

果然，快中午的时候，挖掘机刨出来个木盒子。盒子沤糟了，轻轻一碰就碎，里面是个圆碌碌的东西，有人眼睛尖，认出是颗完整的头骨。

旁边工人有胆小的，吓得大呼小叫："老天爷，这是谁家的房子，咋会盖在人家坟上？"

有人纠正说："什么坟上？分明前后左右就是宅子，老辈子规矩，要不埋在祖坟要不埋在乱坟岗，没有埋在家里的。再说，埋人哪有只埋一颗头的，好歹得有个全尸。那边不是现成的专家嘛，请过来问问就知道啦。"

老韩正埋头寻宝贝，听到有人喊他，赶紧跑过来。他拿软毛刷子轻轻扫掉上边的泥土。这头骨上刷着漆，漆上刻着字。

"我天！"老韩腾地一下子坐到地上，"这可不就是传说中的雕花头骨？"

"雕花头骨？"大家伙眼睛瞪得溜圆，想听个究竟。

那边工头也过来了，一听有故事，也挺起劲，招呼工人们说："忙啦一上午，要不，咱就提前一会儿收工，请韩老兄给咱们讲讲这个故事？"

老韩看看头顶上热辣辣的太阳，擦一把头上的汗，说："午时三刻，古时候杀人都要挑这个时候，这会儿阳气最盛，小鬼妖魔啥不干净的东西都不敢出来作祟，我也斗胆给大家伙讲讲这个传说。

"民国年间，日本人发动侵华战争之前，当年的开封城有个第四巷，位置就在今天的生产街。第四巷跟北京的八大胡同一样，是妓院做生意的地方。那条巷上有个头牌姑娘，名字叫金楼，不光模样好嗓子甜，琴棋书画样样精通，开封城不知道多少男人喜欢她，为博她一笑不在乎花多少钱。可是挣钱再多，都是老鸨的，金楼只能落个吃穿。当时在省立师范学校，有个浙江来的学生，姓叶，对金楼十分着迷，省吃俭用只为见她一面，金楼也喜欢他。叶先生心疼金楼，想替她赎身，可那老鸨把金楼当成摇钱树，不愿放她走，狮子大张口，开出的身价高得离谱。叶先生自己念书还得跟家里要学费，哪能筹到那么多钱。

"欢场上的女人，好日子短啊！几年过去，金楼就像开败的花，整个人都残了，门前冷落鞍马稀，没了生意，老鸨变脸比翻牌还快，收了人家三百块银元，把她卖到会馆胡同一个二等窑子里。

"叶先生那时已经毕业，在一所学校里找了个国文教员的工作，也有了点收入。他去看金楼，许诺给她赎身娶她进门。金楼想着自己的苦日子可要盼出头了，谁知道叶先生禀告母亲后，老太太坚决不同意，骂金楼出身娼门，千人踏万人踩，叶家书香门第，娶她是辱没祖宗，更恨叶先生荒谬不孝，一怒之下把他逐出家门。叶先生无颜再见金楼，从此再不敢进会馆胡同。金楼得知原委后，伤心欲绝，看不到活着的希望，不久后身染沉疴，无钱医治，吸大烟膏死了，埋在宋门外东郊荒地。

"叶先生听说以后，也绝了活下去的念头，成天失魂落魄，工作自然是丢了。他孤身一个人，当时就赁住在这条街上。一天晚上他跑到东郊，刨开坟把金楼的头骨挖了出来，带回家洗干净，涂上红漆，白天晚上抱在怀里，把这些年他写给金楼的诗刻在上面，刻满再漆，漆干再刻，一会儿哭一会儿笑，人人都说他疯了。后来有个浙江同乡通知他家里，家人把他带回绍兴原籍，没多长时间就死了。咱们今儿个看见的，应该是当年叶先生回绍兴时，把金楼姑娘留在了这儿。

"这个事啊，早年间流传很广，版本不一，陈雨门先生喜欢收集民间传说，采访很多人记录整理，后来收进政协的文史资料汇编里。我读过这个故事，大概就是这些内容吧。"

暑气似乎都消散了。大家沉浸在故事里，那颗头骨不但不觉得恐怖，反倒有情有义令人敬佩。

"这应该不算是文物吧。既然叶先生把她埋在这儿，肯定有他的道理，咱们不要惊扰了她。老辈人说逝者为大，还是请她入土为安吧。"老韩从口袋里掏出四支烟，代替香火，点燃了冲着那只破碎的盒子拜了拜，连同雕花头骨装进一只木箱子，在发现她的位置深深埋入地下。几天后这里就要奠基，将会建起一片新的街区。

老韩手机响了，是老伴儿打来的。闺女和她摊牌了，说即使那个穷小子没有房子，他们也要结婚，大不了租房子住呗。

老韩因为男方没有房子，一直反对闺女的婚事，爷儿俩已经较了好长时间的劲。今天，他不愿再违逆孩子的意思，说："她要真喜欢那小子，那小子也对她好，就遂了她的愿吧。日子是她自己过，苦乐总是她乐意；再不济，跟着咱俩住。咱俩老了，他们不是还能替咱跑个腿嘛。"

"老头子，你答应啦。哈哈哈，快，妮子，恁爸还是拗不过你，他答应了。快，快，给那小子打电话。"电话那头，老婆敞开大嗓门叫着。

老韩望望头顶的太阳，笑了。

咖啡勺里的方糖

　　读书经常能遇到会心的地方。有一次，看到一个比喻，说："我拘谨得像咖啡勺里的方糖。"我不禁一笑。这很适合形容许多场合下的我。

　　我经常感觉自己像勺子里的方糖。比如，在众目睽睽之下接受审视、打量、评判，尤其是当我的命运要由这些打量评判我的人来决定时，我会益发不知所措，忘掉了该如何表现自己，仿佛神经短路，脑子里一片空白，本欲努力表现的愿望彻底落空。后来有很多朋友说你干吗那么拘谨，为什么不能放松些，把那些审视评判你的人当作一堆萝卜白菜？我尝试过努力过，但没有什么效果。我甚至按照专家的建议在登场前咧开嘴露出八颗牙齿微笑，深呼吸，对自己说：我行我行我行！可是一走上准备表演的舞台，一切统统变了卦，就像机器断电，我立即陷入反应迟钝、木讷慌乱的窘境，没办法正常发挥，于是语无伦次，手足无措，平日在家人朋友面前伶牙俐齿的自己仿佛一下子被切断了舌头，支支吾吾，面红耳赤，额头冒汗，好像走进了桑拿房。

　　我反思这个问题，把自己放在一块方糖的立场去考量，试图找到自己莫名紧张的原因。

　　我想，方糖在方糖罐子里是适意的。和自己的同类在一起，大家面目类似，大小相同，甚至不依靠精密仪器测量，很难用肉眼判断这一块和那一块的不同。所以这样泯然众人的环境令方糖感到安全。但是被挑出来盛在咖啡勺里的方糖，它是孤立的，脱离了可以淹没它的环境，失去了能够支持它的集体，它对即将独立面对的危险感到完全无能为力。是啊，在咖啡勺局促狭窄的空间里，它能如何挣扎？强大的持咖啡勺子的手操控着它的命运。面对不可知的未来，它很难不恐惧。

我也不喜欢怀着恐惧的等待。悲观的人总是惯于以悲剧幻想自己的未来。我曾经和朋友谈起，倘若我因为触犯法律被判死缓，那么我宁愿立即慷慨赴死，而不必在忐忑不安的等待中导致精神崩溃。我相信等死的过程比死更痛苦。

我总结方糖的拘谨：是因为对环境的无力把握，对自己命运摇摆性的极度恐惧，对不可知的未来满怀悲观却又不甘心，就像大多数无法掌控自己命运的小人物。

我以自己的心理揣测。方糖在罐子里时，因为泯然众人而沾沾自喜，对逃脱融化怀着侥幸。在咖啡勺子里时，一定是被不幸中标的恐惧吓得背过气去了，怕是连哀求都忘记了。拘谨，是啊，除了拘谨，它能怎样？倘若被扔进咖啡杯，那么是好是坏心里都有了底。不就是融化吗？还有更糟糕的结局吗？反倒有英勇就义一般的慷慨。甚至可以非常阿Q非常毅然决然豪情万丈地喊一声：二十年后老子又是一条好汉。做生命中的最后一次，也许是唯一一次的英雄。但是等待被处理的过程不能不令人胆战心惊完全屏住呼吸。

我记得希区柯克说过，对他来说，最好的礼物是一件包装精美的恐怖。作为庸常日子里对悬念的期待，恐怖是受欢迎的，但是我相信大多喜欢恐怖小说的读者，都不希望那些恐怖场面当真落实到自己的生活里。

大多人没有勇气打破改变现有的平衡。舍不得离开熟悉的按部就班的生活，对陌生的自己无法掌握的生活怀着恐惧。我们已经习惯了方糖在罐子里一般格式化程序化的人生，在固定的轨道上怡然自得。

但是社会进步总会造成一个又一个失衡。平衡的每一次打破都是一场革命。我们固然需要对未来有提前的判断与规划，但即使不能，也不必因此陷入沉沦放弃努力。也许失衡背后，藏着一个赢得更美好明天的契机。

私　语

　　这群无所事事生活优裕的中年女人经常在一起聚会。她们的老公财力相当，供应得起她们水平相当的消费。

　　马蒲儿是这帮女人当中最喜欢读书的，尤其喜欢阿加莎·克里斯蒂。她读完了阿加莎毕生完成的七十多部侦探小说，对那些精心设计的悬念、缜密的逻辑推理格外推崇，并从中学到一些推理能力，她喜欢在朋友中间卖弄这种本领。

　　在惯常的聚会中，马蒲儿经常应邀或者主动表演推理。就像这个圈子里的所有人，有了好东西舍不得独享，总要拿出来向大家夸耀一样，哪怕是老公晚上在闺房里说过的体己话，他怎样宠着自己被自己迷得晕头转向，都要拿出来，与大家分享。这可远比他给自己买了贵重首饰、新款时装、甚至刚刚发布广告的豪宅更重要，只要他的心还在自己身上，这些都是可以随时得到的。

　　很多人对马蒲儿的能力表示惊叹。"你真的没有在场？简直和当时的情形一模一样嗳。"她于是很含蓄地笑，心里怀着对这帮家伙的不屑。

　　以马蒲儿敏锐的感觉，很容易看穿谁吹嘘的牛皮里掺了水分，但是她不会揭穿，而是照她们习惯的方式，以心照不宣的会意，与要好的几位对视微笑。合适的机会，她们会头挨头挤在一起窃窃私语，抱着看戏的心态，欣赏某位的表演。

最近，马蒲儿发现了异样。她在朋友的聚会当中表演明察秋毫的推理时，朋友们一边折服地叹息一边趁着她不注意诡秘地笑，甚至避着她窃窃私语。

莫非……马蒲儿想当然地认为是嫉妒。哼，她具备别人不具备的能力，难免招致嫉妒。

周慧慧一直想告诉她真相。上次聚会时，马蒲儿因为外出旅游没参加。偏偏就是那一次，周慧慧她们结伴去饭店的路上，看见马蒲儿老公胳膊上挂着个撒娇的女孩子，和马蒲儿上大学的女儿年纪相仿。当然，那不是他们女儿。

有什么能比撞见熟人的风流韵事更令她们兴奋的？那天的聚餐可以用欣喜若狂来形容。哼，马蒲儿不能了吧，她老公还不照样在外边花红柳绿？

似乎所有人都知道了，只把她一个人蒙在鼓里。

在这个朋友圈儿里，马蒲儿最要好的是周慧慧。别人不揭穿，是为了看笑话；作为好朋友，可不能看着她受蒙蔽。周慧慧决定找个适当的场合告诉她，可是马蒲儿一直没有注意到周慧慧给她使的眼色，不给急于发言的周慧慧机会。

马蒲儿的推理小说当然没有白看。只是为什么要知道呢？知道了就没有了回旋的余地，还是恍如不知道更好吧。"这个世界，男人和女人，你不能指望得太高了。"她曾经这样劝别人。

至今，周慧慧也没有找到合适的机会。而马蒲儿的朋友们仍喜欢在每次聚会中一惊一乍地听她讲推理故事，带着含蓄的笑，时不时窃窃私语。

偷得半日豪侠梦

休息日通常也是家庭主妇与灰尘的战斗日，尤其是我们家。孩子爸爸心胸实在太大，哪怕我出差一个月不在家，人家也绝不会弯腰把桌子擦一擦，宁可在布满灰尘的地板上走出一条胡志明小道，也不肯屈尊拿起拖把。

我的双休日大都是被向灰尘宣战的高涨斗志唤醒的，否则，我宁愿一直躺下去，任窗外的灿烂照在床上，好好享受做梦好时光。

大梦谁先觉，平生我自知，草堂春睡足，窗外日迟迟。谁说的？诸葛亮。他老婆肯定不要求他起早做饭打扫卫生，才能落得如此逍遥自在。

许多人喜欢武侠，我也喜欢。学者说武侠是成年人的童话，侠客大多有个性，高兴了，对酒当歌，人生几何，呼朋引伴，将出狐裘换美酒；不高兴了，跳着脚嬉笑怒骂，舞刀弄枪稀里哗啦，何其快活潇洒。

言出必行，恩仇必报，从心所欲，无须遮掩藏心机。一言不合，拔刀相向，绝没有拔出萝卜带出泥的勾扯。不像我辈，卑屈畏葸，处处小心时时谨慎，唯恐招惹麻烦上身。

传说中，侠客笑傲江湖，快意恩仇，大块吃肉，大碗喝酒，大秤分金。说来也怪，从未听过哪位侠客因为饮食不当消化不良的，什么好吃只管敞开消受就是，完全没有胆固醇高血压血糖方面的考虑。

胜也快活，败也潇洒。胜得磊落，输得服气。拍拍肩头，没准从此成为朋友兄弟，胸量气度非我辈所能及。

俗世贵易交富易妻，而武侠大多长情，固然有处处留情的段正淳，更多是令狐冲一般的痴情汉。女子多清高，男儿多豪迈。

有道是简单就是美，白刀子进红刀子出。武侠完成了我们对现世生活的种种不满，满足了我们不可企及的梦想。

当然，武侠小说中也有阴谋有财富有情感有缠绵，好在仁者见仁智者见智，取我所需即可。

我常常艳羡，那些武功盖世的女侠何以功夫过人，却并未像健美小姐一般长出粗壮吓人的大块肌肉。

没准在梦里，我也可以实现蓝衫飘飘，背洞箫，挎长剑，骑白马，独行于江湖，直到终老。

我家户主常嘲笑我的思想有时候似乎是停留在 20 世纪的废墟上，完全中了金庸梁羽生的毒，没有独门解药，恐难解脱。

我笑而不语，借着这想入非非的闲暇，偷得浮生半日闲，躲了干家务的懒，也算是比不得武侠，不够潇洒快意的人生中一点小小的补偿。

如此阿 Q 一番，顿时惬意不少。忽听屋外一声暴喝："喂喂喂，还做白日梦呐！"

一瞅钟表已经接近十点，急忙翻身下床。得了便宜赶紧卖乖吧，面对呵斥，我未敢应战，抓起扔在一边的抹布，挥舞着冲上阳台。"哇呀呀，我来也！"

哪怕是学堂吉诃德呢，把灰尘当作风车，总归勇气可嘉啊！

睡不着的夜晚

　　城中村改造以后，村子就变成社区了，他得改名叫社区主任。父亲原来是村里的支书兼村委会主任，后来年纪大卸任了，他接着当选。他们赵家在村里是大姓。父亲说得有理，咱这一枝是要撑起门户的。新中国成立以来，村里的当家人一直出自他们赵家，爷爷，父亲，他；但是下一代已经不可能了。他有两个孩子，一男一女，闺女走得远些，出国了，儿子本事不大，也在省城落了脚。现在家里只剩三口人，父亲，老伴儿，和他。

　　他无法接受乡村过快的变迁，村里的秩序不如前些年那么谨严了，年轻人思想活，看电视、上网、开微博微信，活像人人手里拎着电喇叭，人人都要发言，不是以前听一个人下命令的年代了。父亲常翻着报纸唉声叹气，老人家小时候念过私塾，老师教的做人原则是仁义礼智信。人老了，难免唠叨，他总是念叨以前的民风淳厚。

　　要说，眼下日子比以前好了太多，可是父亲的叹息却越来越稠。小时候觉得过节有白面馍，过年能吃上肉，平素能填饱肚，就是天大的幸福；如今这些目标早实现了，他并没有感到幸福，老伴儿也没有。她学着城里人成天在网上买东西，快递公司三天两头在家门口等着。可是老婆不开心，一看见电视上的食品安全节目就唉声叹气。儿子在省会工作，拿家里的卖地补偿款买了车交了房子首付，按说比他的同龄人幸福多了，可儿子照样不高兴，说是官二代富二代不劳而获，比他受老板压榨舒服多了。

他想让儿子回来帮他，儿子不肯，嫌小城市机会少，人情世故重，关系网络累人，可是在哪儿不累呢。他自己也累，这个村委会主任当得不轻松，现在的村民不像父亲主政时那么听话了。

他十年前就开始下海做生意，搞基础设施建设；后来城郊开发了，在自己的地盘上，他的生意还不错，说起来掌握的资产也很不少了。他记得父亲的话，凡事不恃强、不争第一。争第一的人，大家都盼着你倒霉，那就离真倒霉不远了。他恪守着父亲的中庸之道，在村里不张扬，对谁都和和气气。

咱老开封说谁不地道，会说这人太 ke，到底是哪个 ke。父亲说是"渴"，贪婪，像没出息的人喝酒，总灌不够，迟早得喝死。儿子说是"苛"，像他们老板，刻薄苛刻。到底是哪个？他倾向于父亲的理解，提防着自己不能太"渴"。

他早过了知天命的年龄，没有太多想法了。除了当好社区主任，他想再挣点钱，一来帮儿子还房贷，二来也攒点养老钱。父亲这一辈儿，还可以养儿防老。自己和老伴儿，怕是指望不上孩子们了。现今的钱越来越不经花，不多攒点，将来指望啥吃饭看病哩。

闺女是研究社会学的，说他的身份类似于传统社会的乡绅，受到乡里尊敬，也要承担维护乡村秩序的责任。睡不着觉的夜晚，他自己寻思，延续了几千年的乡村伦理已经日渐瓦解了，老规矩不管用了，新规矩啥时才能立起来呢？

老伴儿笑他是喝糊涂的命操吃肉的心，你算个啥官儿，比个芝麻粒还小好多倍，睡吧，明儿清早工地上还有活儿哩。

贴着地面行走

从年龄上讲，我已经过了喜欢高跟鞋的阶段。

散步的时候，经常在大街上看到穿着窄裙衫高跟鞋挺胸收腹的女孩摇摇摆摆地走，细细的鞋跟叮叮当当地敲打着路面，看上去的确很美，却忍不住替鞋主人辛苦。老城区的人行道大多不够平整，于是漂亮的高跟鞋女孩因为鞋跟嵌入砖缝奋力挣扎的尴尬场面隔三岔五地上演。

年轻时我也很喜欢高跟鞋，一方面是因为个头矮小，自欺欺人地妄想通过垫高脚底弥补这项先天不足，另一方面是追逐时髦，以为衣着打扮非得向电影明星靠拢才算得上美丽。那时候和年长的同事一起上街，不理解她为什么反对我买尖细的高跟鞋。她说自己的感觉永远比别人的视觉重要，好看不好看是其次，自己舒服才是关键。当时自以为聪明无比，不能理解她的人生经验，对她的忠告置之不理，继续削足适履把胖乎乎的脚丫子塞进窄瘦的高跟鞋甘受酷刑。

现在我也到了看重自己的感觉超过别人视觉的年纪，颓废到基本能够接受自己的缺陷，不再指望一双恨天高把自己变成巩俐章子怡，衣着以个人舒适便捷为首选条件，充分享受柔软轻巧的平底鞋带给我健步如飞的便利。

当然不穿高跟鞋并非绝对原则。前几天，气温骤升，我急欲让脚趾头享受阳光的照拂，但是鞋柜里翻到的只有若干年前的一双高跟凉鞋。

兴冲冲穿了和家人一起在街上走，不知道是太阳晒得头昏还是驾驭高跟鞋的技术已经生疏，居然当众摔了一跤，手掌里蹭破一大块皮肤，伤口涌出来的血混着人行道上的泥土，看上去颇为惨烈。急匆匆跑到最近的一家诊所，医生清理伤口时疼得我咬牙切齿。陪同前去的爱人幸灾乐祸地说，这都是四体不勤的结果，如果平时多做些家务，手掌里结满厚厚的茧子，哪至于轻轻一蹭就破了？跟在后面的女儿也来帮腔，批评我不该穿高跟鞋。她正上小学，整天清一色的平底帆布鞋，每次买鞋务求脚趾头互不干涉，决不忍受任何委屈，所以她细瘦的脚得以疯长，鞋码已经超过了我的。她说高跟鞋把脚高高地托举着离开了地面，就像希腊神话里的安泰。

我看的动画片太少，她好为人师地为我普及神话知识，说安泰是希腊神话中的巨人和大英雄，他是海神波赛尔和地神盖娅的儿子，他的力量来源于大地母亲。只要他的脚不离开地面，就力量无穷，所向披靡，而一旦离开地面，就完全失去生存能力，不堪一击。后来，他的对手赫拉克勒斯发现了这个秘密，在搏斗中引诱他离开大地，使他无法继续从土地里获得新的能量，在空中杀死了他。

我家的民主气氛过浓，女儿一副老夫子状教训我说，安泰的悲剧给我们的启示是：离开脚下的土地是危险的，提举得越高，摔得越重。

我承认小姑娘说得有理。文学界有个口号，"贴着地面行走"，据说源自哲学家维特根斯坦的话："我贴在地面行走，不在云端跳舞。"云端的舞蹈虽美，总潜伏着坠落的危险；而脚踏实地，永远给予我们前进的力量。

星级厕所

　　某市是一个规模较小的发展中城市，财政十分困难，历任市长又是调整产业结构，又是全民招商引资，可谓绞尽脑汁玩尽花样。折腾来折腾去，下岗工人照样下岗，停产企业照样停产，市民口袋里的钱日渐减少。最近，省委要调整市领导班子，大家翘首以待，企盼着能来一位办实事的新市长。

　　没多久，年轻的新市长上任，热血沸腾，点起三把火，声称要解决一些群众普遍关心的热点难点问题。经过问卷调查，发现公共厕所问题首当其冲，如厕难已经成为一个大问题，广大市民对此很有意见。新任市长在电视上发表讲话，郑重向全市人民承诺，一定要尽快解决厕所问题。大家奔走相告，觉得新市长真正是大家的贴心人，连厕所都替大家想到了，真正的务实派啊。

　　新市长很注意学习借鉴外地经验，为避免新建公共厕所落后于时代，亲自带队一行十人到南方发达城市考察半个月，带回来大量的文字资料和图片，又委派网络技术人员上网查询有关厕所建设的最新动向，经过专家充分论证，决定耗资300万元建起10座符合最新潮流的五星级厕所。有人提出异议说："咱们市大部分人口还没有脱离贫困线啊，建这样的厕所是不是有些不合适。"这种不合拍的音符马上就遭到了市长的严厉批判，责备他思想不解放，不能与时俱进。

推出 10 座五星级厕所已成定局，财政没有钱怎么办？市长说不是有学校危房改造资金吗，先挪来用一用也未尝不可。

"运用之妙，存乎一心。什么事都要开动脑筋，灵活机动嘛。"市长为大家上了语重心长的一课。

半年后，10 座五星级厕所终于落成，其装修之豪华、设备之齐全不逊本市最高档的宾馆，用地方电视台播音小姐的话说，是"我市一道亮丽的风景线"。

新市长对这道风景线非常满意，在落成典礼上亲自剪彩，并亲自如厕享受五星级服务。洋溢着灿烂笑容的市长站在厕所门口的大幅照片刊登在省、市主流报纸上，成为新市长从群众最关心的热点难点问题着手，体察民情、解除民忧的重要证明，受到上级领导的多次表扬。

可是将巨资投在这些方面，市民并不领情，尤其是那些距这些星级厕所太远，享受不上豪华待遇的人们，更是恨得咬牙切齿——这些厕所简直比他们住的房子还要漂亮。愤怒者表达其愤怒的方式包括这一种——我享受不了的别人也不能享受。他们开始破坏，于是厕所里的进口香皂和绵软手纸经常是刚刚放进去就不翼而飞，好几个厕所的镜框和彩灯都被人砸得粉碎。为确保厕所的安全，市政府不得不聘请数十名保安日夜看守——这是建厕所为市民带来的最大福祉，一下子解决了几十个青年的就业问题。

日子久了，保安的工资成为政府的一项负担。为节约开支，市长决定辞掉他们，从此厕所开始大门紧闭。巨型锁阻挡了搞破坏的人们，也难倒了内急的市民，他们仍旧是急得团团转找不到厕所。

由于学校危房无力改造，学生无法正常上课，有脑筋灵活者向教育局长建议，何不借用闲置的五星级厕所。教育局赶紧起草报告。市长同意了，但前提是确保厕所的清洁和安全。孩子们在老师的训导下很注意保护公共设施。学生很自觉，舍不得在厕所里解手，恐怕污染了学习环境，他们下课后不得不跑到很远的地方借用厕所，经常因此耽误了上课，让老师们在欣慰之余感到些许遗憾。

精算师

等待令人焦虑。她等待这一天已经两年。她在屋子里走来走去，从沙发到门，又从门到沙发，她在等那个男人回来。

她不是二奶。那男人没有现任的老婆，君无妇妾无夫，她是这个男人若干女朋友中的一个。

她的目标很明确，要拿到精算师资格。有很多资料预言说那是未来很抢手的职业，能带来颇高的收入。而且，这个职业不要求年轻，可以一直做到老。她知道这世界上没有什么能够永恒，但是频繁的变化令人不安，她渴望稳定。从小，她没有父亲，母亲像大多漂亮而柔弱的女人一样，不能给女儿全面的保护，她们的生活充满动荡，她曾为每次动荡惊慌失措。她坚信，安全的保障不可能来自男人，她得靠自己。在获得精算师职业资格之前，她要生存，要参加高级培训班，这得花很多钱。为了供她上大学，妈妈已经差不多被榨干了，她不能再敲骨吸髓。精算师资格将为自己和妈妈未来的生活提供保障，她愿意为此付出值得的代价。

现在，她拿到了那份昂贵的证书，有资格对这样的生活表示厌倦了。

她很清楚，两年来这个和她在一起的男人根本不了解她，也不打算了解她。他更感兴趣的是她年轻的身体，拿得出手的学历，还有她不同于一般欢场女人的优雅得体，这是他向朋友炫耀的一种资本。瞧，我的女人，可不是街边店里的烂货。她知道叔本华，甚至能聊一聊萨特和波娃！其实，他对这些莫名其妙的外国人一点不感兴趣，在他看来，不懂得赚钱只会侃大山的家伙都有点精神病。

她从不期望生活像小说描绘的一样美好，沉醉在虚无缥缈的浪漫幻想中会令人误入歧途。她没有深厚的背景，没有名校的招牌，大学毕业了好久都没找到合适的工作。她认真分析了自己的资源，得出的结论是除了年轻，五官还算端正，一个职场上泛滥成灾的大学文凭外，她没有别的优势。青春太短暂了，她不能把美好的时光浪费在保质期过短的爱情里。她要拿自己的青春换来精算师资格，谋求后半生的幸福。

她不是没有考虑过打工。眼前有很多活生生的例子，像她这样的草根阶层，即使好不容易在或大或小的公司里谋到一份差使，除了小心谨慎地伺候老板的脸色，还要像男人一样被驱使着加班加点，否则随时都有被责令开路的危险。就算这样，一个月到头也拿不到几个钱。

她会需要一个男人，但如果像大多同龄女孩找一个办公室情人或生活圈子里的小白领同居，她青春饱满的肉体将不会带来任何收益，还要担心这种小白领背着自己和别的女人偷情。她相信生物学家的统计。在整个哺乳动物界，蠢蠢欲动的雄性总在永无餍足地奔赴一切猎艳的机会，要他们忠诚不会比让他们慷慨赴死更容易。太不划算了！爱情是靠不住的，男人也是靠不住的，唯有自己赚的钱是靠得住的。

首先，她得寻找一个肯为自己花钱的男朋友。她查阅了很多资料，摸清了所有备用人选的具体情况。他是最合适的，他有不少钱但不至于多得鼻孔朝天。五十多岁，其貌不扬，光秃秃寸草不生的脑门，油腻腻肥肉横溢的扁脸，脖子后面堆积着层层叠叠的赘肉，两条短腿吃力地支撑着规模壮观的肚皮，整个人看上去像一只低矮的油罐。他好像并没有超人的能力，但他有超人的运气。上帝就这么制造不公平，他在哪儿投资哪儿就赚钱，也不知道他祖上积了什么德。

她把他列为第一人选。她精心设计了出场方案，把自己包装得优雅高贵、清纯动人，然后在合适的场合，合适的时间，托合适的人把自己推荐给他。

　　他当然没能逃脱她的小花招，轻易就上钩了，追着打听她的电话。好，吊足了胃口，才好和他谈条件。一切都在她的掌控之中。

　　她知道他花了钱当然要有所回报。果然，他第一次上了她的床，为她还是个处女感动得唏嘘不已。

　　"这是真的吗？听说现在的处女都是修补过的。"

　　她决不答应他这样羞辱自己，坚持要他带自己去做证明。在他朋友的医院里，他争到了最大的面子——这个妞是货真价实的。他两眼放光。他不能不宠着她，立刻到丽水花园买了房子，房产证上写的是她的名字。

　　很好！这不过是第一步。

　　她知道他有很多的情人，她可不会像那些无知的小女人一样纠缠男人，妄想占领男人的所有领地。她早调查清楚，在她之前，他已经养了三个女人，这不包括他保持来往的前妻；再加上一个自己，他在五个女人中间周旋，如果平均分配时间的话，一个月大约只有六天麻烦到自己，一年也不过七十三天。

　　她很满意能够这样。他包的女人越多，自己被牵扯的精力就越少，这样她就可以拿着他支付的高额生活费参加昂贵的培训班，争取在最短的时间内拿到精算师资格。

　　她承认自己的冷漠，但这是生活教给她的。

　　她知道他对她的兴趣不会保持太久。女人的身体可不是什么耐用品，她的年轻美丽很快就会被消耗殆尽，总会有更年轻更漂亮的女人勇于献身的。她不打算指责比自己更具有吸引力的女人，在这个道德失范的年代，很难说究竟谁对谁错。只是她希望这一天不要来得太快。她拿自己的身体做资本，下了赌注，希望能得到更多的收益，这符合所有投资者的期望。她必须在他没有对自己丧失兴趣之前得到自己想要的东西。

今天，手里的精算师证书为她带来一个年薪三十万的职位，她可以不必忍受这个男人了。

她已经到房产交易中心做了登记，尽快把房子出手。她要到一个新城市，开始新生活。

在经历了艰难的两年之后，她有能力不靠身体而是靠大脑养活自己了。如果有机会，她会找一个英俊的男人做自己的生活伙伴，谈一场所谓的恋爱。谈情说爱是有钱有闲阶层的消费，现在她也能消费得起了。

一切都计划好了。这时候她接到了他的电话，听声音他心情不错，说是今天晚上要来，还鬼声鬼气地说有礼物要送给她。

她明白他指的礼物是什么，和这样的男人在一起毫无快乐可言，但是在离开这座城市之前，她恐怕不得不继续敷衍他。

晚上，他来了，晃着粗短的身体，嘴里喷出发酵之后的酒臭，唐老鸭一般嘎嘎笑着。

他说："我打算结婚了。这年头，风水轮流转，我和外国人做生意，他们搞宴会都得带着夫人，我领个女秘书活像是个暴发户。我得找个合适的老婆。我想过了，你是我交往的女人当中唯一不要求和我结婚的。你的麻烦最少，从不嫉妒，从不逼我娶你。你最合适……"

她脸上保持着一贯谦和温顺的笑容，大脑运算功能快速启动。她学到的精算知识帮了忙，这个丑男人有三十多个亿的资产，如果嫁给他，其中的一部分就有可能是自己的，这足够自己做精算师忙活几辈子了。

她得好好想想，向他提出什么样的要价。

饮食爱情

　　谈恋爱时，他们没有钱，上街吃饭总是只要一碗面。他吃面，她喝汤，难得有一块好吃的炖肉，两个人推来让去，谁也舍不得放进嘴里，最后商定，一人一半。吃到最后，一碗饭干干净净，老板常常在他们走了以后笑道："这碗都省得刷了。"那时候他们穷啊，上小饭馆里要一碗面来分享，已经很奢侈了，但是他们很快乐。年轻嘛，总能找到很多快乐的理由。

　　后来他们成了家，收入渐渐增加，不再为衣食发愁，她舍得花时间和精力在家里为他煲汤炖肉了，可他又总是没有时间。他是业务员，每天不是请吃就是吃请。常常在宴请的餐桌上看见整盘佳肴没有动就要给端下去，他舍不得，让服务员打包带给在家里熬米粥的妻子，于是一起吃饭的人总笑他是爱妻模范；而她虽然早已不必为一碗饭钱精打细算，但依然感激他能记挂着自己，就好像以前两个人分享一碗面时的甜蜜。

　　再后来两个人均事业有成，各忙各的应酬，餐桌成为工作的另一个场所，在家吃饭已经很稀少了；即使偶有在家吃饭，两个人也懒得烟熏火燎地费事，不如到饭馆里省心，反正口袋里有的是钞票。两个人的感情似乎随着在家吃饭的减少而日渐稀薄了，越来越无话可说。他们礼貌地维护着残存的婚姻，理由是为了孩子为了面子，也许还为了曾经共食的一碗面吧。

　　许多年后，他们都从曾经惹人羡慕的高位上退了下来，没有人再频繁地请他们吃饭了。虽然经济上足以支付高档的消费，但他们衰弱的肠胃已经消化不了饭店里过于味重香浓的饭菜了。他们更喜欢相伴提着篮子到市场上选购新鲜的蔬菜，她文火慢慢地熬粥，他耐心细致地拣菜。他们老了，又开始相对坐在小小的餐桌前，慢慢地用餐。儿女们都忙人家的事业去了，相伴的只有眼花耳背的他们。活动的牙齿咬不动生猛海鲜了，稀软的食物正好适合他们的胃口。他们的共同点越来越多，口味越来越一致。他们互不嫌弃，互相依赖眷顾。有时候他们也会到家门口的小面馆里要一碗面，还是老规矩，他吃面，她喝汤。以前是有胃口没有钱，如今有钱了，多要一碗又的确吃不下。他们从你一口我一口的对视里感觉着对方的温暖。

早　餐

　　我不是喜欢起早的人，更不擅长做饭。工作日早餐都在单位食堂解决，休息日想偷懒，哄着家人和我一起以牛奶面包充饥。

　　某个周日的清晨，因为朋友一个电话，没来得及在家吃东西就急慌慌赶去帮忙，返回时已饿得头晕眼花。看到狭窄小道边林立的招牌中间有家小店，门头上写着小米粥一块一碗，煎包一块三个。我记得单位旁边的火烧一个要卖三块钱，心想，还是偏僻些的地方实惠。

　　要了一碗小米粥，一块钱煎包。碗挺大，盛得也满，但是粥已经凉了，可能是因为已经过了吃早饭的时候。煎包皮挺厚，里面的韭菜馅间或能看见黄叶。好在分量足，充饥。

　　老板示意我可以坐在小桌前吃，我看看油腻腻的桌面，谢绝了。这是家夫妻店，听口音，不像本地人，地上跑来跑去一个两三岁的孩子。地上堆着小山般的面袋子，老板娘在小山后麻利地捏包子，包满一锅排就端过来交给男人，换空锅排回去。

　　吃饭的间隙，两个衣服上带着泥灰砂浆的人走进来，伸手伸脚结结实实坐在小桌子前，吆喝着老板盛粥，要煎包。看样子已与老板相熟。老板笑着要他们自己拿碗盛，赶紧翻着锅里煎着的包子，捡满一大盘端过来。两人显然是饿了，狼吞虎咽地吃着。

　　两块钱的早餐，我已吃撑了。付过账走出来，回到车里感慨地说，店里卫生条件太差，老板又是收钱又是做饭，碗盘上残留着前一位客人的痕迹。煎包子的油，从颜色判断已很可疑，以成本核算，怕也只能用地沟油了。两位民工居然一点不嫌弃，这个夫妻店也许是专做民工生意的。

爱人不语，停了几分钟，才情绪激烈地回过头说：民工就该吃不卫生的东西？他们不知道干净的东西好？五星级酒店里的饭卫生，他们吃得起吗？你才不过吃这一顿，就有怨言，人家天天吃，该怎么想？

心里忍不住委屈。我也是在农村长大的，绝没有轻视民工的意思。咱这个城市里，大多脏活累活苦活都是民工承担，我有什么理由轻视人家，只是不理解，为啥老板不稍微提高一些价格，改善卫生保证饮食安全。

为啥？节约成本呗！便宜了民工才舍得吃啊。

不是说现在工地上工资很高吗？老师儿一天挣二三百，算下来一个月六千多，顶我上两个月班啦。

高？人家是干一天挣一天钱，天阴下雨没活儿就没工资；再说，民工工资不是自个儿花，一家老小，孩子上学，老人看病，他们没有退休金没有养老保险，医疗报销比例有限，能舍得花吗？

我不知道爱人为什么那么大火气，也许因为他老家的叔伯兄弟也在城里从事繁重的体力劳动，吃廉价的不能保证安全的食物。他把对他们心疼却无力改变的怨气发泄在我不恰当的感慨里。

总会一天天向好吧。期待决策者的视野里能有这些最基层的劳动者一席之地，从政策层面给他们应得的福利，让他们的健康安全体面受到应有的尊重。哪怕，从一顿早餐开始。

张望果子成熟的季节

我爱水果。小时候在乡下，水果是稀罕的东西。我家院子大，爹种了一棵杏树，一棵桃树和一棵枣树。

每年，一过罢春节，从果树冒芽开花的时节起，我就埋下了心思，见天放了学，抡着书包大呼小叫地冲进门，站在树底下张望。哪一朵花败了，开始结成一个小小的青包，我都清清楚楚。

可是一直到眼睛被青包喂酸了，小包包还是小包包。

我急啊，问妈妈，啥时候能吃上杏？

妈妈说，要等到收麦子的时候，杏就黄了。

那桃子哪？

等到杏吃完了，麦子收完，玉米种进去，长出一揸多高的苗，桃子该红了。

哦，那么久啊。我不再在树底下张望，我的战场转移到院子外的麦地里，看麦苗拔节。咋就这么慢呢？小时候的日子多么漫长啊。我急啊，为什么从早起到天黑有那么多时间？为什么还没有到麦子飘香的农历五月？

等不及杏黄桃红的时节，我沿着麦田边的沟堰，找那些红的黄的喇叭形的小花，有些小花的嘴巴是甜甜的，我一把把揪起来，用它们的嘴巴甜蜜我的嘴巴，安慰我吃不到水果的寂寞。

五月虽然遥远，但总是会来到的，它的姗姗而至一年年考验着我的耐心。

我对黄黄的杏子望穿秋水，可是有那么多人要和我分享，姐姐吃，哥哥吃，妈妈还总是不忘让我送一包给对门家的大大。他们家的孩子也眼巴巴看着我们家杏子黄哩。

妈妈说，杏子吃多了会上火，流鼻血。

我不信。我猜，还不是怕我吃多了，哥哥姐姐吃少了？

每天放了学在树底下等着。那么大的杏子树，我运气好，总会有一阵风趁着我的心意，把一个个熟透的黄杏子吹到我脚下，我捡一个吃啊，再捡一个吃啊。没有风的时候，我就拿一根长长的竹竿敲。

麦熟一晌，家里大人都到地里收麦子去了。我一个人在家，没有人知道我吃了多少。当天傍晚我的鼻子就流血了。收麦子的人都还没有回来，天哪，我会不会因此死掉？我心里好恐怖，学着大人的样子拿冷水拍打额头，用一卷卫生纸堵住鼻子，一个人仰头躺在杏树下的竹椅子上安慰自己，就算真的死了，我的肚子里装了满满的杏子呢。

杏子吃完，桃子真的就熟了。

桃子养人呢，吃多了也没有关系。但是妈妈照样没有由着我享受口腹的快乐。妈妈说，要去看姑姑呢。我们老家的规矩，收罢麦子要瞧瞧闺女有没有在婆家受气。奶奶去世多年了，妈妈要代表娘家去看姑姑。

每次去妈妈总是挎着篮子，篮子里是一个个挑出来的红桃子。我回回都要跟着妈妈。她一只胳膊挎着大篮子，一只胳膊挎着我，一步步走到三里外的姑姑家去。

姑姑那时候还年轻，总是背着妈妈从篮子里挑两个大桃子塞到我手里。

吃完桃子就该盼着枣了。可是枣却长得慢，非得等到八月十五月亮圆的时候才肯甜。

在一年又一年等待果子成熟的渴望中，我长大了，离开家，到看不见我家杏树桃树和枣树的地方念书、工作。

后来父亲去世了，母亲也跟着姐姐住到城里。我回家越来越少，听说几棵果树因为不大结果子已经被砍掉了。

妈妈说，果树也有灵气，吃果子的人不在家，它就不结了。

直到现在，我一直保留着爱吃水果的习惯。无论什么样的烦恼袭来，拿一只鲜艳的水果，咔嚓咔嚓，听它们在牙齿间欢叫着粉身碎骨，让汁水飞溅在味蕾上，心里就会充满快乐。

忠厚的导游

我要去旅游啦。和大多数不经常出远门，抠巴惯了的中年女人一样，在病床前送走了年迈的老人，儿子也考上了大学，不用见天守着家做饭洗衣，总算能缓口气了，和几个中学时的女同学互相撺掇着，决定奢侈一回，学着人家赶时髦，出去旅游，好好疯疯。

怎么去？在家已经商量再三，出发前也上网查过了，天气、名胜、风俗都了解个大概。网上有去过的人提醒，千万提防导游！电视新闻里举过不少游客受骗的例子。几个人一合计，要不，咱自助游，不参加旅行社，自己设计线路，到了目的地再说。

第一站是厦门。别以为我们思想落伍，也跟着年轻人学会了在网上订火车票。三个女人一台戏，我们六个呢，像出笼的鸟儿一样，叽叽喳喳恨不能把车厢给吵塌了。

终于到了厦门，找到网上预订的快捷酒店。进电梯时看见里面贴着当地景点的宣传单。咦？土楼！中央电视台专题介绍过的，值得去看看。宣传单上印有旅行社的电话，连夜打电话咨询，说是明天一早有车来接，专门接待临时起意、一日游的散客。

六个女人晚上聚在房间里合计，绝不能在景点买东西，别上了导游的当。朋友得互相监督着，谁都不许头脑发热。

第二天一早，在约定的时间、约定的地点，导游带着旅游车来了。

小伙子人很热情，张口闭口阿姨长阿姨短，挺礼貌。他个头不高，胖乎乎，一副讨人喜欢的憨厚相，有点像乡下老家的表侄子。

车上已经坐了十来个和我们一样正在走向衰老的女人，她们看上去年纪相仿，笑点似乎特别低，不时爆发出一阵没来由的哈哈哈。这群女人叽里呱啦说个不停，我渐渐听明白了，她们是某个大公司同一批办退休手续的。老板送她们出来旅游，算做离职礼物。

陆陆续续又上来几个人。最后上车的是一对中年夫妇，从体型看，像南方人，都瘦削，沉默。他们看样子是节约惯的，身上穿着明显是孩子们淘汰的运动服，松松垮垮，结满毛球。

途中，有人要求上厕所。导游说，这路上的厕所都是收费的，一会儿，会找一家提供免费开水，还有免费公厕的地方，让大家下车歇歇。

"哼，还不是想拉我们去买东西，你们好有提成？"

看来，大家都对导游怀着警惕。

胖乎乎的年轻导游笑了。"各位叔叔阿姨，请大家到了商店千万不要买东西，只管免费接开水，免费上厕所就好。"

到了商店，有人出来得早些，看见有免费品尝的特产，抱着占小便宜的想法，东尝西尝，有几个立场不坚定的经不起摊主怂恿，已经买了一些。

等到上了车，有人抱怨说，导游你带的这个地方，东西好像挺贵啊。

"阿姨，我提醒过你们不要买的。"

花了钱的无话可说，只好自我安慰地念叨，反正要给家人带点东西，早买早完成任务。

到土楼了，临下车前，导游又一再叮嘱，附近会有很多卖土特产或纪念品的，请大家看好自己的钱包，省得买过后悔。果然，大家都长了记性，只看不买。

返程的路上，看大家有些累了，导游卖力地又是讲故事又是唱歌，逗得大家哈哈笑。途中，又有人要求找厕所。

小伙子指着车窗外摆着"一人一元"牌子的简陋土厕，说："你们愿意上这样的厕所吗？"大家看着那些脏兮兮的、围墙只有半人高的厕所，还要一个人收一块钱，没有人响应。

"那就到前面的商店上吧。只是这一次，我请求叔叔阿姨们帮个忙。我们老板和这个商店有协议，不管买不买东西，只要游客进去呆够半个小时，人家就会按人头给我一块钱的介绍费。如果大家不进去，少一个人，老板就扣我一块钱的工资。"

"扣工资？小伙子，你一个月挣多少钱啊。"

"一千五。"

"一千五够干啥啊。"

"可不是！没办法啊。现在工作不好找，本来还指望大学毕业能多挣钱养活爹娘呢，现在倒好，连自己都养活得不咋地。"

车厢里一阵沉默。我们这个年龄段的人，家里的孩子大都在大学刚毕业的年龄段。留在大城市吧，压力大；回家乡吧，机会少，真是纠结。

"我们要是买了东西，老板能给你提成吧？"有人问。

"有是有，可是东西挺贵，我建议你们不要买。只要在店里呆够半个小时就行了。谢谢各位叔叔阿姨！我给大家作揖啦。"小伙子说得很诚恳。

"进去吧，进去吧。反正咱也没啥损失，帮帮这孩子呗。"

车上一个没落下，大家都进了商店。该喝水的喝水，该上厕所的上厕所。

也有人在货架前转着看，这个商店规模挺大，土特产品种齐全，但是大家都没买。导游说的没错，标价超出市场价很多。

导游走到大家身边，悄声提醒："贵，别买。"大家也密谋似的，互相对对眼神，看着手表，等着熬够半个小时。

这时候，导游的手机响了。一接通，他的脸色就变了，汗也下来了。离他近的都能听得见，电话对面的女人在哭，"医院又催咱爹交住院费呢，再不交，人家就要停药了。还有，孩子发烧很厉害，你早点回来吧。"导游的脸色煞白，额头冒汗，急忙跑到出口处继续接电话，大家远远地看见他对着电话挥舞着胳膊，擦着额头的汗，眼睛也变得湿漉漉的。

时间已经过去半个小时了，没有人催着他走。不知道是谁第一个拎起了购物篮子，后来一个接着一个，都拎起了篮子。

等导游打完电话，大家提着大袋小袋走出来，有买了三四百的，也有买了七八百甚至上千的，虽说贵了些，可是出来旅游不就是想花钱嘛。

在我们这群老家伙眼里，心疼他就像心疼自家和他年纪相仿在外打拼的孩子吧。

最后一段行程里，车上的人不约而同显得活泼了，大家轻松地说笑着，连那对严肃沉默的夫妇，也有了笑容，开始用方言小声聊天。

车进市了。导游按照大家要求的地点，设计好线路，一个个送走了。天色晚了，我们是最后一拨，直接去火车站，计划前往下一个城市。

和我一起来的几个老同学都跑累了，躺在后边的椅子上睡觉，我因为最近学摄影的热情正高，跑到前排，咔嚓咔嚓不停。

斜躺在第一排，脸对着窗外的导游手机响了。

在他身后的我听见电话里的声音："老公，我煮好饭了，你几点到家？"

"快了，把最后一拨客人送走，就回去。"

"累坏了吧？"

"嗯。挣钱呗，能不累？"

"咋样，他们买的东西多吗？"

"还行，今天带的散客，年纪大，要伺候好他们，得有点笨，格外厚道，才能惹他们心疼。你打的那个电话好，他们都听见了呢。不过，咱们真该回趟老家啦，爹虽说身体好，毕竟年纪大了，不能再让他去建筑工地打工了。还有，娘打电话说，家里卖粮食攒了几千块，让咱取来还房贷。咱俩再干两年还完房款，也该要个孩子啦。听说，三十岁以前生的孩子最聪明呢。"

"嗯。我在家等你。"

导游打个哈欠，他可能太累了，没有注意到我坐在他身后。我看看后排座椅上已经睡着的几位同伴，假装什么都没有听见，也闭上了眼睛。

当时只道是寻常

"谁念西风独自凉？萧萧黄叶闭疏窗，沉思往事立残阳。被酒莫惊春睡重，赌书消得泼茶香，当时只道是寻常。"

他有了太多空闲，脑子也被反复的询问搜空了，记忆被空前激活，连本不喜欢的纳兰容若，也从积压的青春记忆里跳了出来。这阕词的最后一句，尤其打动了他。

曾经，他是以读书人自居的，心底颇清高，不肯追逐流俗。唯恐降低了自己，但是，至今日，终于还是落进了泥淖里。

从最初的五雷轰顶，断然不能接受，到渐渐地接受了现实。应该说，他心里是有过怨恨的。恨谁？恨那些比他不如却比他命好的人。可别人似乎有佛菩萨保佑，他因此恨命运不公平。

再后来，有了足够的、不得不冷静下来独立思考的时间，心里也就恢复了平静，他只能用佛家思想来安慰自己。命里有时终须有吧。

几个月前，一位老朋友还劝他，应当读点佛经。不为信仰，只为在这浮躁的红尘中，让自己保持平静、冷静，有所敬畏。是啊，敬畏。可这正是他以前极力想抛掉的东西。他的谨小慎微、胆小怕事，曾经被多少同行、同事嘲笑啊。人们笑话他不够干脆利落、爽快大气。那时，所谓的慷慨利落、爽快大气，不就是慷公家之慨、爽公器之快么？在过去那撑死胆大、饿死胆小的时代，打擦边球、火中取栗都是寻常事。

曾经，他痛恨自己秉性的胆小，努力培养出和别人一样的魄力。他狠下心抛弃自己屡屡遭人嘲笑的清高，争取能融入所谓大多数人的群体。然而，他终究没有别人的本事。这不，别人都好好的，偏偏他落得今天的结局。

当时只道是寻常。可曾经的寻常如今已不寻常了。时移事往，他没有及时调整自己。悔之晚矣，命运没有给他修正的机会。时光，再也回不去了。

他在这狭窄的空间里回望来路，总结自己年过半百的人生。格物、致知、诚意、正心、修身、齐家、治国、平天下，这些曾经是他的理想。什么时候，他把这些都抛下了？

小时候他书念得好，娘夸他有出息，问他长大了做什么。他说，上大学，长本事，挣钱孝敬娘。长大后，真挣了钱，他又许诺，等退了休，自己开上车，带娘出去旅游，反正不赶时间，可以一路上游游荡荡，每个城市住几天，吃遍各地的美食。娘乐得合不拢嘴笑，娘巴望着呢。如今，这样寻常的承诺竟落了空。他恨自己对不起娘。夜深了，天很冷。连月光似乎也结了冰，铺在床前寂静的地上。

眼前的好时光

妞妞十三岁，和我是好朋友。我们基本实现了资源共享，衣服换着穿，书换着读，零食抢着吃。

现在她的个头比我高。前几年，她比我矮的时候，曾经问我："等我长大长高了，是不是就可以变成姐姐？"现在她当然看不起这么幼稚的语言，但她相信个子高就代表着本事大，经常很不屑地帮我清理电脑病毒，给我粗糙的小文章提些建议。

帮忙是相互的。有一次，学校里组织她们外出旅游，和她同房间的女孩把榨菜汁滴在被子上，担心第二天会被酒店罚款，从上海打电话来求助。我的生活经验派上了用场，指导她们洗掉了榨菜汁，令她在同学面前大有面子。

她的学习成绩不错，但是有些偏科，而且不大自信。每次考第一时总是很忐忑，老实坦白说这一次大约运气特别好，老师出的题恰好会做，而且选择填空部分抓阄得来的答案，居然都碰对了。

她喜欢名侦探柯南，不知道买了多少本漫画书，还要在网络上一集接着一集看小孩子破案。我笑她幼稚。她说，你不是也迷恋赤川次郎、东野圭吾吗，不见得比我高级。我们俩互相感染，现在她看我的赤川次郎，我也看她的名侦探柯南，她还给我推荐宫崎骏的《千与千寻》《哈尔的移动城堡》。很长一段时间，我们俩一见面就用《萤火虫之墓》里的台词打招呼："昭和某某年，我死了。"然后相视大笑。

妞妞读寄宿学校，周末才回家。娘儿俩喜欢挤在电脑跟前浏览网站的漂亮衣服，看啊看啊，选啊选啊，好看的太多，又好看又便宜的太少。根据经验，网上好看的买回来不一定好看，所以，通常是精挑细选地看中了，却在确定之前按了删除键。反正，购物的感觉已经享受过了，何必一定要买回家呢。

学校不允许学生带手机，每天午间和晚自习后各有半小时可以在宿舍打电话。老师规定，一个人通话不得超过三分钟。一到那个时间段，我都把手机握在手里，唯恐错过了她的呼叫。她每天都要和我聊聊，有时候是因为高兴，有时候是不高兴，有时候是前一分钟还笑嘻嘻的，后一分钟就变得哭哭啼啼。有时候她什么事也没有，只是为了听听我的声音；还有时候，是同学遇到了难题，而同学的家长不方便接电话，她要我代替人家妈妈出主意。

有一次，我和朋友们正聊天。她打电话来，问："要是你烦恼了会怎么办？"我说："会吃点零食吧。昨天晚上，我觉得无聊，就把你上周末买的薯条全吃光了。""什么？呜呜呜，妈妈把我的零食吃光了，呜呜呜……"她假模假样哭了起来。我看到通话时间已经接近三分钟，便和她商量："要不这样，我回家就把你的零食补上，你改天再接着哭好不好？"

"那好吧，哎，我的薯条可别忘了买。"

朋友在我身边大笑："你们娘儿俩，哭也可以挑个有空的时候，商量着来的？"

我感激和她在一起的每一天。我在她的作文里读到："小时候，妈妈在外地工作，每个周末，为了能多和我待一个晚上，妈妈得在周一凌晨搭火车到另一个城市去。妈妈的手机闹钟就像巫婆的诅咒，铃声一响，妈妈就该走了。每一次，我都闭着眼睛假装睡着了。我听见妈妈轻手轻脚地起床，轻轻带上门出去了，爸爸去车站送她。我一个人躺在家里，我很害怕，但我没有告诉妈妈。我恨那手机铃声，是铃声叫走了妈妈。"
我把那个用完的作文本存了下来，每一次读，都忍不住落泪。

　　我愈加珍惜眼前的好时光。孩子终究会长大吧，像翅膀硬了的小鸟，飞往更高更远属于自己的天空，但是在她还肯依恋我的每一天，我都会当作上帝恩赐的礼物，好好地珍惜。

一窗绿萝

　　同事进了我的办公室，第一句话就是夸这盆绿萝长得好。有人说，养花是要缘分的，你待她好，她才会长得好。你若冷落她，她也必然会冷落你。我不知道这有什么根据，但是我的确是视她为朋友的。

　　最初请她来，是想借助她超强的净化空气能力。到这个办公室已经两年半了，她从最初的低矮逐渐长高，慢慢地遮住一扇窗户，再后来，更高更大，以至于长长的藤条攀至花盆中间的棕柱最高处，然后垂落拖到地上，在花盆旁边的地面上盘绕了许多圈。我听说绿萝的气根是可以扎入土壤的，可惜地板与泥土间隔着坚硬的地砖，她如何扎得下去。好在她从不抱怨，连我这样不懂的养花的人，也能留她这么久。

　　她曾经是室内唯一的绿色，直到一位朋友送我一盆她养的兰花。可是兰花太娇气了，我伺候不得法，人家赌气在花盆里枯萎了整整一年。绿萝简单，既不使性子，也不挑剔待遇，一直很茁壮。

　　我曾惭愧能给予她的太少。一个临窗的位置，穿过窗户的微风和有限的阳光，一些残茶，几滴喝剩的牛奶，偶尔拿来一杯掺了水的啤酒做营养液。仅此而已。

　　她活得很克制也很自在，每一张叶片都那么舒展，朝着阳光的方向。有时办公累了，抬头看一眼她，她总是静静地在那里，像一个从不啰唆的朋友。

傍晚离开办公室之前，只要没有下雨或者大风，我都记得把她旁边的窗户打开，希望在我美梦的时候，她也能伴着微风习习，度过美好的夜晚。

如今，狭窄的花盆已经容不下她，我该怎样做才能既不伤害她又长期留住她。有人说，可以把她截断了重栽。一来可能因为绿萝的生长周期，根部在花盆里愈来愈发达，花盆空间有限，没有继续生长的可能了。二来随着藤条老化，叶片会变黄脱落，而且拖在地上也不够美观。既然生老病死是自然规律，不如让她从一段茎干开始重生。可是我终是舍不得，无论重生的那一棵如何像她，终究不是原来的她啊。也有人说应该把她移到楼下的花坛里。我看过了，那里修剪得整整齐齐，花工不可能单独搭个架子供她缠绕攀缘，我无法想象自己的朋友卑微地匍匐在地上，委屈地侧身于在一丛杂花中间。所以，我守候着与她的缘分，不管能维持多久，希望在她这一世的最终，能一直做她的朋友。

有人建议我把绿萝换个方向，让绿叶的笑脸朝向我，我谢绝了。阳光让她如此向往，我的魅力怎敌得过太阳；与其勉强，不如让我看着她的背影，听她在窗口的微风里轻舞。

苏东坡举杯邀明月，对影成三人。冬日的午后，我和绿萝常在阳光下并立，对影成四人。屋里顿时热闹起来，足以驱散严冬的寒气。

合伙人

　　刘志豪和孙大翔是多年的朋友，从小在一起玩儿。两个人都不成气候，爹妈恨得牙痒痒，朝死里打都没有用。初中一毕业，两个人就结伴当上了街头小混混，小偷小摸打群架，调戏漂亮女孩子，派出所关押拘禁只当是家常便饭。

　　说不清从什么时候开始，两个人感到小偷小摸太没有出息了。得漂漂亮亮地干一票——刘志豪提议。他们两个人，一直是刘志豪处于主导地位。他的点子多，提出的建议很少遭到孙大翔反对，这也是他们这么多年来一直能密切合作的原因。刘志豪这么一说，孙大翔大感英雄所见略同。

　　对，抢银行！银行里的钱不是专门给那些财主们准备的，咱也可以拿一些出来花花。两个人筹划得很周密，现在的犯罪片拍得的确不错，细致入微的刻画为他们做了免费教材。

　　计划实施得挺顺当。早上银行刚开门，刘志豪和孙大翔就带着面套闯了进去，他们挥枪先干掉两个保安，恶狠狠拿枪指着吓傻了眼的银行职员，让他们乖乖把钱装进大口袋里，直到他们提着口袋坐上车扬长而去，银行里才乱作一团打电话报警。

　　警察来时他们已经按计划逃出了市区，通过车上的收音机，他们听到了公安局发出的缉捕令，这时他们已经离开作案地点上百公里了。

两个人谁都没有说话，刘志豪紧紧握着方向盘开得飞快。他们的藏身地早就看好了，是深山里的一个洞穴，那里地势险峻，很少有人到那里去。刘志豪握着方向盘说："弄到这笔钱，够咱哥儿俩享受一段的。"

　　孙大翔凝视着下面怪石峥嵘的峡谷，有点胆怯地说："警察正在缉捕咱们，咱们选的地点安不安全？"

　　"放心。绝对安全！干咱们这行就是刀尖上舔蜜，不能瞻前顾后太胆小。"刘志豪有些不耐烦，说："我开车，你到后边查查抢了多少钱？"

　　孙大翔打开大口袋点了点，说："不算零的，一共是二百三十六捆，就是二百三十六万吧。"

　　"不错呀，二百三十六万！"刘志豪心中暗想："要是这笔钱全归我一个人该多好！谁需要他累里累赘地跟在身边？主意是我出的，办法也是我想的，凭啥要把钱分给他一半？顶多给他个二三十万，甚至……他不过是个帮工罢了……"

　　"二百三十六万！这么容易就拿到二百三十六万！要知道咱们早干了！"孙大翔也为这些轻易得手的钱大受鼓舞。

　　这时候，车子突然熄了火，刘志豪鼓捣了一会儿仍然没有动静，便说："快，马上修好，大翔，抓紧时间！"孙大翔开车技术不如他，但修车技术比他高明。

　　刘志豪下了车，在路边等候，顺便伸伸极度疲乏的腰身，从早上冲进银行到现在已经过去了六七个小时，他的精神高度紧张。

　　"恐怕有点麻烦，你先休息一下，诺……"孙大翔从车窗里探出头来，递给他一瓶矿泉水和一块面包。为了在躲避警察追捕的日子里不至于找不到吃的，他们准备了满满一大纸箱的食物。刘志豪没有拒绝，从清早到现在一直没有进食，他早就饥肠辘辘了。

　　"赶紧修！"刘志豪吩咐孙大翔，其实他觉得没必要那么急，他自信警察不会这么快就追上他们，目前得好好考虑怎样甩掉这个愚蠢的合伙人。

二十分钟后，孙大翔把车修好了，他说："让我来开吧，你太累了。"两个人换了座位，由孙大翔开到山谷深处，直到前面已经没有路了，两个人只好下车，步行走过去。

按照计划，他们要先把东西送到山洞里，然后再把车翻到谷底，油箱里的油足够把车烧个面目全非。

刘志豪说："搬东西吧。"刘志豪就喜欢这样支使孙大翔，他总是把自己当成老大。孙大翔把纸箱用绳子扎好背在肩上，一手拎着大口袋，沿山谷爬上去。刘志豪跟在后边盘算着，实在不甘心把二百三十六万分给别人一半。

进入山洞的一刹那，刘志豪眼前一亮，有了！但是他脸上神色的变化孙大翔一点都没有看见。

在黑乎乎的山洞里，刘志豪摸索了半天，好容易才找到早就藏在那里的庆功酒，说："喝一杯吧，咱们还算顺利。"他很了解孙大翔嗜酒如命的脾气。

果然，孙大翔挺开心，犹豫着说："那，就喝一杯？非常时期嘛，我只喝一杯好了。"

"好，就一杯。"刘志豪把一瓶酒分倒进两只大茶杯里，他端着酒杯放在嘴边，看着孙大翔一饮而尽。不一会儿，孙大翔就发出了鼾声。刘志豪冷冷一笑，他知道孙大翔一时半会儿不会醒来，他在酒里放进了大剂量的安眠药。

刘志豪决定实施他的计划，他拎着那只装满了钱的大口袋返回车里，在发动车时突然发现刹车失灵，这是他狡猾的秘密习惯，每次启动车时都要试试刹车。他检查了一下，刹车片下塞进了一块厚厚的塑料板。

刘志豪恼火极了，一定是刚才孙大翔修车时做的手脚，他想趁自己去毁车时造成刹车失灵，自己死了他就可以独吞那二百多万。比老子还黑！他恼火地返回山洞，点燃了藏在那里的炸药引线。你不仁，也别怪老子不义。

他驾车飞快离开了这里，驶向孙大翔所不知道的第二个藏身处。

途中，他听到了炸药的轰鸣，微微笑了一下，这个蠢货，活该做聪明人的垫脚石。这时他忍不住想再看看那完全属于自己的二百三十六万，解开口袋，他愣住了。原来孙大翔使用了调包计，在大口袋里装满了矿泉水和面包。那么钱呢？装钱的大纸箱毫无疑问已经和孙大翔一起灰飞烟灭了。

好记性

赵士文是个记性特别好的人，以活字典自诩。上学的时候他没少沾这个光，回回都能轻松拿到第一名。他的求学之路很顺当，不管是小学升初中、初中升高中，还是高中升大学，大学毕业读研究生，没有一次能难住他的，一路顺风顺水就毕业了。

五年前，市直机关招考公务员，赵士文专捡热门的单位报，一千多人竞争一个岗位，爹妈都替儿子吸冷气，可他还真不含糊，过关斩将一路胜出。

都说就业难，他没花一分钱，全凭自己的本事进入公务员队伍，同学朋友各种羡慕嫉妒，吵吵着让他请客，爹妈听说了很支持，在家安排了丰盛酒席，盛情款待儿子的朋友们。

酒桌上，大家伙说他能考上公务员全靠过目不忘的本事，让他现场表演。赵士文也不推辞，无论是陌生的名字、电话号码，还是诘屈拗口的报刊文章，只需看一遍他就能一字不差地背下来。大家热烈地鼓掌，赵爸爸的眉头却越皱越紧。

送走酒足饭饱的朋友。赵爸爸拍拍沙发让儿子坐下来，建议他上班后一定要把好记性藏起来。

为啥？这是我的特长。

机关不同学校，弄不好，特长反成了特短。

赵爸爸在市委机关写了一辈子稿子，皓首穷经，夜以继日，起草了无数的文件讲稿主持词。每一任领导都对他很满意，都曾拍着他的肩膀说：小赵文采好，把握政策准，好好干吧，你前程无量啊。

　　当年的小赵曾经踌躇满志，自忖一起工作的同事无论理论高度、认识能力，还是文字水平，没一个能超越他的。所以，他毫无怨言，老老实实写了一年又一年。可是，一年过去了，又一年过去了，没有写稿子能耐的同事都提拔走了，唯独他趴在办公室里原地不动。赵爸爸从刚刚进机关的精干帅气的小赵变成了眼花背驼的老赵，从科员到副科长到科长，一直到去年才解决了副县级待遇，可是他的工作岗位没变，还是埋头写稿子。

　　领导们提起他，都说，材料写得不错。单方面过于出众的才华掩盖了他其他方面的能力，他的角色被限定为笔杆子。笔杆子能啥？写材料呗。

　　赵爸爸多次向组织汇报，希望也能转到其他岗位，比如县区、市直部门。领导们商量来商量去总是很为难，基层的工作都很复杂的，他能干得了吗？再说，他要走了，谁能接下写材料这一摊子？要说在行文中准确把握领导意图，切实指导具体工作，还是他最到位啊。所以，赵爸爸这辈子恐怕就要被绑在文书岗位上终老了，他不希望儿子像自己。

　　赵士文进机关后，严格遵守父亲的教诲，小心藏好记忆超群的马脚，很多次，领导问某个下属单位负责人的电话号码时，虽然就在嘴边上，他硬给咽了下去，假装和别人一样想不起来，赶紧从手机通讯录里查找，然后毕恭毕敬告诉领导。

　　也许幸亏如此，赵士文才没有沦为领导的自动电话号码簿，他其他方面的才华有效凸现，深受领导赏识，几年后，他成为本系统最年轻的处级干部。

名 字

我是郑起。和大多数人一样，是历史的过客。后世人能在史书的字里行间看到我的名字，大约是因为我曾经的倔脾气。

显德六年的腊月，周世宗柴荣已经离去半年。他主持的北伐大业被迫中止。小皇帝刚七岁，符后初立，地位未稳，最高权力出现真空。后周王朝弥漫着主少国疑，不知何去何从的空气。

我的恩师、谏议大夫王朴是世宗非常倚重的人，他已提前三个月为先帝探路去了。恩师生前最放心不下的，是禁军的管理权问题。

因为恩师的提醒，我开始注意那个人的行踪。没错，他外表还是那么谦和宁静。静水深流，他暗里结交文武官员，以义社十兄弟为核心结党，弟弟赵匡义和幕僚赵普、李处耘为他出谋划策、制造舆论。他母亲杜夫人也不简单，常以南阳郡太夫人的身份在儿子的同僚家走动，与老实人魏丞相家过从甚密，又安排二儿子娶了节度使符彦卿的女儿，和当朝符太后攀上亲戚。

我收集了足够的材料，和右拾遗杨徽之联名上书宰相。半年多前，杨徽之曾就此人向先帝进言，但是先帝不愿怀疑一块儿出生入死的兄弟。是啊，跟着自己冲锋陷阵提着脑袋搏杀的人怎么会背叛自己。谁也没想到，先帝年纪轻轻竟在北征途中发病。他一定是累的。从即位那刻起，没有一天的轻松。他是周世宗的内侄，以养子身份继承姑父的江山，难免有很多人不服气，连政治老油条冯道都敢在朝堂上讥讽嘲笑他。在最需要支持的时候，赵匡胤一直追随其左右，征战沙场，身先士卒。他们有共同的志向：一统天下，为万世开太平。先帝临终前把他安排到殿前都点检的位置，不知是真没看出他的野心，还是有意要把江山托给他，让他实现自己未竟的理想。

我的奏章受到了宰相重视。有人来传我去政事堂。在首相范质、次相王溥面前，我以脑袋担保，自己说的句句是实。范质显然疑虑重重，但是王溥早已向赵匡胤阴效诚款，极力为他辩护。我请求他们准许我面见太后。

王溥厉声呵斥："太后也是你见的？！"他们匆匆入宫去了。

后来听说韩通父子也上了奏章，太后很震惊。但是赵匡义的夫人进宫见过她之后，不知怎么就把太后给哄住了。

大年初一，镇州送来边报：北汉联合契丹入侵。韩通主动请缨要带兵出战，有人诽谤他心怀异志，结果派出的是赵匡胤。

初三那天，赵匡胤率军出城，我在路上哭阻大军北上，没有人理我。是啊，我不过是个小小的谏官，可能很多人心里都有数，点检做天子的传闻不是一天两天了。

大家的沉默，也许意味着默认。说不定所有人都在怀疑，皇宫里那个七岁的孩子和藏在深宫不谙世事的年轻太后能否治理好这个危机四伏的国家。有消息说，南边几个小国面对肥沃中原早已蠢蠢欲动。野蛮的契丹人，说不准什么时候就会驱马扬鞭南下，把中原当成他们的牧场。憋屈在山西的北汉，地狭人稀，无日不渴望成为大一统的霸主；还有各方拥兵自重的节度使们，哪一个没做过称雄天下的梦？

第二天一早，就听到了陈桥兵变的消息。后世有人指责，说我的奏章打草惊蛇，使他们的计划提前，我不敢苟同。他们早筹划好了，迟一天早一天不会改变结局。

这次兵变，是五十多年来王朝迭换的延续：天子，兵强马壮者为之。

　　和以往不同，这次兵变除了韩通一家，没有其他杀戮。听说赵点检进城前与兵士约法三章：不得惊犯太后幼主，不得侵凌大臣，不得侵掠京城。

　　禅代仪式在崇元殿演戏一般进行着。然后，符太后改称周太后，小皇帝改称郑王，国号由周改成了宋，住在皇宫里的人换成了赵家。周的旧臣全部留用了，拥立的功臣都得到了提拔，禁军的将领也换成了新天子的亲朋故友，其他的一切照旧，连卖米卖菜的都没受影响。甚至韩通，也被定义为误杀，新天子追赠他中书令，优礼厚葬。

　　这场政变未伤害大多人的利益，所以京城百姓说，谁做皇帝关我什么事？只要能多减免一些赋税，别让契丹人再杀过来烧杀掳掠就好。

　　我像后周的大多旧臣一样，在短暂的不适应后，开始对新皇帝俯首称臣；而我的名字，再也没有在史册里出现过。

深　宫

　　建隆二年，东京城。徐慧娘来到城里已经两天了，根据密探的消息，杜太后最近病得很重，她想无论如何也要去看看老人家。当年兵荒马乱的，她随父亲来到中原，在汴梁城与带着一家老小躲避契丹乱兵的杜夫人相逢，杜夫人还开玩笑说要娶她做儿媳妇呢。后来时局稍稍稳定，她随父亲回蜀国，一别之后再未见过。当年的杜夫人如今已贵为太后，她还会认自己吗？前几天，托人向太后呈进拜见的请求，今天，通报的人带来回信儿，说太后听说慧儿来了很高兴，想要见见她。

　　在病榻前，她看到太后身体很虚弱，当年开玩笑要将她许配的那个人正侍立在太后床侧。她知道他已经更名为赵光义，是禁军殿前都虞侯了。

　　太后拉着她的手问长问短，得知她父亲已经亡故，如今只剩下一个人时，忍不住落下泪来，说："当年我就想把你留在赵家，又怕委屈了你，早知道，真该把你留下来，不至于女孩子家孤身一人……"

　　徐慧娘眼睛的余光注意到了，那位御弟的视线从她进门那一刻就一直黏在她身上。她知道自己的魅力，也习惯了男人的这种目光，她要好好利用这种目光。

　　太后说了一会儿话，累得气喘吁吁，她不好在待下去了，起身告辞。

太后拉着她的手，叹着气依依惜别。御弟的眼睛依然黏着她，在她即将出门的时候问："徐姑娘住在哪家客栈？"

她等的就是这句话，却迟了一会儿才缓缓回头，施礼说："回小哥哥的话，慧儿未住客栈，在豆芽胡同左近租了一处小宅子，暂时落脚。"

回到住处，那些助手已经等候多时了。她分派任务，令他们与北汉、南汉、荆湘、吴越、南唐各国在京人员联络。

蜀国久居川内，土地肥沃，国力富庶，周边各国无不把它视为一块肥肉，急欲据为己有。周世宗即位后更是将其视为囊中之物，多亏他早逝，幼子继位。蜀国本以为可以舒口气了，一个七岁的小皇帝能有多大作为？可是自从赵匡胤效法郭威黄袍加身，禅代自立，君临天下，继承周世宗遗志，欲统一四方，她就看到了危机四伏，屡次劝国主励精图治，孟昶却总认为蜀地山川险阻，天府之国，天堑环护，不会有事，每日里照旧和宫人们歌舞游冶。她说服不了国主，只得主动请缨到京城来刺探消息。

过了几天，她又去看太后。难得太后精神好，正在花园里晒太阳，看见她高兴地拉着手说家常。后来，御弟赵光义也来了，在一旁为母亲剥果子。

徐慧娘看院子里的一丛丛菊花开得正好，便说："都说洛阳牡丹甲天下，汴梁的菊花也是天下第一啊。"

太后问："蜀国人喜欢养什么花？"

"蜀国人爱种芙蓉，一朵朵碗口似的，"徐慧娘答，"只是，不知何时才能再看到那些芙蓉花。"

御弟性急，说："要不了多久，宋、蜀就要成一家了……"

太后看了他一眼，他忙住了口，低头继续剥果子。

傍晚回到住处，徐慧娘把刚刚做好的一枚蜡丸交到一个穿着黑色夜行衣的男子手里，令他立即出发，星夜兼程，务必亲手交到国主手里。

属下带来了国主的指令，同意她的建议，要她尽快和各国结盟，做好征战准备。

徐慧娘使出浑身解数，在各国间游说。她说得有理，面对强大的、雄心勃勃所向披靡的赵匡胤，恐怕周边任何一个国家单独都不是他的对手。他素有一统天下的志向，不知道哪天他就会指挥铁骑征讨到自家门前。联合起来才有生路。

御弟几乎每天来找她。这天，他又来了，看样子喝了不少酒，说是平定了二李叛乱，皇上高兴，宴请诸位功臣，他也陪着多喝了几杯。

徐慧娘问："平叛是大事，下一步，该收复我老家了吧？"

"不不不。弟兄们都说了，要啃骨头得捡硬的，要征北汉，收复燕云十六州，这才是帝王大业，哈哈哈……"

御弟说着，歪在椅子上睡着了。

看样子，他一时半会儿不会醒。徐慧娘立即制作蜡丸交给密使送走。

国主派人送来的指令是立即停止与其他国家结盟。既然要征北汉，然后还要收复燕云十六州，那可不是一朝一夕可以完成的，没有三五年，恐怕不会结束。唐末以来，中原的朝廷走马灯一样你方唱罢我登场，三五年后谁做皇帝还说不清呢，犯不着为结盟招惹赵匡胤，万一惹恼了他，先来对付蜀国，可就麻烦了。

国主急召她回国，继续做他的花蕊夫人去。各国派来使者要求结盟，都被国主断然拒绝，联盟流产了。

赵光义又到徐慧娘豆芽胡同的宅子去找她，没人知道她去了哪里。

从此，孟昶以为天府之富、天堑之险，可以高枕无忧。直到有消息传来，宋军已派兵西征，借道荆南，首讨湖南，继讨西蜀。蜀国宫中乱作一团，国主孟昶手足无措。花蕊夫人献计，与各国联盟，或可自救。孟昶急派各路密使，亲笔写信，与北汉、后唐、钱塘、吴越各国结盟，密使带来的消息均是拒绝。花蕊夫人追悔莫及。

孟昶叹息，自己丰衣美食养兵四十年，遇敌竟没人为他向东发一箭，只得向赵匡胤上表请降。宋军从出师到受降仅六十六日，四十五州，一百九十八县尽归大宋。

孟昶和家人被押到开封城外。皇上派丞相赵普和御弟赵光义出城迎接。

御弟问花蕊夫人："建隆二年你来的时候，已经是蜀国的王妃？"

花蕊夫人答："是又如何？"

御弟冷笑道："早知如此。"

次日，皇上召见，赐座赐宴，说："蜀国繁华无边，竟也亡了。"

花蕊夫人吟诗作答："君王城上竖降旗，妾在深宫哪得知。十四万人齐解甲，宁无一个是男儿！"

赵匡胤十分激赏。

数日后，赵光义宴请孟昶。半夜，孟昶腹中剧痛而死。皇上对他优礼厚葬，追封为王，葬费尽由官给。

后，花蕊夫人被收入宫中，深受赵匡胤宠爱。

清明谷雨

1

他是个性格怪僻的画家，在书画界小有点名气。

他的过人之处不在于书画，而在于穿门入户，没有什么锁能阻挡得了他的脚步。他有个不为人知的嗜好，喜欢在夜晚不请而入，走进别人的收藏室。当然，他从来不曾带走不属于自己的藏品，只为享受艺术对心灵的震撼。

《清明上河图》在他心中有至高无上的位置，可是一般人根本没有机会一睹真容，据说那是特权阶层才有的荣耀。从上一个清明节开始，他花了将近一年时间来临摹这幅画，计划最近全部完成。每当他在临摹中遇到疑问，无法进行下去的时候，他就偷偷溜进故宫博物院，从张择端的真迹中汲取一些灵感。

这天晚上，他又进来了。明天就是清明节，他要通过这次观摩，为自己的临摹品添上最后几笔。

像往常一样，他顺利地来到存放《清明上河图》的专用柜子前。在他即将打开柜子的一刹那，听到里面有一个暗哑低沉的声音在喊："谷雨，谷雨。"

莫非，是他的幻觉？

颤抖的手拉开柜子，他看见一个须发皆白的男人怀里躺着一个双目紧闭的女人。根据他对宋文化的研究，他认为那女人是宋徽宗宣和年间官女的装束。

男人对他一笑，说："以前你每一次来，我都不好意思和你打招呼，但是今天我想和你聊聊。"

画家在那个男人摄人魂魄的目光中，感觉自己越来越无力，瘫倒在柜子旁。

2

我叫清明，是清明节那天生的；她叫谷雨，比我小了十几天。我们俩青梅竹马。天下所有美丽的女人都是供皇帝挑选的，谷雨十五岁那年，也没能逃脱入宫的命运。进宫的前一天，谷雨告诉我，她等着我去救她。她从小信赖我，在她看来，没有什么事难得住我。可是这一次，我束手无策。

我听过一个传说，法术精深的人能穿越墙壁而不被人发觉。我到处寻访这样的高人，还真的找到了。我的诚心感动了师傅，他收下我跟着他潜心学法。

三年后，我记得很清楚，是清明节前五天，我趁着没人注意的时候潜入皇宫，来到谷雨的房间。谷雨不喜欢宫里沉闷拘束的生活，不愿意加入那些宫女们为讨皇上欢心钩心斗角的队伍，只能做一个侍候皇后的下等宫女。看到我现身，她高兴坏了，急切地要我带她走。

我告诉她，当我念动咒语，可以隐蔽自己，但我眼下的法力还不足以隐蔽别人。不过师傅告诉我，每个法师生日那天，可以吸纳天地真气使法力达到极限，到那天我就能使她同时隐身。而且清明那天，家家户户都要出去踏青，大街小巷到处是人，出得宫来也容易脱身，我可以趁乱带走她。商量好具体细节，我赶紧走了。

五天后，当我来找谷雨时，看到她正躺在血泊里。旁边有几个宫女在小声议论。原来，昨晚谷雨盼着我来接她心神不定，失手打碎了一个花瓶，偏巧这几天皇后正因为皇上频频出宫与李师师幽会而恼火，皇后迁怒于谷雨，竟然下令将她乱杖打死。

我顿时感到天旋地转。我抱着谷雨的尸体，失魂落魄地走在大街上。我恨。恨皇后，恨皇上，也恨大街上所有欢天喜地过节的人们。没有人能看到我的身影，也没有人能理解我的痛苦。

师傅说，以我的法力，若要唤回谷雨已经走失的魂魄，需要一千年。我决定冻住时间，让大街上所有人陪着谷雨沉睡一千年。

这时候，我看到了正在虹桥边绘图的宫廷画师张择端。

3

遵照皇帝的旨意，这幅画张择端已经画了两年。今天又是清明节，他带着画卷来到郊外，继续修饰润色，可是，整幅画始终缺乏一种神韵，达不到他期望的完美。他心力交瘁，忍不住打了个盹。就在这一瞬间，狂风骤起，人们纷纷躲避。

等到他一个激灵醒来时，天色已黄昏，大街上的人都不见了。却见画卷上出现了八百多个活灵活现的人物，整幅画流畅丰满，生动鲜活，简直犹如天成。

他心头一惊。这绝非自己的手笔，难道是冥冥中有神灵相助？他惴惴不安地收拾好画具，抱着画卷回到家。

第二天，他听说，京中失踪了八百多人，都是因为清明节外出踏青，被一阵大风刮走的。一时间，谣言四起，人心惶惶，甚至有民间传言，说大宋的气数怕是要尽了。

张择端躲在书房里认真审视那幅画卷，发现其中的一个红衣女子，活脱脱就是隔壁邻家昨天失踪的小女儿。

这幅画里一定藏着什么秘密。可是，今天已经到了皇上规定的交画期限。

画作呈上之后，皇上非常满意，亲自题写了《清明上河图》，并钤上双龙小印，留在身边，爱不释手。

张择端一直很不安，他开始私下调查。越调查，越感到心惊胆战。他的发现不敢告诉任何人，这个秘密仿佛一个沉重的包袱，压得他透不过气来。

张择端以画家的身份名满天下，却没有人知道他也是一个优秀的建筑师。当他知道那八百多个人因为自己那幅画而失踪，他愧疚不已。他把自己承负不起的秘密刻在一块石头上，做成一把秘钥，埋藏在自己设计的皇宫宫殿里，期待有机会救出那些无辜的画中人。

张择端还没有来得及完成这一切，就忧病而死。金兵进犯，北宋王朝风雨飘摇，徽钦二帝被金兵俘虏北去，颠沛流离，死于五国城。《清明上河图》在战乱中数易其主，无数人为了争夺它而丢掉性命。北宋王朝留下的风流繁华屡次因战火水患遭灭顶之灾，原来的城池被深深埋在地下。

我经常在夜深人静的时候，驱动自己的精魂来到东京城。我目睹了这座城市将近一千年的变迁。

这座城市屡建屡毁。你看，这幅画所表现的东京城是世界上最繁华的，可一切都会过去，成为过眼云烟。只有真情能够永恒，就像我和谷雨。

一千年啊，我很寂寞！但是只要能拯救谷雨，一切都值得。

4

二十一世纪。原北宋皇宫遗址。

一座以张择端《清明上河图》为蓝本修建的清明上河园正成为一个热门景点。每天晚上的《大宋·东京梦华》实景演出，为了表现北宋末年金兵入侵的战火而点燃的炸药，在湖中掀起数米高的浪花。水波不断冲击着湖底的某个机关，而这里，恰恰埋藏着张择端当年封存的密钥。能够解除咒语的密码即将被释放，画卷中的人们也将提前被唤醒。

我启动法力与它对抗。我必须坚持一千年，否则就会前功尽弃。可是我感到自己越来越力不从心了，也许一切都是定数。我有预感，明天这个清明节，当年被收入画中的人物就要全部复活了。

我的谷雨怎么办？如今只有一个办法可以救她，那就是把我的全部精气输入谷雨体内，让她也提前复活。

5

谷雨醒了。她不知道自己身处何方，也不明白只比自己大十几天的清明哥哥为什么一觉醒来须发全白、老态龙钟。

清明说："谷雨，我答应过你，清明这一天会带你走。今天又是清明节了。你看，窗外就要亮了，一会儿大街上就会有很多人。只是，哥哥再也无法保护你了。"

外面果然有些翕翕簌簌的响动，大约是邻家也要起床了吧。

清明告诉了谷雨这个沉睡将近千年的故事。然后，他要死了。

"哥哥，你不能丢下我一个，等我。"

她抱紧清明，拔掉头上的簪子，划开手腕。

千年的处子血溅在画上，驱散了蠢蠢欲动的精灵。

一切声息都消失了。

世界复归宁静。

6

画家揉揉眼睛，发现自己正倚在柜子边，好像刚刚做了一个梦，他仔细打量那幅画，果然在画中找到几滴淡淡的血迹。

若得山花插满头

严蕊寂寞地俯在地上，冰冷的地面像巨大的饿鬼吸干了她身上的热气。昏昏沉沉地，她又做起那个重复了无数次的梦。她一个人，没有垂涎她身体仰慕她才情的男人。一个人奔跑在山花烂漫的缓坡上，手里捧着刚刚采来的鲜花。她轻灵地舞着，腰身细瘦柔蔓如一条水中的蛇。她的脚那么纤小，一弯月牙似的，是许多男人曾经握在手里赞美过的。她把花插在头上身上，咯咯地笑着，银铃一般。她笑啊，跳啊，像要飞起来一样。忽地，她摔了一跤，梦飘走了。寒冷丝丝缕缕渗透她的知觉，饥饿、遍体鳞伤的疼痛也一层层袭过来。她渐渐恢复了知觉。

当啷啷，门打开了。牢头又来劝她：你这样娇弱的身子，哪能熬得过这样的酷刑？男人都顶不住呢。你还顾念着那个唐与正啊？人家可不顾念你。你在里面咬紧牙关挨打，人家在外边花天酒地逍遥，何苦来着？严姑娘，不如你就招认了，早些出去好好将息自己的身体。

她知道，只要她肯张口说出唐与正曾令她私侍寝席，就可以走出牢狱。她硬挺着，她要维护自己的名声。照理，一个女人家沦落到这种境地，已经没有什么名声可言了，可这恰恰是自己改换门庭的机会。她不年轻了，即便承认了与唐与正有私被放出去又能如何，不过是回到行馆继续做一个人皆可夫的营妓；但若能咬咬牙挨过这一关，也许就为自己赢得了后半生的保障。许多人以为她这么做是为了唐与正，不，她为的是自己。

身为一个女人，她无力改变出身，但她想成为一个能在历史上留下名字的女人。从她许下这个心愿开始，就注定了她不可能度过无声无息的一生。

她从来不肯输于别人，哪怕是入了营籍，也要做到最好。当年，鸨母苛刻地调教她训练她，她从未叫过一声苦，终于艳帜高扬，成为头牌。所谓奇绝的文采，所谓曼妙的舞姿，所谓柔若无骨的身体，哪一样不是为了讨男人喜欢？这男人当中自然也包括台州太守唐与正。

她爱唐与正吗？当然，营妓是以爱男人为职业的，只是，她不该动了真情。

正如牢头所说，唐与正不会来救她。在他眼里，她终究不过是个玩偶。他欣赏她，就如同欣赏院中的一株花墙上的一幅画。她的妖娆艳丽令他悦目，她的绝世才华可以充当他佐酒的小菜罢了。

所幸，她遇到岳霖，得以从朱熹与唐与正的政治争斗中解脱。

经过入狱出狱，她成功洗掉了卑贱的污名，她的仗义节烈已经在人们口头创作中成为传奇。

那么多人来到她门前，争睹她的风采，人人把能拜访到她当作一种荣耀，但是她一直咬着牙大门紧闭。她不能松了这口气，否则，她的经营就会前功尽弃。老天已经给了她最好的机会，她必须把握好，她不敢奢望老天会眷顾她第二次。

那些白花花送上门来的银子，让看门的李妈眼睛着了火，一趟趟转回来求她：严姑娘，周家的公子已经跑了十几趟了，就为了见您一面，他给您带了满箱的绸缎珠宝呢。

严姑娘，刘家的公子都等了一天了，只为了和您喝杯茶，他说只要您能答应，对面大街上那座三进的宅子就是您的了。

严姑娘，赵师爷这是第六次来请，说是后天为京里来的周大人接风，您务必给个面子出席。

严蕊明白，一旦见了面，喝了茶，收了礼，赴了宴，她就又成了以前的自己啦。她必须挺住，把自己约束成深门大户里的淑女。

一直到那位丧了夫人的皇家宗室递进名刺，她吩咐李妈悄悄引他从偏门进来。

素衣淡妆，奉上香茶，两个人坐下来慢慢说话。

一个时辰过去了，又一个时辰过去了。

直到深夜，告辞的时候，他说，我回家安排安排，过几天就来接你。

娶了她，他就决不能容得别人轻慢了她。他极力维护她，没有再收纳其他妻妾来挤兑欺负她。

她守规矩，知进退，轻易不出门，恭谨地侍奉她的主人。

偶尔，她会想起当年那个风流倜傥的唐太守。想他的才思敏捷，优雅多情，玉树临风；可是在他心里，名利地位才是重要的吧，一个卑微的女人又算得了什么呢？她努力把他忘掉。

她很少写诗作词了。女人家，要才情有什么用？要名气有什么用？传出去没准倒有碍老爷的声誉。

有时候她忍不住写几句，却又叹口气揉做一团。老爷心疼她，悄悄交代下人不许扔掉，收起来抄写装裱成册，在生日那天送给她做礼物。

老爷的身体一天不如一天了，她陪着他直到最后。

临了，严蕊示意丫鬟出去，捧着一小盅参汤问，老爷，喝点吗？他摇摇头，说，我唯独舍不下你，怕他们委屈了你。

严蕊明白他的心思，将一枚药丸放进嘴里，握着他的手，说，老爷，妾身随你去。

她没有辜负他。他闭了眼，嘴角有一缕笑意。

她最后一次看到那个梦：她穿着年少时的裙子，在漫山遍野的花丛中翩然起舞。

等到丫鬟带着子媳家人奔来时，她已经听不到他们的号啕哭声了。

不为天子为良匠

1

汴梁城有位小瓷匠,名叫张伟。他最近着了魔,见天神神道道,张口闭口说的都是柴窑,睁眼闭眼想的都是柴瓷。为啥?他恋爱啦。

小瓷匠是古城汴梁一户老窑匠家三世单传的宝贝独苗儿。这小伙子是个 90 后,从小耳濡目染,一放学就跟着爷爷和爸爸在自家窑场打下手,帮忙啦坯烧瓷。爷爷说,这孩子天生是做瓷器的好材料,机灵得很,一点就通,一学就会,十五六岁时做的瓷器,已经比窑场成熟匠人做得还好。

张伟高中毕业后报考了陶瓷大学,他学习很刻苦,每个假期都要游学各地,跑遍全国各大名窑,参观各大瓷器博物馆,拜访各地名师切磋技艺,吸纳各窑所长,他的制瓷技艺进步很快。

毕业后,张伟回到自家窑场,一心做个出类拔萃的瓷匠。本来,他的日子过得挺舒心,凭着老天爷给的天赋和自己刻苦钻研琢磨,作品多次在全国陶瓷大赛中获奖,在同行中颇有些名气;尤其是他做的高仿古代名窑瓷,被多家博物馆作为替代展品收购。

张伟的女朋友是网上认识的,在陶瓷研究所工作。他大学一毕业,就说服爷爷和爸爸,聘请专业机构为自家产品在网上建了一个全面展示平台，开展网上订制、网上销售。在他的老顾客里头，有位姑娘眼光特别好，跟他极有默契，每件他自己特别中意的产品，总是一放上去，对方就下订单。共同的兴趣爱好，使他们联系越来越紧密，感情逐渐升温。不料，到了谈婚论嫁的时候，却遭到了姑娘妈妈的反对。为啥？姑娘家境优裕，人才出众，工作体面，张伟却整天跟泥巴打交道，是个靠手艺谋生的小瓷匠。姑娘妈妈嫌他配不上人家闺女。

女朋友没少做她妈的工作，说他是陶艺天才，能把五大名窑的瓷器仿造得惟妙惟肖，还把张伟获奖的瓷器照片、报道拿给她妈看。她妈不以为然地说："仿造五大名窑的多了，算啥本事！他不是汴梁人吗？都说柴窑瓷的诞生地在汴梁，他要真有本事，仿件柴窑瓷试试？"

"如果能仿出来，您就答应？"

"历朝历代仿制柴窑瓷的高人多了，还从来没有人成功过。我说话算数，只要他能仿出来，我就认这小子做女婿。"

就这样，小瓷匠张伟和未来的丈母娘约定，以三年为期，仿出柴窑瓷。为了心爱的姑娘，他豁出去了。

从这天起，小瓷匠张伟一门心思钻研柴窑瓷。

2

你要仿烧柴窑瓷？爷爷一听就瞪大了眼睛。这座老城里收藏瓷器的人挺多，制作瓷器的人也不少，可是柴窑瓷，谁也没见过。据说那是周世宗柴荣在汴梁城坐天下的时候，御口亲封的皇家瓷窑，烧出来的瓷器，专供皇家祭祀之用。甭说平头百姓没见过，就是王公大臣，见过的也不多。何况，柴荣在位只有五年半，经过改朝换代，当年的御窑早已荡然无存，存世柴窑瓷极其稀少。

爷爷说，汴梁城东南角的天清寺是周世宗柴荣当年的功德院，落成那天，恰巧是他的生日。柴荣小时候是窑匠出身，他一高兴，下令把皇家御窑建在天清寺内，要求瓷器得烧成雨过天晴时天空的颜色。这可太难了！瓷匠们烧了一窑又一窑，试了一次又一次，颜色始终难如圣意。后来，还是皇上亲自调配了釉料，方才成功。因为配方涉及皇家机密，所有的御窑瓷匠都必须立誓世代为柴氏家奴，以保永不泄密。

柴荣去世后半年，赵匡胤黄袍加身，代周自立，建立了宋朝。柴荣的儿子，逊位后的周恭帝柴宗训，迁到天清寺居住。柴窑也不再为皇家服务，改烧塔砖，柴窑的匠人们在天清寺内繁台上建造了一座佛塔，就是今天的繁塔。这座塔六角形，高九层，层层垒砖，砖砖坐佛。人们都说这座塔有佛祖护佑，神奇得很，风雨雷电都避让着它，所以住世一千多年了，仍然保存完好。传说繁塔下面有地宫，御窑烧出来的精品瓷器，就藏在塔下的地宫里。只是，地宫门从来没打开过，谁也没见过这些神秘的宝贝。

张伟下足了苦功夫，他查阅了能找到的所有资料，拜遍各地名师，寻访国内外柴窑瓷藏品，考察各废弃窑址，女朋友也不断把学术界的最新研究成果发给他做参考。他按照史料记载，在自家窑场仿建了一个后周皇家御窑，比照着权威博物馆馆藏的器型，一次次尝试，一窑窑试烧，然而一次次都失败了。虽然每次都有一些进步，但和他想要的感觉还相差甚远。眼看着两年过去了，张伟忍不住着急起来。

爷爷提醒他，都说天清寺里的繁塔有神灵护佑，你何不到那里找找御窑旧址，拜拜佛塔，说不定能启发灵感呢。

张伟还真信了。他每天一大早就沐浴、更衣，带着一个面包一瓶白开水，到天清寺去找感觉。一来二去，天清寺的管理人员和他熟悉起来，都说这小伙子为仿烧出柴窑瓷已经魔怔了，大家尽量为他提供便利，允许他登上繁塔研究查考。他见塔身内外遍嵌佛砖，一砖一佛，每一块塔砖都极尽精妙。这些塔砖也是柴窑烧出来的，他努力试图从这些塔砖上寻找柴窑瓷的蛛丝马迹。

又是几个月过去了，张伟在新烧制的瓷器里不断加入他从繁塔汲取的灵感。爷爷说，这些是他见过的最好仿品，已经和博物馆藏品十分接近了。可张伟还不满意，坚持精益求精，要做到极致。

离约定期限只剩下三个月了。张伟的嘴角鼓起了水泡，眼睛熬得通红。他每天带着蒲团到繁塔里打坐，倾心竭虑，巴望能醍醐灌顶，灵感突现。多天过去了，还是没能奏效。如果输了，他就得放弃女朋友啊。不，他决不认输！

情急之下，他决定铤而走险。地宫里不是有柴窑瓷吗，何不借来一用？他查阅了古建筑资料，弄清塔下地宫入口的方位。做好前期准备后，张伟趁着傍晚时分管理人员不注意，偷偷躲在繁塔里，直到天渐渐黑下来。

深夜，塔外空无一人，张伟打开手机上的电筒，准备去挖地宫。他一抬头，电筒光下的塔身似乎与往日迥然不同，塔砖上的佛像一个个栩栩如生，简直像活过来了一样。在与他视线平齐的位置，塔砖上那位老僧目光炯炯，仿佛能摄人魂魄，他心里一惊，脚下一滑，头重重磕在背后的塔砖上。

待他忍痛睁开眼睛，对面塔砖上的老僧亲切多了。张伟透过他的眼睛，看到了这座塔的诞生。

3

显德六年六月的一个晚上，后周皇宫中，一位卧病在床的中年男子，看样子已经接近生命尽头，气息奄奄的他紧紧拉住床边那个年约六七岁的孩子，挥手示意身边的人都出去。他拿出一张极薄的黄色丝帕，对孩子说："训儿，父皇护不了你啦。这是咱家御窑的配方，上面的字用药水写成，浸在水里方可看见。仔细收好了，不要让任何人知道。若你有幸，能做个太平天子，为父求之不得。世事难卜，人心难料，将来若有不测，你不为天子，则为良匠，天清寺里便是你的容身之所。记住了吗？"

"训儿记住了。"小孩子战战兢兢地收起黄色丝帕，塞进衣袖里掖好，皇上这才硬撑着，让他把屋外等着的人叫进来。

那天晚上，周世宗柴荣驾崩了。一个月后，七岁小儿柴宗训登基了。他一直记着父亲的话，那条黄色丝帕的事，没有告诉任何人。他即位后，点检做天子的传说在民间四处流传，各地节度使也蠢蠢欲动，无不想取而代之。

显德六年腊月，周世宗柴荣已经辞世半年。赵匡胤暗里结交文武官员，以义社十兄弟为核心拉帮结接派，他的弟弟赵光义和幕僚赵普也上下活动，为他出谋划策，制造舆论，朝野间弥漫着主少国疑的空气。

显德七年大年初一那天，镇州边关五百里加急给朝廷送来密报，声称北汉正在联合契丹军队，准备挥师南下入侵中原。朝堂上，赵匡胤主动请缨，要求开赴北疆迎敌。经过反复掂量，朝中实在没有更值得信赖的可用之人，太后和几位宰相只能同意了他的请求，调遣数十万军队，由他带领出征。

正月初三一大早，赵匡胤率兵出城，行至陈桥驿站时，停下驻扎休整。深夜，营中发生兵变，有人把皇袍披在赵匡胤身上，拥他篡位自立。

大年初四清晨，赵匡胤带领军队返回京城，下午在崇政殿登基称帝。被赶下皇位的周恭帝柴宗训和符太后在皇宫里已经没有容身之地，符太后向新登基的皇上请求，愿带着孩子到天清寺念佛。

这时，塔砖上的老僧微微一笑："恐怕你已经猜到了我是谁。我随母后来到天清寺的当天晚上，寺里皇家御窑的王师傅夫妇带着他儿子来请安。我很惊讶，王师傅儿子居然和我一样年纪，一样高矮胖瘦。"老僧接着讲了后面的故事。

磕过头后，王师傅给妻子递了个眼色，就走出门外了。他妻子眼圈一红，说："太后，给孩子们换衣服吧。"

太后长叹一声，说："为保全先帝血脉，也只得如此啦。"

两个孩子换了衣服后，他被王师傅夫妇领到窑场去住，改名王继业。王师傅的儿子则留下来，和太后住在一起。不久后，新皇下令把废帝迁往房州，永远不得回京。太后带着那孩子一起走了。

他留在天清寺的御窑里，成为一名瓷匠。王师傅每天带着他制胎烧瓷，把所有的本事都教给了他；只是，这些精心烧制出来的瓷器已经没有了用场。王师傅夫妇和窑里的工匠们决定在寺里建一座佛塔，把这些珍贵的瓷器藏在塔下的地宫。就这样，一天又一天，一年又一年，繁塔一层层越建越高。

他二十岁那年，有消息传来，说废帝在房州暴毙。那一晚，王师傅夫妇一夜未睡，流着泪塑了一块又一块塔砖，砖上的人像和那孩子走的时候一模一样。

王师傅夫妇去世后，他在天清寺剃度出家，做了和尚。他始终记得父皇的话"不为天子，则为良匠"，命运既然夺去了他做天子的机会，那就做个出色的瓷匠吧。瓷艺精进永无止境，他把做出完美的柴窑瓷作为毕生的修行，用心完成一件件精品，存放在地宫。

不知道又过了多少年，他预感到生命快走到尽头了，带着徒儿封闭了地宫，嘱咐弟子将来把自己的骨灰烧成塔砖，砌在塔上，他要永远守护着这里。

老僧说："这段时间，我看你常到塔里来，想来是你与柴窑瓷命定的缘分，今天，我就帮你了结心愿吧。"

说着，老僧手一挥，地宫豁然洞开，里面光华灿烂，金碧辉煌，其间有无数佛家奇珍，而最珍贵的，是那些举世罕见的柴窑瓷，胎薄质坚，挺拔庄重，釉色滋润素雅，恰如雨过天晴一般。瓷面上有细小开片，被泥土沁出网状纹路，记录着岁月沧桑。在一排排瓷器中，一尊六棱折腰双层花瓣盅口礼器深深吸引了张伟，他双手捧起，翻来覆去地看，恨不能吃进脑子里。

张伟请教老僧："大师，烧造柴窑瓷的秘诀是什么？"

老僧答："无他，诚意正心，锲而不舍。手艺人要有匠心，手上功夫不哄人；你付出多少，老天就回报多少。"

张伟请求说："我愿意继续努力。可是，再过三个月，我和女友妈妈的约定就到期了，我怕来不及啊。"

老僧从袖子里拉出一条黄色丝帕，在他头顶轻轻拂过，说："我帮得了你一时，帮不了你一世。生为匠人，不能靠机巧立业。聪明人也得下笨功夫。回去吧，你的心事我懂，我的心事也难得有人肯听。你该回去了。"

后面的事，张伟已经记不得了。

4

清晨的微光投过来时，张伟恍惚醒来，他看看手机上的时间，已经早上五点了。刚才，难道是做了个梦？他揉了揉脑袋，生疼，后脑勺上鼓了个大包。莫非是因为进来时心虚，慌里慌张的，摔迷糊了？

天渐渐大亮，他不能再待下去了。寺门一开，他就匆匆赶回窑场，急于把梦里看到的印象做出来。制模，注浆，塑形，晾干，蘸釉，开炉，几个星期过去了，他一步都没有离开窑场。奶奶担心他，心疼得掉眼泪。爷爷却说，"不疯魔，难成匠。光靠老天爷赏的天分，成不了大器。孩子大了，成长为一个出色匠人该受的煎熬，他躲不掉。"

他痴呆呆一心一意守着窑，完全沉浸在陶瓷的世界里，饿了就吃些家里送来的饭菜，困了就裹着毯子躺在窑旁歇一会儿。

终于等到开窑了。在所有器物中，他看到了一件，只有那一件，如同众里寻她千百度，在人群中遇到最倾心的那一个，和他那天在梦里看到的六棱折腰双层花瓣盅口礼器一模一样。其他的仿品，或多或少都有瑕疵，唯独这一件，和记忆里的分毫不差！

佳器本天成，妙手偶得之。难道这世间真有神灵？他真得到了高僧大德的加持？

他信心十足地把这尊新出炉仿柴窑瓷礼器送到女朋友手里。经过多位古瓷研究专家鉴定，无论器型、厚薄、重量、釉色，均与博物院珍藏的柴窑瓷风格一致，这件高仿品极为成功。女朋友妈妈也兑现承诺，答应了他俩的婚事。

两个人欢天喜地一起庆祝时，女朋友说："我有个疑问，瓷器底部的'柴'字款识，资料记载和博物馆藏品均为方形框，你做的却是心形框，为什么？"

"原因有三。其一，这次仿制，只成功了这一件，如有天助，我不敢有自足之心。其二，这件仿品太成功了，我担心流入市场后被当作古董骗人，特意留下证据，所谓成器先正心。"小瓷匠张伟接着说，"其三嘛，那颗心，我要献给最爱的人，你愿意接受吗？"

"愿意！"姑娘爽快地回答。

塔　灵

　　我家在开封城东北角，我是塔灵。我已经九百多岁了，没错，我就是当年开宝寺铁塔的灵魂。我一生最好的朋友是塔身。比之于人类的双胞胎，我们也算孪生子吧。从出生那天起，就注定了我们必须生死相依。

　　我们为供奉佛祖舍利而诞生。塔身降世比我早了砌一块砖的时间，他惯于以大哥自居，爱对我管东管西。年轻时，我对他不以为然。这么多年磨合下来，我俩成为最贴心贴肝的兄弟。

　　都说佛门四大皆空，其实，我们也曾年轻气盛。我们的前世是塔王喻浩修建的木塔，富丽锦绣、雄伟壮美，可惜被雷火焚毁，所以到铁塔这一世，塔身采用了能抗雷击的琉璃砖。我下巴上刚冒出胡茬那一年的盛夏，雷神对着我们一击而来，俺哥儿俩齐心协力、携手并肩和电闪雷劈斗法，彻底打败了雷神，从此雷电家族看见我们就躲得远远的。

　　带我们来到人间的是喻浩之子喻广师傅。喻师傅唯恐自己造的铁塔赶不上父亲的木塔，每隔几天，就要来开宝寺看看，确保铁塔安然耸立。当他看到我们战胜他最担心的雷电，非常欣喜。

　　有一天，喻师傅带来了一个年轻美丽的女孩子，向她讲解造塔技术。我听出来了，她是喻师傅的孙女铃铛。从那天起，她轻盈的身影就印在了我心里。

塔身怪我六根不净。他说，从降生那天起，我们的责任就是守护这座城市，为这里的人们祈福。

我嫌这份责任太过沉重，一心想逃避。我向往俗世的繁华，渴望人间的幸福，要离开铁塔去寻找铃铛。塔身告诫我谨守佛门戒律。那天，一场激烈的争执之后，我出走了。

找到铃铛家时，听说她已入宫里多日。因为太后笃信佛学，看中喻家多世茹素，选铃铛进宫陪她修行。我无法承受这样的打击，愤而走进深山，不愿再回开宝寺。

山里的生活是寂寞的。我开始思念塔身。有一天，我看到一群人到山里避难，才得知金兵侵占了东京城。

我十分震惊，匆匆赶回，看到京城满目疮痍，听说宫里的人都被金人虏往北边，刚烈的铃铛不肯受辱，撞墙自杀了。

我恨自己。我失职啊！我辜负了培育我的喻师傅，辜负了信任我的京师民众，辜负了铃铛的美丽，我没有担起护佑这座城市的责任。

回到开宝寺，塔身因为我离开太久已经奄奄一息，我的归来恢复了他的元气。从此以后，我再不敢擅离职守。

很长一段历史里，开封城屡遭水患灭顶。面对滚滚河水，我俩虽齐心协力，仍无法降服水魔，眼睁睁看着开封人被迫背井离乡。

逃难的人流里，一个小孩问爷爷，"咱们不要家了吗？"

"要，将来水退了，咱就回来。永远记住，咱家在铁塔边上。铁塔是咱开封人的灯塔，永远指引咱回家的路。"

塔身让我去向佛祖求助。佛法无边，水魔终于退去。人们回来了，在废墟上重建家园。

我越来越爱这座城市。

有人问，出家人也有恨吗？有。1938年6月，日本侵华的战车开进中原。日本人知道，要摧毁开封，首先得摧毁开封人精神的象征——铁塔。飞机大炮轮番轰炸，我和塔身拼力抗争。可仅凭砖瓦之躯难以抵御炮火。塔身在枪林弹雨下伤痕累累，他一再要我暂时躲避。我当然不能丢下兄弟，我是塔身的生命之光，我要和他一起永远挺立。

我们潜心向佛祷告，祈愿代替开封城承受灾难，祈愿经历煎熬换来民众安宁。

1945年，日本终于战败。我们拖着残躯走进新时代。

1952年，主席到开封视察时指示，要求修复铁塔。多亏了能工巧匠们，帮我们治愈创伤，重振精神。

铁塔已住世九百多年，我和塔身愿永远屹立，为这座城市和生活在这里的人们祈福。

天 命

我一个人躺在宫里，已经派人去请赵书记了，宫人们也都出去了，我想一个人静一静。

我今年六十岁，刚好一个甲子。宁做太平犬，不做乱世人。我这一辈子都是在乱世中度过的。唐末以来，兵戈不息，民心思定。我只恨自己不是男人，不能骑马挎枪去终结战乱纷争。

我不能改变自己，但能造就儿子。从小，我就说他跟别的孩子不同，出生时有香气盈室，是上天派来拯救苍生的。

孩子不信，我逼着他信。大丈夫生于乱世，若不能救国拯民，生复何为？孩子没有辜负我，成年后在郭威军中效力，以武艺胆略超群得到提升，尤得柴荣信赖。世宗即位后，他随之南征北战，屡立战功。世宗为五季英主，对北抵御强敌，对南威服诸国，对内革除武人专政，天下太平眼看那就要在他手里实现。

可惜世宗早逝，主少国疑，点检做天子的传言流布甚广，匡胤顾虑名节，向我讨计。

我说，世宗壮志未酬身先死，试看今日之宇中，谁能定四方安百姓？一旦天下落到朱温、石敬瑭之流手中，岂不令生灵涂炭？你唯有挺身自立，救民于水火，创万世太平，方能实现世宗遗愿。你谋的不是一姓之私，谋的是万姓福利。

匡胤终于下了决心，兵变按计划进行。他率军北征前，劝我带家人出去避一避。我断然拒绝。天将降大任于我儿，是赵家荣耀，也是苍生之福。若上天不佑，我岂有独存之理？

次日一早，陈桥传来消息，一切如愿，城里秩序俨然，唯独遭到韩通抵抗，被王彦升斩杀满门。五代积习，骄兵悍将难制，我立即带人入宫，保护太后和柴氏合家安全。

帝国新造，百废待兴。匡胤亲自出征平定二李叛乱，收服人心。以儒术治国，优容文人，安抚百姓，恢复生产。为止乱防弊，强干弱枝，收束权力于中央，先南后北，进行统一大业。这孩子确系帝王之器，逐步重建社会秩序。

按理，我该放心了。可我却看到匡胤兄弟间渐生分歧。光义总以为自己本事不在哥哥之下，惯以秦皇汉武自诩，身边延揽了一批人才。国无二主，恐非社稷之福。我不放心他们。多年来，赵书记一直被视为家人，如今，能托付的也只有他了。

赵书记匆匆赶来，我招呼他在床边坐下。

我说，赵家能有今天，你是第一大功臣。今后，无论天下大事，还是宫禁家事，你都须多操心。老大仁厚，别人难免利用其仁厚；老二好强，未必甘于久居人下。有我在一日，他们不会把对方怎么样；我若不在了，难保他们不兄弟相残。天下初定，万不可再生波澜。我去之后，赵家的事就全拜托你了。

我挣扎欲向其行礼，赵书记扑跪在地，泣不成声。

宫女报皇上来了，赵书记抹泪退出。

我交代匡胤，光义年纪轻，难免受人蛊惑，将来无论犯什么糊涂，你念及手足情分，一定要给他留条生路……

光义也到了。我拉着他手说，哥哥自小保护你，他永远不会伤害你，你也不可……

我还有好多话，舌头却再不听使唤了。宫人急传太医。

我看赵普随太医进来了。我盯着他，死死盯着。

他冲着我使劲点点头，我放心了，合上眼睛。

这是建隆二年六月。

七月，赵光义为开封府尹，主持京师多年，网罗人才，培植党羽。赵书记尽力了，最终没能阻止烛影斧声的结局。

橐驼儿

1

后周名将韩通，性格暴戾，人称"韩瞪眼"。儿子韩微完全不似他，识见明敏异常，可惜小时候得病，落下驼背之疾，被人戏称为"橐驼儿"。

显德六年冬，韩微对父亲说："先帝驾崩，幼主即位，如今点检做天子之说甚嚣尘上。依儿所见，赵匡胤素善笼络人，私下里广交朝臣，恐怕早已怀有夺位之心，实非大周之福。"

韩通："主少国疑，历来如此，可这大周朝不是他姓赵的天下，只要有我韩瞪眼在，他甭想怎样。当年我和张永德齐头并肩时，他尚是张永德的马前卒，凭着运气好，打了几场胜仗，居然要和我平起平坐了。哼！"

韩微："父亲何不向太后和皇上进言，夺了赵匡胤殿前都点检之职，灭灭他的气焰，也好防患于未然。"

韩通："我儿快去写奏折，明天我就去面呈范、王二相。"

2

次日，韩通闯入政事堂，递上奏章，道："赵匡胤对皇上和太后表面假意恭顺，唯唯诺诺，暗里交通朝臣，居心叵测，分明就是谋逆叛贼！"

范质："赵点检为人忠厚，功高威重，事上以敬，待下以和，人缘广阔，能算什么毛病？未必都得像你韩指挥使，见人就瞪眼？"

韩通拍着桌子道："你等包庇他，莫非和赵贼是同党？"

王溥勃然变色："哼！自恃武功，咆哮政堂！我看真正谋逆的是你韩指挥使吧？"

"你，你……"韩通怒冲冲拂袖而去。

3

正月初一，东京城到处张灯结彩，大街上人来人往，互贺新年，一扫世宗去世以来朝野的晦暗气息。

忽地，两匹快马穿过躲闪的人群直奔皇宫而来，滚鞍下马的军校擎着手中的军报，大叫："五百里加急！"

禁军接过急报，奔入宫内，高呼："五百里加急！"

片刻之后，宫里传出太后口谕，北汉主刘钧联合契丹进犯，急召官员入朝议政。

4

韩通宅邸。

韩微："父亲，您一定要力争自己带兵，万不可使二十万大军落到赵匡胤手上。否则，不光江山要改姓，咱韩家的好日子也快到头了。"

朝堂上，韩通请命道："臣受朝廷重恩，日夜思报，今日北边不定，百姓不安，臣愿领兵出征，为我大周效命沙场。"

赵匡胤神色一凛，奏道："臣请北上御敌，倘不能退敌，愿以死谢罪。"

符太后看了看两位宰相的神色，口授谕旨："殿前都点检赵匡胤率兵二十万北上御敌，慕容延钊为先锋，各路军队，悉从赵点检调遣节制，违令者斩。"

赵匡胤叩头道："臣领旨。"

韩通还要争辩："太后，不可啊……"

范质横了他一眼："韩将军，你敢抗旨？"

韩通急得满头大汗。

5

正月初二，韩通府邸。

韩微："赵匡胤带兵此去，犹如龙潜大海，虎归深山。父亲，我们马上收拾东西，远走高飞吧。"

韩通："先帝对为父有托孤之重，今日朝野尽被赵匡胤迷惑，是为父的失职。就算玉石俱焚，我也得留下来。可韩家就你这一棵独苗，血脉不能断。你今天就走，到李重进将军那里去。看在我曾鞍前马后伺候他多年的份上，会照看你的。"

韩微："父亲，孩儿岂能丢下二老，一人逃命？"

韩通："去吧。石锁为人忠厚，让他跟着你一起。待会儿换件衣裳，悄悄出城吧。"

韩通又嘱咐："石锁，公子身体不好，你多费心吧……到账房看看，多带些盘缠。"

韩微磕了个头，哽咽着叫了声"父亲……"起身决然而去。

6

官道岔路口。穿着粗衣烂衫、骑在马上的韩微最后一眼回望京师，擦了擦眼泪，打马欲走。

石锁："公子，扬州在南边，这条路是往北的。"

韩微："扬州太远，咱们先去潞州，找昭义军节度使、检校太傅李筠去。他驻潞州多年，根基深厚，与我父也颇为投缘。"

7

潞州李筠官邸。

韩微："赵匡胤智虑多谋，挟威自重。如今朝廷将二十万大军交给赵匡胤北上御敌，眼看要酿成大祸，家父恐无力回天，这才遣我至此。李将军……"

有侍从匆匆进来，呈上一份密报。

李筠一眼，腾地站了起来："他赵匡胤果然夺权篡位！如今大周幼帝已经逊位，赵匡胤僭伪登基了。"

韩微紧张地问："可有家父的消息？"

李筠有些不忍："令尊是京城里唯一敢武力对抗赵匡胤的大周臣子，你父他……已死于乱刃之下，韩氏满门，尽遭屠戮。"

韩微目眦欲裂，哑嚎一声："父亲！"当场昏厥过去。

待他悠悠醒来，看到自己身处一偏僻静室，石锁正守在身边，他咬牙恨道："韩微誓与赵匡胤不共戴天。我必须说服李筠，借他之力，为韩家满门报仇。"

一个月后，潞州李筠镇署。

李守节瞪了一眼韩微，说："父亲还是打消这个念头吧。父亲在潞州经营多年，这里物阜民丰，远离京师，与做个小皇帝无异，何苦给人家当枪使？"

李筠："京里情况怎样？"

李守节："据儿所见，今上崛起兵间，功高望重，甚得人心。连郑起、王著这些以前公开叫板的家伙也一个个不肯出头了。"

韩微:"哼,这些人有奶便是娘,天生没脊梁。"

李守节鄙夷地一笑:"嚯,你的脊梁直啊,囊驼儿!"

石锁一听,伸手去拔腰刀,被韩微拦下。

李筠:"哼!天子么,难道只有他姓赵的能做?四方节镇有几个打心眼儿里服气他?我不乘他座席未暖起兵讨之,更待何时?"

李守节:"父亲,孤军起事,实在凶险啊!"

李筠:"谁说孤军?北汉已允我倾国相助。你自京城回来之前,我已与韩公子议决,即日就起兵。"

李守节:"父亲……"

李筠:"老子反宋是反定了!就算江山改姓,也轮不到他赵匡胤。守节,你驻守潞州,为父亲自带兵南下。"

9

赵匡胤冒着箭雨飞石,亲自指挥攻城。

泽州城内李筠营帐内,军校进来报告:"将军,赵匡胤已经带人攻进城里。"

李筠仰首长叹:"天不助我,天不助我!"

侍妾刘氏胆怯地看着他:"将军!"

李筠:"军校,堆柴,燃火!"

刘氏望着熊熊火焰惊恐地哀求:"将军,妾身已怀有李家骨血,留下贱妾性命吧。"

李筠冷笑道:"老子可不能把你留下来,便宜了赵匡胤。"说着,抱起刘氏走进火海。

10

潞州城外。

石锁："公子，北汉一个援军也不肯出，李筠已经赴火自尽了。"

韩微咬牙："咱们走！"

石锁："去哪？"

韩微："扬州。"

石锁："李筠有精兵三万，尚且落此下场，扬州李重进区区几千人，能有何作为？"

韩微叹："死马且当活马医吧。"

韩微领石锁偷偷去牵马，被李守节带人追到。

李守节骂道："死橐驼儿，你害死我父亲，害了我李家，偿命来！"

石锁赶紧护在韩微面前。

石锁双手难敌众人，很快被扭住，眼睁睁看着李守节把剑刺入韩微胸膛。

韩微胸口涌出鲜血，带着一抹惨笑看着石锁，说："我们韩家……没有……不忠不孝的……叛臣。"惨然倒下。

石锁撕心裂肺："公子，等等奴才。"说完一头撞向身边一名小校手中的刀，刺穿了胸膛。

11

潞州城门大开，城上飘起白旗。李守节命人绑了自己，带着将士出城匍匐道旁，迎接赵匡胤："臣李守节愿伏死谢罪。"

赵匡胤："你父为逆，你却知忠，朕岂能不分善恶？朕非但要赦免你，还要授你为潞州团练使。"遂吩咐左右，"来，替团练使松绑。"

李守节连连叩首："谢陛下隆恩！"

赵匡胤率大军进入潞州。

后，为收拢人心，韩通被赵匡胤优礼厚葬，韩微的尸骨也运抵京城，葬在父亲坟旁。令人吃惊的是，他一直驼着的背，死后竟然变直了。

特别关照

今天一上班，林兰兰就感到气氛异常。大家都神秘兮兮地交头接耳，看她的眼神怪怪的，她找要好的同事打听，才知道乔副市长被双规了。

她心里咯噔一下子，乔副市长对她的好是众所周知的。刚开始她还有些心里不是味，极力想要辩白，可由于乔副市长的缘故，大家对她的态度明显改善了。乔副市长是实力派，他的好恶在机关里有足够的影响力。她想，反正也没有什么亏吃，何苦纠正呢。

林兰兰大学毕业后考进区政府工作，经常到市政府办公室送信息取文件什么的，偶然被一位领导发现了，一问居然是名牌大学毕业，才学样貌不俗，就借调到市政府帮忙。来的时候，办公室领导暗示，过渡一段时间可以调过来的，可是转眼一年多了，调动的事还没有着落。

林兰兰在资料室做收发，经常要把新来的报纸杂志给领导分送。那天下午她给乔副市长送材料，推门见他正斜倚在长沙发上，看样子是中午喝了酒。

乔副市长很和气地说："噢，小林啊，中午陪省里来的考察组，刚刚把他们送走……怎么，有材料过来？"

林兰兰赶紧递上去，乔副市长脸上漾着笑，问："小林，多大了？"

"二十四。"

"呵，跟我闺女同岁，她现在英国念书呢。小林，坐，工作上有什么困难尽管说，看见你就像看见我家妞妞。"

"谢谢乔市长。"兰兰侧着身子坐在沙发边，趁机谈了自己的工作问题。

"好，我了解一下情况。"

乔副市长主管人事和财政，是炙手可热的人物，只要他肯过问，应该不会有什么问题，林兰兰不由窃喜。

打那以后，乔副市长好像突然发现了林兰兰的好，每次见她都主动打招呼开玩笑，时间一长，就有了闲话。在不少人看来，乔副市长年富力强，夫人陪读和女儿在英国，他一个人难免寂寞，这样年轻漂亮的女孩子应当是排遣寂寞的合适人选；而林兰兰，出身草根阶层，有幸得到乔副市长的垂青，能不积极投靠？

一段时间过去，乔副市长好像忘了林兰兰的工作问题，虽然见了面还是很亲切的样子。

她不免着急，一次给乔副市长送文件时就小心地提了一句。他还是那么温和，拉住林兰兰的手说："小林，你的工作，我考虑了，不过，希望今天晚上咱们能一起聊聊，我很喜欢年轻人的。"

这令林兰兰很慌张。她没有和男人、和去掉了领导面具的成年男人周旋的本事。她明白他的暗示：帮她是要求回报的。她能回报什么呢？小女子无以为报，以身相许吗？

林兰兰的眼泪憋在眼眶里，她没有回应他的暗示，抽出自己的手，急匆匆走了。

显然，乔副市长被她的不识抬举惹恼了。林兰兰提心吊胆地等着灾难的降临。

差不多就是这时候，传来了他被双规的消息。据说，他的巨额资产大多已被转移到了国外，他女儿在英国念书耗费不赀，陪读的夫人还在国外买了房子买了车。这些隐秘像一阵风刮来的，他没出事时，从来没有人提起过。

听说他态度很强硬，他在官场多年，掌握了很多秘密，倘若他随意开口，恐怕会牵连不少人。

有关方面安排一位领导和他谈谈，希望他不要乱讲。乔副市长提了三个要求：一是他女儿还有三年才能拿到博士学位，请求市里资助女儿学费；二是希望解决他夫人的处级待遇；三是要求关照林兰兰的工作关系问题。

这位领导表示会向组织上反映。乔副市长放心了，坦然承认了一些查有实据的受贿金额，因为认罪态度较好，他被处理的不重。

乔副市长的伏法让很多人松了一口气，他们开始热衷于流传关于乔副市长三条要求的小道消息，据说前两条落实了，但是第三条遭到了组织上的否决。"老乔怎么能提这样的要求！这分明就是公然宣扬与她的非正当关系嘛，这个要求不能满足！林兰兰这样的女同志，根本不适合在领导机关工作，马上把她退回原单位。"有人学着市委书记的腔调，模仿得惟妙惟肖。

很多人替林兰兰不值。乔副市长也是，莫非糊涂啦，这样的要求还不如不提呢。

但是林兰兰明白，以乔副市长的精明，当然不会一时糊涂，他是有意要这样"关照"的吧。

藏 娇

宁宁这样的女孩子眼光当然是很高的，她不会轻易爱上别人，可是一旦爱上了，原因也一定与大多女孩子不同。

她爱上这个男人是因为他的老成持重。他有颇高的官衔，有爱人有孩子。她着迷于他发号施令时指挥若定的魅力。她以为这样的男人才够阳刚。

从他们在一起那天开始，他从来没有像民间传说中的那些贪官污吏，大把大把拿民脂民膏讨好她。宁宁有自己的专业素养，有适合自己的工作，有不错的合法收入，她可以养活自己。她相信他们的感情比许多恶俗的婚外情纯洁。

他也从来没有主动提出要给她钱，他了解她的脾气，知道金钱会令她感到羞辱。只有在一些对他们来说特殊的日子，他会送她一点小礼物，不一定很贵，但一定很别致。

宁宁不在乎礼物的流通价值，她只在乎他的心意。

他爱人长期有病，已经卧床多年，他这样的身份和脾性，当然不可能遗弃了家人。她从来不逼他，她有耐心。她认为自己的付出是值得的。

他不穿名牌，不吃大餐，不耍派头，他很低调。他的低调里透着正直。她敬重这样的正直。

即使外面有关于他贪腐的传言，她相信都是无中生有。她对他们的未来有完美的期待。

直到有一天，她无意中在大街上看见他一个人开车拐进一个陌生的小区。她突然对坚信的东西心里没了底。她开始跟踪他，发现他经常在深夜一个人到那个小区去。

她从来没有听说他在那个小区有什么朋友亲戚。

那么，只有一种可能。怪不得他从来不在自己身上花钱，他把钱都花在了这个小区的另一个女人身上。她感到心脏仿佛被刺中了一般疼痛。

她决定揭穿他对自己的背弃。她要与情敌较量，要当着那个女人质问他为什么欺骗自己。

于是，她跟着他走进小区。和以前的许多次一样，他手里提着一个纸袋子，他没有注意到跟在后边的宁宁。

她的心怦怦地跳。在他即将关上房门的一刹那，她抓住了门框。

他十分吃惊：你来这儿干吗？

我来看看这金屋里藏了什么娇？

哪有什么娇？

你别骗我了。她无法遏制自己的愤怒。

看到她气得浑身哆嗦，他只好放她进来一个一个房间寻找。

房子里并没有宁宁想象中的女人，甚至没有一件家具，只有一只只装着钱的纸袋子。

你每天来这里就是为了看这些钱？

是啊。经常过来数数这些钱，特别能令我开心。

宁宁忍了很久的眼泪终于夺眶而出，她的情敌居然是一堆她曾经最看不起的钞票。

她输给了钞票。

宁宁的美好理想瞬间崩盘。她冲出门，在路边的公用话亭拨通了举报电话。

藏

娇

收　藏

　　王秀针师傅的汴绣在这个城市里很有名，尤其是肖像，别人都赶
不上。

　　那一天，她特意找到深巷里的王师傅家，要绣一幅男人的七寸小
像。她拿来了几张照片，以其中的一张为底版，其他几张做参考。

　　"您知道，这种肖像不好绣，时间等得长，价钱也不便宜。"王秀针
师傅停下手上的活计，和她说。

　　"没关系。"她花得起钱，也有的是时间。

　　"这照片上是您先生吧？"

　　"嗯。"

　　"您先生好福气呢，媳妇这么漂亮。"王师傅笑着夸她。

　　她也笑了，却笑得涩。

　　照片上那男人不是她先生。她跟着那个男人几年了，男人待她还不
错，但是人家有家，不能许给她婚姻。她一天天耗着，每天的主要工作
就是等着他来宠幸。

　　为了讨好他，她学过流行歌曲唱过豫剧练过瑜伽跳过健身操，他喜
欢什么她就学什么。她不敢指望他的恩爱。人家不过是消费她的青春，
要的是没有负担的享受，恩爱是留给老婆孩子的。他能留着她这么久，
是因为她识趣，没有给他添麻烦。他做买卖，大宗的进出，有风险有负

累，需要在女人身上寻找轻松。老婆是陪着他共过患难的，他的道德标准限制着他，不会遗弃了家人。他当然也不会过分委屈她，他为买到的青春付了高价，他完全消费得起。

她从小喜欢艺术。老师说，她不是很有天分的人。这是委婉的说法，也就是说她根本不是搞艺术的材料，可她无法克制对艺术的痴迷。

靠着艺术，她养活不了自己。

是大学的老师介绍她认识了那个有钱的男人。他想要找个漂亮的有品位的女孩子，老师推荐了她。男人对她的照片很满意。

她当时正落魄，大学毕业，没有工作，房租交不起，连饭都压缩着吃。她想过放弃艺术，去做个超市收银员，到私立小学做个美术教师，都可以，但她还在咬着牙硬挺着，她不知道自己能挺多久。她的坚持在别人看来也许毫无意义，但对于当时的她来说已经是全部。

老师说要和她一起吃饭，借口是有个老板想找个辅导孩子绘画入门的课外老师。这项工作她还是能胜任的。

她去了，苍白瘦削，像工笔仕女图里的主角。

老板很大方。饭店气派，他点菜的派头更气派。

酒喝到一定程度。老师介绍说她很喜欢艺术，是肯为艺术献身的。

老板开玩笑说，林小姐本身就是艺术品啊。我们是俗人，现在流行收藏艺术品。我对收藏林小姐这样的艺术品很感兴趣。

她脸红了。老板给她留下一张名片，她犹豫了一下接过来。

老师笑了，有完成任务的轻松。

后来老板给她打电话，帮她交房租，给她买衣服。她想拒绝，可她的拒绝像她细瘦的手臂一样无力。她顺理成章地被他收藏了。

在他五十岁生日的前一天，她送出那幅绣像，他果然喜欢得很。在亲热的余韵中，她提出自己想开个店经营工艺品。他问了投资数额，觉得能接受，利索地答应了。说，也好，你学了这么多年艺术，白白丢了，怪可惜。

她开始张罗。她开店不是为了赚钱，一来是因为没有事情可做，借这个打发打发时间，二来也因为她打心眼里喜欢这些精致的玩意儿。好多美好的东西转眼就老了，就像她自己。她喜欢洗澡之后对着水汽蒙蒙的镜子看自己的身体，多美！这样美的身体被一个肯欣赏的人收藏了，她仿佛关在金丝笼里的鸟，时间在漫长的等待中被一点点抽走。

青春貌美是留不住的，走了就再也回不来了。可工艺品不一样，越老越值钱。一个人的时候，她喜欢在店里一遍遍摩挲把玩那些精致的玩意儿，就像对着镜子挽留自己一天天流逝的美丽。

城里的秋风

初秋的风干得呼啦啦响，挠得嗓子眼儿直痒痒，想咳又咳不出，叫人说不清地烦躁。鞋匠赵老五躲在街角小巷口的遮阳伞下，一边忙手里的活儿，一边眯着眼睛看街景。几只从垃圾箱口飘出的塑料袋在秋风里翻卷，轻飘飘地飞。这东西方便倒是方便，用过就扔，只是苦了打扫卫生的，怎么都收拾不干净，风一起，四散飞扬，简直泛滥成灾了。

"我知道，城里人呀，打心眼里瞧不起咱，可他们又用得着咱，撵不走咱。"旁边小凳子上坐着的梅姐唠唠叨叨。赵老五手里的活是她的。他们已经认识多年了。为了给长年生病的老公看病，她在城里做了多年保姆，流转于一个又一个家庭。

她说："回不去了，过不惯乡下的生活啦。再说，回去干啥？又没个孩子。"

每次来修鞋，她都没完没了地唠叨。

"大哥您好福气。有老婆有儿子就有了盼头，儿子又有出息，您等着享福吧。"

这句话，让赵老五听着舒坦。梅姐不是白说好听话的。婆婆又打电话要钱了，她知道赵老五有，想向他借钱。

赵老五口袋里有钱，但这钱是属于儿子和乡下老宅子的。他要供养儿子光耀门楣，要回家造房子盖楼。二十年了，自己在城里死扛着，老婆在乡下苦熬着。赵老五不明白，同样是女人，城里的女人就可以细嫩得能掐出水来，腰瘦得不够一把抓的，乡下女人就长得粗糙，一眼能挑得出来，活像脸上刻着字。可城里女人再好，不是自己的。人家瞧不起他，看都懒得看他一眼。以前他趴在街头扮残疾乞讨的时候是这样，现在他规规矩矩修鞋还是这样。想想有出息的儿子，想想存折上慢慢增加的数字，赵老五心里舒坦了。再熬几年，就能回家和老婆做伴去了。

赵老五是这一带的乞丐头。为了方便协调事情，他设了这个修鞋摊儿，算是有个正经职业。他叮嘱过自己的弟兄们，回到聚集地之前必须换衣服洗脸，不能带着要饭的行头回去，要干干净净地，要对人和气，不要和别人计较长短。可城里人看他们的眼光并没有什么改变。他们身上带着天生的记号？

最近，他发现儿子情绪十分低落。眼看要毕业了，儿子在求职途中屡受打击。现在大学生贬值了，一张毕业证并不能为谋求职业加分。

梅姐继续唠叨说："你有福，有指望，儿子有出息，将来会孝敬你的。"

赵老五知道这话靠不住。将来老了，他是要回乡下去的，享受乡下老婆的伺候。城里的女人中看不中用。他看不上城里的老爷们，听说他们都是"气管炎"，在家里做饭洗衣带孩子样样干的。将来儿子留在城里，娶了城里的媳妇，还不是听媳妇的话。

老婆跟他说过，村里李学贵的儿子有出息，在城里上班，娶了城里的媳妇，可人家媳妇嫌弃公公婆婆，死活不让他们登门。儿子怕媳妇，挣的钱都在媳妇手里把着。老两口为供养儿子掏干了家底，现在年纪大了，干不动地里的活，儿子偷偷摸摸捎回来的那点钱还不够买药的，老两口子经常坐在村口抱着头哭，怪可怜的。

老婆担心的有道理，他不能不防着点。儿子再好，不如自己手里有钱靠得住。他承诺过老婆，等供完儿子念书，再攒点钱修老宅养老，现在他手里的数也差不多了。老婆为他们家死心塌地干了半辈子，他不能亏了人家。

一个夏天过去了，没找到工作的儿子下决心开家修鞋连锁店，没想到还真火了，大学生当修鞋匠上了报纸头条。儿子的鞋店干干净净，风光体面，开着空调，收费有点高，可是城里人喜欢。赵老五挺佩服儿子的眼光。

儿子开店的本钱是赵老五给的，他拿出了所有的积蓄。他就这么一个儿子，不能让孩子受委屈。本打算儿子上完大学就带着这些钱回家养老去，这下子，老婆得在家里多等几年了。

儿子的生意越做越大，他说过，将来等他挣到很多钱，会让赵老五和他妈跟着他享福，可是很多钱是多少呢？

他看不到儿子把本钱还给他的迹象。他没了钱，可是他回乡造房子养老的理想还在，赵老五只好接受弟兄们的建议，回到街头做乞丐。他抹脏了脸，挂破了衣服，腿上缠着污烂的绷带，顶着火辣辣的太阳跪趴在街头。自己有乡下的老婆在等着呢。回乡下造房子，和老婆养老，得一笔不小的钱呢，他不知道这个理想还能不能实现。

赵老五趴在地上，冷漠地注视着眼前的破搪瓷缸子，偶尔有人在里面扔一枚硬币，叮当作响。风卷起地上环卫工人没来得及清扫的落叶，片片飞扬。他又看见了那只污脏的塑料袋，和落叶一起，薄薄的，兜了满满的风，不知道将被刮往何处。

藏 书

有人说过于痴迷收藏是一种病态。有一位师长，特别爱书，他不买房不置产业，唯独在书上舍得开支，而且很多书扉页上都注释有他搜求此书的经历，其中不乏惊险悬疑的细节，堪称传奇。他的房间书满为患，不光填满四壁的书架，连脚底下也堆满了，在书桌前想移动一下椅子都是难事，但他仍乐此不疲。

我曾经很不谦虚地以爱书人自诩，其实存书并不丰富。一来不具备经济实力，二来担心买来却读不了，岂不罪过，但贪心仍在。比如前些年，一位出版界的前辈从京城打电话说女儿要到开封来玩，托我做向导。这点小事儿当然义不容辞。前辈说想让孩子带点礼物，问我喜欢什么。我犹豫了几秒钟，忐忑地要求，能否找一套许多年前这位前辈负责出版的赫拉巴尔丛书。这套书，我曾经到处搜寻无果，网上书店也一直缺货，不得已向前辈求援。

几天后，小美女果然从北京背着一摞赫拉巴尔的书来了。因为出版日久，有两本书脊已经干裂，但丝毫没有影响我心愿得偿的狂喜；再后来，赫拉巴尔一度成为小资们嘴上的风头人物，他的书重版重印，但是于我，已经无所谓了。

还有一件颇丢人的事。因为在朋友那里见到一套毕沅的《续资治通鉴》，书页泛黄，线装，繁体竖排，校对严谨，注释翔实，一看之下非常喜欢，死乞白赖地借来读。这是朋友的心头之物，勉强借给我之后，一直追索着要，我赶紧上网搜购。同样是那个出版社的，但是寄来之后令人大失所望，纸张纤透，又脆又薄，胶装，而且最有意思的校注被删掉了。我赖着又拖一段时间，直到担心惹恼朋友，才把书送回去。

孙犁先生是位藏书家，青年时就喜欢购书藏书，年长后更是以此为乐。"文革"结束后被查抄的书返还，他蜗居狭小，有许多整捆堆在房里。当时与他同住的朋友嫌碍事儿，当破烂儿给处理掉了，其中不乏珍本。但是没就没了，孙先生生性淡泊，以为书之去留，也须讲求缘分。

听说钱钟书先生读书无数却不喜收藏，不时清理存书，绝无大多学者家中汗牛充栋的壅塞象。不知是否正因如此，钱先生写小说做学问都能无羁无绊，超然物外，不落窠臼。

前几天看到葛红兵教授的文章，他以为不必把书都藏在自己家里，真正爱书的人会希望书中的理念更广泛地传播出去，那么不如把它放在图书馆，让更多人有机会读到它。我赞成他的观点。书籍贵在传播文化，若只是收藏，能有多大价值呢。

我也搜检书架，找到些已经读过、以后大约也不会重读的书，挑品相好的，送到公共图书馆；稍有破损的，若亲朋邻居家孩子喜欢，就送给爱书的孩子。选择之余，确实没有个人保存必要、也不受熟人欢迎的，则交给收旧书废纸的师傅，希望能进入他的流通领域继续发挥作用。

弟 弟

爸爸妈妈在城里打工，妮子最偎随奶奶。她知道，奶奶最疼的人是姑姑。姑姑有出息，大学毕业后留到城里，后来找了姑父，也是大学生，做了城里人。前些年考大学可不容易，一个村好几年才能出一个大学生。姑姑跟飞出鸡窝的金凤凰一样，惹人羡慕得很。

这几年，姑父走得特别顺，职务一溜烟儿往上升，听说权力大得很，姑姑也跟着他享了福。

爸妈和叔婶一样，在村里王老三的建筑队干活。按说，工地上用不着女人。女人干不了爬高上梯的活儿，只能在伙房里做饭。村里好多女人想去，王老三都没答应，可是这妯娌俩，他不能不答应。

王老三前些年刚进城的时候，在别人的装修队上打工，乡下人在城里难免遭欺负，好多次都是找姑姑姑父给帮的忙。王老三得过他们家的惠，念着他们家的好，不能不有所表示。

这些事村里人都知道，所以妈妈和婶婶能到工地上干活挣工资，村里的媳妇们眼气归眼气，可也说不出啥，人家门槛高，养了个好姑奶奶，一门子跟着沾光。

姑姑一直没有生孩子。妮子偷偷听婶子和妈妈在背地里说，姑姑是鞍形子宫，坐不住胎，先是怀不上，好容易怀上了又老是流产。因为这个，姑姑整天不高兴，姑父也不高兴。不孝有三，无后为大嘛。姑姑生不出孩子，一家人跟着着急，一听说哪儿有治疗不孕不育的偏方，都得千方百计打听来，贡献给姑姑。可这些偏方没有一个奏效，姑姑脸上的不高兴越来越浓稠。

那天晚上，姑姑急匆匆来了，妮子有模糊的印象。弟弟就在那天晚上被预订为姑姑的孩子。

那时候她上小学四年级，晚上跟着奶奶睡。奶奶起床去开门，妮子也恍惚醒了。

姑姑一进门就呜呜地哭。娘，我再也受不了了，这次又没能保住胎。建刚他在外边有了人。他说要是再不抓紧，这辈子就当不上爹了。我生不出孩子，他就找别人生去。试管婴儿，已经做过好几次，我受够了罪，钱也没少扔，还是留不住。医生说我这身体条件，成功的可能性很小。

奶奶陪着姑姑抹眼泪。

要不，领养一个？

领养的能亲吗？他不同意，说是猪肉贴不到羊身上。

那咋办？

这些天我脑子都要想崩了……我听说大嫂也怀了。

怀了。这不，害喜，从工地上回来了。算算日子，比你晚怀上半个月。你嫂子还犯愁呢，没有准孕证，现在计划生育抓得紧，罚款罚得厉害，正思谋着要不要把孩子给做掉。

别，别做掉。娘，单位里的人都知道我前一段怀孕了，我想请假在咱家住一段，一直到大嫂把孩子生下来。

咋？你想把孩子抱走？

自己娘家侄，再不亲也远不到哪里去。再说，有血缘关系，长相多少总会有些像，别人看起来也像一家人，只是不知道大嫂能不能答应。

我跟你嫂子商量商量。唉，自己肚子里掉下来的肉，哪有舍得的。我豁出老脸去求她，说啥也不能让建刚因为这个跟你隔了心。

娘，我想瞒着，就说在家里保胎。

瞒得了旁人，还能瞒得了建刚？

他现在整天不回来，早不把我放在心上了。我不在家碍他的眼，他怕是巴不得哩。

等妈妈生下弟弟，果然舍不得了。奶奶咕咚一声跪在地上，妈妈也赶紧跪下来，陪着奶奶掉眼泪。妮子恨不能替娘答应了。

奶奶说，是他的亲姑姑，还能亏得了他？要是他姑父因为这个跟他姑姑离了婚，咱们一家人的依靠就没了。咱得用这娃子让建刚收心。再说，城市户口城市人，打小就上城市的学校，将来的前程还会差得了？不比跟着你们在乡下受罪强？你的娃，到啥时候也是你的，等孩子将来大了，懂事了，我做主，告诉他谁是他的亲爹亲娘。

可是……妈妈支吾着。

你放心，芹花说了，不能亏了你。她手里头也攒了几个私房钱，打算在市场上买两间门面房，房本办成我的名字，将来转到孩子名下。你们两口子啥时候不想在工地上干了，就在城里做点小生意，现成的房子，也不用考虑房租，清挣钱。你看中不中？

妈妈只会嘤嘤地哭。

弟弟给姑姑抱走了，在家里捂月子，体体面面办了满月酒，姑姑姑父的朋友和单位的同事都来贺喜，听说光是礼金就收了不少，姑姑替弟弟存起来了，说是留着给他将来上学用。

妮子看得出，姑姑是真心喜欢弟弟；姑父不一样，他的表情里始终带着嫌恶，对孩子不冷不热的。

每次姑姑回来，妈妈都眼巴巴地，想去看看孩子，又怕姑姑多心。还是奶奶会体贴人，说着乖外孙，让姥姥抱喽。抱一会儿，就对着妈妈喊：老大家的，我煮的豆子熟了，你来接着孩子，我捞豆子去。

妈妈不错眼珠地抱着看，泪珠子就挂在睫毛尖上。

奶奶赶紧打圆场，妮子妈，又想你那个没有成的孩子啦？你还年轻，将来你们还能要。

　　妮子本来担心妈妈生了弟弟会抢了妈妈对自个儿的疼爱，谁知道给姑姑抱走了反倒想得慌，心里怪孤单。逢年过节姑姑带着他回来，看他衣帽整齐，一副小城里人的样子，她又不敢上前去亲近，怕人家跟自己生分。好好的弟弟，咋就变成了旁人？忍不住觉得委屈，一个人躲起来，心里含着一包泪，不敢碰就一股一股涌出来。

偶 然

　　搁在两天前，要是有人跟老安说一个人因为两根韭菜叶惹上了霉运，打死他也不会相信。

　　可是两天以后，老安对整个世界的看法都改变了。这些变化都是因为一个偶然，一个人遇到什么样的偶然实在太重要了。早知道会出现后来的结果，说啥也不该抱怨那两根韭菜。不就是韭菜嘛，吃了怕啥？真的不好消化又咋地，大不了吃几片健胃消食片，他干吗非得为了那两根韭菜和人家老板娘过不去？

　　老板娘其实很不错，每次光顾她的生意，她给的菜量都挺足，尤其是她家帮忙的那个女孩子，嘴巴甜，见了他们就叫大哥。若论年龄，他和老金足够做她的叔叔，可是人家一叫，他们心里头怪舒坦，好像真有本事回到做人家哥哥的年龄似的。每次都很豪气地要酒要菜，乐得老板娘合不拢嘴。个别时候客人多，菜上得晚一会儿，他们也不着急，对着脸东拉西扯些闲淡话，还爱借着酒遮了脸，讲点含荤带素的笑话，逗得人家女孩子小脸通红。

　　那天晚上，女孩子没在，问老板娘，说是家里给她介绍个对象，回老家订婚去了。

　　订过婚还回来吗？

　　不来了。她婆家开的有工厂，婆家让她订了婚就过去管账。

老安和老金听了，有些失落。每个月到夜市上喝几回啤酒是他俩惯常的娱乐。通常都是四个菜，两荤两素，一盘焦花生米，一盘酱牛肉，一盘千张丝拼海带丝，一盘葱白烧大肠。八瓶啤酒，本地产的汴京牌，两块钱一瓶，不像饭店里头乱张口胡要价。酒是四瓶四瓶地上，两个人对半开，个人承包个人的，不用劝，自己倒。要的几个菜都挺耐叨，尤其是焦花生米，伸手抓一把，手一搓，红衣就碎了，把白生生咸香的仁儿扔进嘴里，嘎嘣脆，吸一口啤酒，滋润得很。喝到临了，要两碗烩面。这两碗烩面只是样子，喝到这程度，两个人都吃不下了。可终归是顿饭，不能耽误了。最后，结了账，两个人骑上车各回各家。

那天，要不是因为老金扯的那个什么偶然，他们也不会感慨万千。不感慨万千，也不会多要四瓶啤酒。以前每人四瓶，从来没有喝多过，骑自行车回家一点不耽搁。可偏偏老金就刚刚从党校漂亮的女老师那里学了点洋词，到他跟前卖弄。

傍晚临下班的时候，老婆给老安打电话说晚上有应酬，不回家吃饭了。老安一个人回去冷冷清清没啥意思，就打电话给老金，一块儿到夜市上喝两杯？

老金这几天正在市委党校参加公务员培训，本来那天说好了班上一位当局长的同学请客，饭店都订好了，只等着下了课就过去。可他跟老安啥交情？一接到电话，毫不犹豫推掉了那边的酒局。

他们在老地方见了面。老规矩，四个菜，先来四瓶啤酒。

他俩一样的毛病，一沾上酒，话就稠。

老金说，现在党校培训也管得严呢，老师对着名字簿一个一个查，缺课的当场就在电子黑板上曝光。

当然得点名啦，要不，你这种老油条还不早跑啦。老安笑着揭短。

这一回哪还敢跑？不过今儿个那个老师讲的课真不赖，我听着怪有道理。你看啊，你是一个球……

你才是一个球。

这是老师打的比方，篮球的球。老师说，人好比是一个球。人都有自己的时运，用哲学上的话说叫偶然。你这个球呢，现在假如被老天爷放在一个山顶尖尖上，这尖尖四周都是山谷。这时候，也可能没有起风，你就稳稳当当地待着，只要你小子别犯啥大毛病，就可以君临天下，一览众山小怪威风；也有可能，你自己老老实实待着，忽地刮起一阵风，你当然决定不了这阵风的方向和风力大小，所以你这个球将被刮到哪面的山谷里就是个偶然。这山谷是高是低，是平坦还是陡峭，是草绿花红还是秃岭乱石，都是你的命。老师说也叫偶然。

我今天思谋了一下午，可不是这么个理儿！人这一辈子，偶然太多了。净是偶然。你看，从咱们出生就是个偶然，要是那天晚上，咱们爹妈干了点别的，哪会有咱们。要是咱别托生在老百姓家里，要是咱们爹妈也是高级干部，小时候那会吃那么多苦？

两人是几十年的老伙计。年纪相仿，都是在老城胡同里长大，都是兄弟姊妹多，爹妈养活他们像放羊，饥了饱了冷了热了，只能顾个大概。念书到高中毕业，爹妈生法儿送去当了几年兵。回来后，又托人走门路安排到机关工作。

当时没觉得，现在看来，他们可比那些安排到工厂的战友们强多了。那几个弟兄们，除了下海发财的赵五海，基本上都下了岗，前几天还有人找他俩帮忙联系个看大门打扫卫生的临时工作呢。

这就叫偶然。要是咱们那时候一念之差进了工厂，恐怕这会儿也是到处打零工呢。

嗯，老安表示赞同。和他们相比，咱俩还算侥幸。

可是想想机关里的状况，两个人又忍不住动了气。刚进机关的时候兴的是论资排辈，他们是后生晚辈。进门三年是孙子，不光受头头脑脑的气，也受早来了几天的同事气，谁都把他们当孙子使唤，脏活重活都是他们的。熬啊熬，总算是熬到了老资格，又开始讲究干部年轻化知识化。他们艰难巴哩上函授上电大进修，好歹拿到了大专文凭，总算是创造够了条件，也熬到科长退了休，局长偏偏赶时髦搞什么竞争上岗。你说就这么三五个人的一个科室，也值当大张旗鼓地竞选演讲？嚯，自己老了，思路不清晰，嘴头不伶俐。年轻小伙子们脑筋活，嘴皮子好使，叽里呱嗒说得头头是道，就这么着，人家上了，咱没出息，原地踏步。

这也是偶然吧。咋就遇上了爱出新思路的局长呢？要是局长老成守旧，还按着论资排辈的规矩，科长咋着也该轮到咱们了。

命啊，都是命！不，是偶然！偶然！新学的名词果然精辟。

照惯例，两人分别把个人承包的啤酒干掉，就该要主食，准备撤了，可是那天他们谈得兴浓，意犹未尽。

老安冲着老板娘叫，再来四瓶，准备主食。

吁，喝不了吧？

没事，咱哥儿俩今儿个得尽兴。

这再喝就耽误得久了。夜市上食客越来越稀，有些性急的老板已经打点东西准备收摊了。

饭端上来了，老安看到烩面碗里漂着几根韭菜叶子，立马就急了，冲着老板娘嚷开了：咋放的韭菜啊！老子忌讳这玩意，不吃！知道不？

那边老板娘知道他们喝了不少，又是老主顾，赶紧来道歉：要不我把韭菜给您拣出来？老板娘想反正他们要了饭也是摆设，打算和颜悦色把事情解决了。

那边，老板娘的老公帮媳妇收摊来了，听到这边儿的嚷嚷声，赶过来看个究竟。

老板娘的老公长得人高马大，以前有小姑娘帮忙，他是不来的，所以他不认识这两个喝高了的家伙，以为他们是故意闹事，立即就显出男子汉气概来，挥着拳头要给他们一点厉害。

受到血液里酒精的鼓励，老安老金不甘示弱。一阵子盘子碟子稀里哗啦，老板娘拉了这个拦不住那个，急得都要哭了。

午夜巡逻的警察路过，看到闹事的，不由分说先带走再说。

老婆心急火燎把电话打过来找他时，老安的酒在派出所已经醒得差不多了。

派出所要求他们单位领导来领人，还跟他们单位说要对他严加教育。老婆赶来时，老安单位的领导已先到了。

老婆看见他们领导脸就红了，尴尬得要命。

一进家门，老婆就变了脸，手指头戳到他脸上。

你知道我今天去干啥？你整天唠叨自己没有当"长"的命，我听说你们单位老干部科的科长这个月就要退休了，觉得正是个机会，就请你们单位领导吃饭，拜托人家关照你。人家说你是老同志，人缘好，资格老，答应把你调过去任科长。你这么丢人现眼地一闹，单位里都知道你知道了，领导还怎么安排你！

老安后悔啊，不待老婆发威，自己扬手扇了自己一个耳刮子。

回过头来，老安把自己倒霉的原因反复分析。要是那天晚上他老实回家熬稀饭看电视多好，何苦找老金喝酒？要是他们说说荤段子开开玩笑多好，扯什么党校培训呢？要是小姑娘在，甜丝丝地叫几声大哥多好，他也不至于因为那两根韭菜发脾气啊？

无数次追悔莫及之后，他心里埋怨：老金学啥不好，干吗非学偶然呢？

小寒大寒又一年

1

从过了腊八开始，妮子天天掰着指头盼过年，盼着爸爸妈妈从城里回来。到时候，叔叔婶婶会回来，姑姑也回来。妮子想好了，要让妈妈代表她提出要求，她想住姥姥家，让爷爷去住老年公寓吧。

今天是祭灶，爸爸妈妈为什么还不回来？吃过早饭，妮子就跑到院子里，宁可手脚冻得像猫儿抓一样，也不愿回到屋子里。

天真冷呵，妮子跺了跺脚。按说，冷成这样，工地上开不了工，又到了年根儿，爸妈咋还不回来？前两天他们打电话说，虽然工地上不施工了，可是工钱还得等些天。业主赖着账，东躲西藏不露面。工头王老三给大家发不出工钱来，急得上蹿下跳。开不了工，他王老三不能不管大家饭。既然不能耽误了大家的伙食，妈妈和婶婶这两个做饭的就走不开。王老三为了要账见天请人吃饭，喝得醉醺醺的，不敢自己开车，妮子爸爸有驾照，临时充当王老三的司机。

妮子听见屋里风箱一般呼哧呼哧的喘息声小了。哼！她就知道，他是故意夸大他的病痛骗她，想赢得她的同情。

有时候，妮子觉得爷爷怪可怜，一天又一天，一个人躺在床上能不寂寞？除了奶奶，家里没有一个人喜欢他。奶奶是上个春节走的，正月初三。自从奶奶走后，一家人都把他当成了甩不掉的包袱。

但是一走进屋子，妮子的怜悯就变了味，她感到这个垂死的或者假装垂死的老人妨碍了她，她后悔不该接下这个本不属于自己的包袱。

2

昨天又是白等了一天，妮子心里凉飕飕的。

房檐子下垂着冰凌。妮子站在房檐下，看院子里奶奶留下来那几只鸡。

妮子自己吃饭都没精神做，哪顾得上它们？想起来就抓把玉米喂一次，想不起来就饿着。鸡们饥一顿饱一顿的，自己扑腾着找食去，多天也不下个蛋。

爸爸杀鸡可老练了，只一刀，利落得很。妈妈做红烧鸡块最拿手。过年，妈舍得下调料，酱味腌得刚刚好，亮光光抹上一层糖色，炖得又烂又香，真好吃。

妮子嘴巴里涌出一股酸水，肚子里扭绞一团觉着饿了。唉，一个冬天都没吃肉了。肉越来越涨价，瘦肉要十几块一斤呢。秋天时候买过一回，爷爷唠叨着非要吃。她又不会炒，都糊了，黑乎乎粘成一团，咬不动嚼不烂，害得爷爷躺在床上骂她糟蹋东西，数落了好多天。

妮子宁肯去买火腿肠，咬开就能吃。电视上说火腿肠里有防腐剂，吃多了不好。哼，钱被爷爷把得死死的，她哪里能吃多了？她只会每天煮面条蒸大米，反正有电饭锅，面条大米都是从村口的粮食店里换来的，赊账，等爸爸妈妈叔叔婶婶回来，拿仓库里的麦子去跟人家结清。白菜萝卜是自家菜地里种的，妮子不会管理，白菜像个大凉帽子，扑塌塌的，不包心，萝卜也是光长叶子不长根。妮子每天都拿这些萝卜白菜煮一锅，放点油盐，一天三顿拿它下饭。自己不爱吃，爷爷也恨巴巴，端着碗骂骂咧咧。

现在爷爷想吃肉的时候就给她五块钱让她去村头买点卤肉，五块钱买不了多少，还没有她的拳头大。爷爷向来没说过让她也尝尝，一个人躺在床上三口两口就吃完了。

3

乡下人不管平时生活怎样俭苦，过年总得肥肥实实，把一年受的委屈给补回来，家家户户都在忙着采买年货。

要是往年，这时候家里早忙活开了。奶奶一过腊八就开始准备，买的干果、瓜子、糖块儿，炸的丸子、酥肉，蒸了一锅又一锅的馒头、包子。爸妈叔婶会在电话里讨好奶奶，说是让奶奶歇着，等他们回来了一块张罗。奶奶一边骂他们"光个嘴儿好，等你们回来啥也准备不上了"，一边忙活得更起劲。

奶奶在村子里有名的能干。他们家日子过得殷实，两对儿子媳妇四个人都挣钱，老太太老爷子在家照看孙子孙女，日子惹人眼气呢。

去年爸妈叔婶回来的时候，奶奶都准备得差不多了，他们一个个像嘴巴上抹了蜜，围着奶奶说好听的。

一大家子热热闹闹在一块儿，能见天腻在爸妈跟前，多好。从妮子记事起，她都是平时跟着爷爷奶奶，过年过节才能看见爸妈。现在种庄稼挣不到钱，除了糊嘴，余剩不了啥。爸妈跟叔婶都出去打工，跟着村里王老三的建筑队。女人干不了爬高上梯的活儿，在伙房里做饭。

妮子不爱说话，可心里有数。女孩子年龄大了，越来越想偎着妈。妈在家待不了多少天，过了正月十五，工地上就得开工，妈就要走。她恨不能天天粘着妈，女孩子大了，有多少话想跟妈悄悄说，有多少烦心事要从妈那里讨主意呢。

村里过年的气息一天比一天浓厚，只有他们家冷冷清清。

4

起雾了。外面的空气又湿又冷，呛得人嗓子眼难受。妮子不愿意回到弥漫着腐败空气的屋子里。

妮子站在村口，盯着苍黄的天边，眼泪和着心事冻结在视线里，她对每一辆每一个远方来的人影怀着近乎绝望的幻想，也许提前了呢，王老三拿到了拖欠的工钱，给大家发了，妈妈不用做饭了，爸爸也不用给王老三当司机了，他们不就可以提前回来了？

天黑透了，她该回去了。这么晚了还没有做饭，爷爷肯定会用最难听的话咒她吧。

果然，屋子里凶神恶煞的病人积攒了一肚子火气，瞪着枯黄的眼睛骂她，死丫头，你疯到哪里去了？也不知道做饭，你想饿死我啊。

屋子里冷冰冰的，和屋外差不多一样冷。妮子抽开火，看到蜂窝煤已经熄了。要是以往，妮子会到隔壁邻家去换一个燃着的煤球生火，可是今天，绝望的妮子决定表示一点反抗，她扔掉了火钳子。

把一个冷硬的馒头放在爷爷床头，又倒了一碗保温瓶里没有多少余温的开水给他。

那个坏脾气的病人更加恼火了，啪地把馒头扔在地上。你喂猪啊，等你爹妈回来，看我咋跟他们说，让他们打死你个不孝顺的疯丫头。

打死我倒好，妮子在心里撇嘴。为啥去年走的不是他而是奶奶。要是奶奶在，咱们家也正热热闹闹准备过年吧。

妮子一声不吭地钻进冰冷的被窝，坏脾气的老头子还在变本加厉地哑着喉咙骂她。妮子很想有朋友来找她，但是人家都怕他们家屋子里那股垂死的腐败气息。

爷爷瘦伶伶的骨头尖锐地耸立在皮肤下面，眼睛里闪着精亮的光。他捕捉着来自外面的任何动静，他盼着妮子早些放学，他不希望妮子出去玩，他想让妮子陪他待在屋子里，跟他说话。不说话也成，能有点响动，哪怕只是走来走去，总好过哧溜哧溜跑过的一只只老鼠。

妮子厌恶他。妮子十四岁了。身体上起了些变化，她变得多愁善感了，动不动就觉得委屈，心里经常空落落的，渴望能有些安慰来填补这些空隙。可是妈妈不在家，奶奶走了，谁能给她安慰呢。

晚上，她很害怕他喊她。妮子，妮子。他的声音尖利得好像能刺透她耳膜。深夜，从甜美的梦中屡屡被唤醒是多么痛苦啊。她痛恨这种叫声。

5

风呼呼地刮着，嗷嗷地在房顶上在窗户外面哭号。妮子蜷缩在冷冰冰的被子里。她没有吃晚饭。她绝望地想，这样的日子，没有朋友，看不见爸爸妈妈，陪着一个垂死的老人，也许还不如死了好。

叱骂声已经停了。

屋里黑洞洞的，妮子迷迷糊糊睡着了。半夜，她被尿憋醒了。妮子躺着不想动。被窝里虽然不暖和，被窝外恐怕更冷。

黑暗里，她听到老人沉重的喘息。仿佛一只滞涩的风箱，沉重地拖曳着。推，拉，推，拉……越来越拖曳不动了。

妮子很害怕，她从来没有听爷爷喘得这样恐怖。她紧紧地缩在被子里，胃里因为没有食物而拧成了一团。她使劲揪着自己的肚子，免得它发出咕噜咕噜的声音。

呼噜呼噜，一口痰堵在喉咙口上，他剧烈地咳嗽着，终于，那口痰好像被赶走了。他沉重的呼吸里透进了一丁点亮光。

"妮子，"他在叫，"妮子……给我口水，妮子……乖妮子……快……给我口热水……妮子……去找医生……"

妮子在被子里发抖。她恨他，他为什么不像奶奶那样疼爱她。他是她的拖累。没有他，她会像别人一样住进姥姥家。

"妮子……快……找个人来……"

沉重得仿佛拖曳着大车的喘息声又响起来了。

"妮子……妮子……"

妮子在被子里抖得厉害，连床板都跟着晃荡起来。她使劲憋住呼吸，缩得更紧了。屋子里黑漆漆的，连窗户的位置也没有一丝光亮，静悄悄的黑暗，平素猖狂的老鼠没有一只出来活动。

"妮子……快……去叫老范……"

老范是县上培训的乡村医生，在村头开了个小诊所。

妮子恨他，可他是爷爷呢。她拽了拽床头的开关绳，灯没有亮，她又拽了拽，还是没有亮。停电了。怪不得窗户那里没有一丁点亮光。

她哆嗦着把冰冷的手缩进被窝。不怪她啊，停电了。哪有开水？煤火熄了，要是有电，还可以用电饭锅烧，现在她能到哪里去烧点开水来；再说，这样黑的夜，谁敢一个人走过一个村子去找老范？

她一声不吭地又钻进被子里。

谁知道她醒着？在这样伸手不见五指的黑夜。她悄悄把手放在自己面前，果然看不见。

妮子把头蒙在被子里。屋子里只剩下老人沉重的喘息和门缝里挤进来的西北风啸叫。

妮子知道，在床头桌子的抽屉里有一包蜡烛，有打火机。村里一到刮大风下大雨就会停电，她提前在抽屉里预备下了。但是谁知道她预备了？要是她没有给尿憋醒，就不会听到爷爷叫她；没有听到爷爷叫她，她就不用起床，也不用在这样黑这样冷的夜晚，穿过整个村子，去找老范给爷爷看病。

后来，妮子睡着了，她又梦到了妈妈。妈妈搂着她，轻轻地拍她，她越缩越小，小到缩进妈妈怀中的襁褓里。如果她变小了，妈妈就不会跟着爸爸出去打工了。

6

爷爷死于脑溢血。医生说这个冬天干冷，上了年纪的人，平时活动少，脑血管出问题的现象很普遍。

爸爸妈妈都回来了。